真実の久女

悲劇の天才俳人
1890-1946

坂本宮尾

藤原書店

左より久女、
長女・昌子、
夫・宇内
大正五（一九一六）年頃、
小倉にて

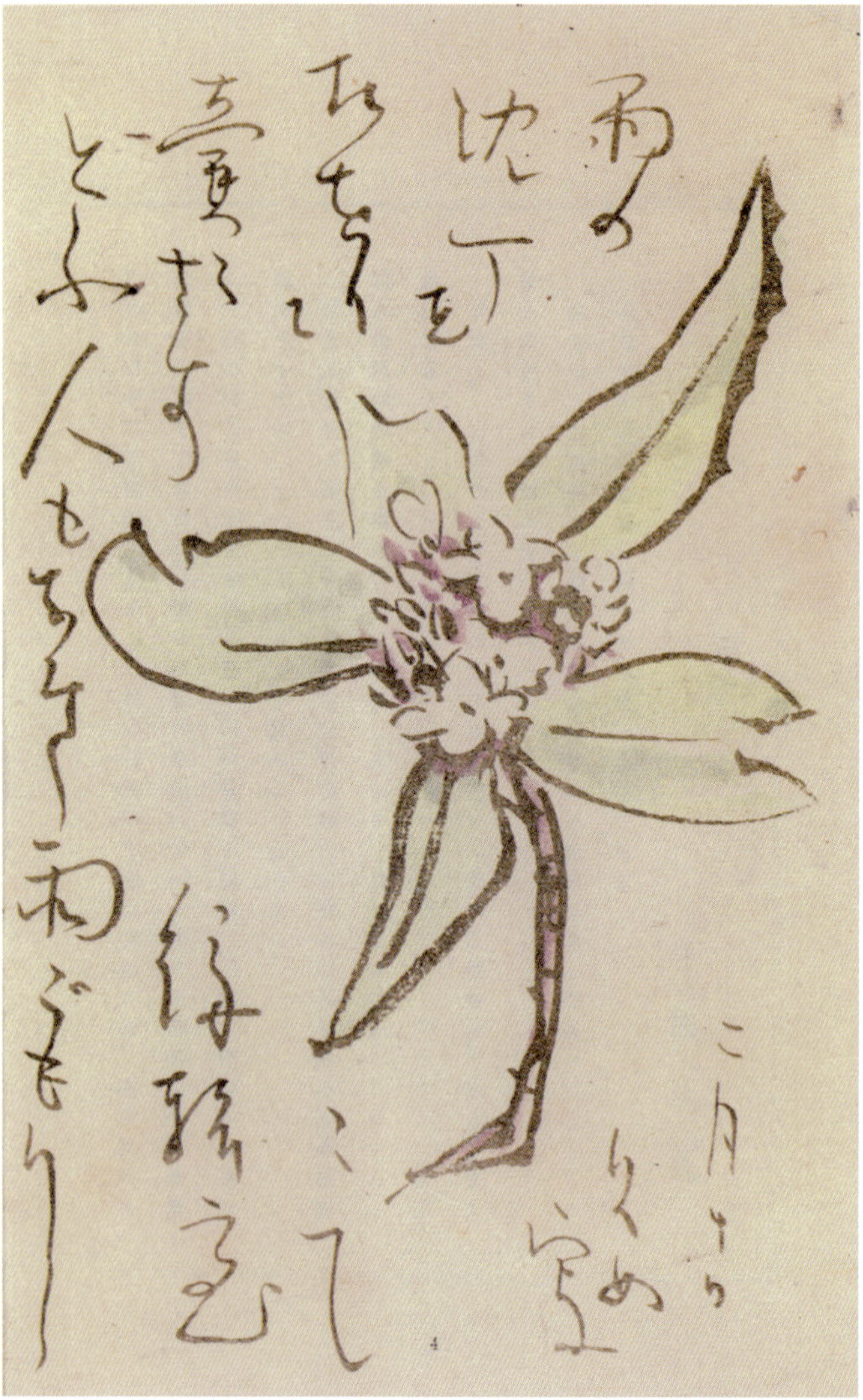

雨の沈丁を
たをりて
壺にさす
とふ人もなき
雨ごもり

編輯室にて

二月十日
久女写

「花衣」創刊号の挿絵
昭和七（一九三二）年

久女の描いた
ひまわり

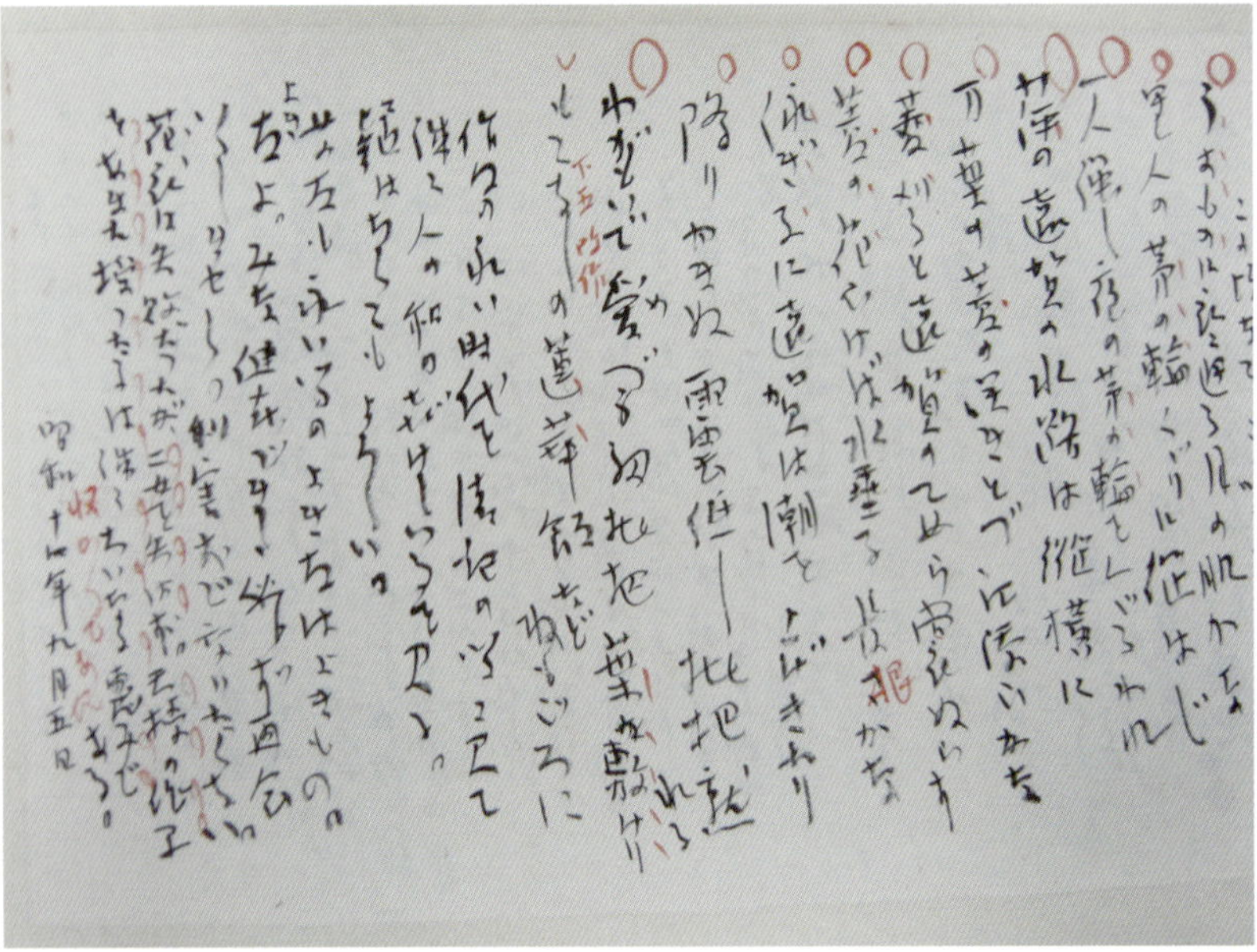

久女句集草稿より
昭和十四（一九三九）年
に巻紙に清記したもの

『杉田久女句集』
角川書店
昭和二十七（一九五二）年

はしがき

杉田久女が次兄の手引きで俳句に手を染めたのは百年前のことである。結婚を機に夫の任地、小倉で暮らし始め、やがて二児の母となった久女は、日々の思いを表現したいと、その手段を探していた。折しも高浜虚子が、男性主流であった俳句界に女性の参加を促そうと、「ホトトギス」に婦人欄を新設したところであった。

久女はたちまち俳句の魅力に取り憑かれ、虚子の選句を頼りに小倉でひとり作句に専念して独創的な作品世界を作りあげた。その俳句は、改造社版『現代日本文学全集』第三十八巻に収録され、日本新名勝俳句で帝国風景院賞を受賞するという成果をあげた。女性俳句の進展に大きな役割を果たしたにもかかわらず、ただ一冊の句集をもちたいという久女の悲願は、生前には叶わなかった。

前代未聞のホトトギス同人削除、失意のうちの死という悲運、さらには没後もつづく陰湿な中傷という逆風を受けて、俳人でありながら俳句よりも境涯ばかりが関心を集めることになった。奇矯な女弟子を印象づけようとするさまざまなゴシップがささやかれ、久女伝説と呼ばれるまでになった。

しかし、女性の社会進出が進み、社会や家庭のあり方も変化すると、周囲との軋轢に苦悩しながらも理想を追い、自身が信じる作句活動に打ち込んだ久女の一途な生き方は、次第に多くの人びとの共感を呼ぶようになった。近年は激動の生涯がむしろ久女への注目度を高める追い風ともなっている。

これまでの久女に関する評伝の多くは、ホトトギス同人除名と久女伝説を中心に扱ってきた。私は、除名問題はじつは句集という形で作品を世に問いたいという久女の俳句作家としての姿勢に起因すると考えた。本書は、俳人、杉田久女の俳句人生をたどり、句集出版の問題に焦点を当てて久女の悲劇の本質を解明し、同時に残された珠玉の作品を鑑賞することである。久女の作句の舞台となった当時の北九州は活気に満ちた重工業地帯であり、また記紀の神話や『万葉集』に彩られた浪漫の地であった。北九州の風景は、久女によってみごとな作品に結晶した。百年を経てなお久女俳句は、その圧倒的な完成度で輝いている。

二〇〇三年五月に本書は『杉田久女』として富士見書房から刊行され、その後、版元の組織再編成のため、二〇〇八年十月に『杉田久女――美と格調の俳人』として角川選書に加えられたが、重版が叶わず品切れの状態となっていた。この度幸いにも藤原書店から出版していただけることになった。

新版刊行にあたり、現時点での久女研究の集大成を目指して、本文を全面的に見直して必要な改訂をほどこした。新章として「補章　新資料の発見から」を加え、旧版刊行後に発見された文献、新たに閲覧が可能になった重要な書簡などの新資料に基づいて、その後の久女研究の展開を述べた。また図版と人名索引を加え、略年譜、参考文献に加筆し、引用句索引には新仮名づかいでふりがなをほどこした。そのうえで、より多くの方々に久女俳句に親しんでいただけるように、活字を大きくして、読みやすいレイアウトにした。

二〇一六年八月

坂本宮尾

真実の久女　目次

補章　新資料の発見から――325

真実の久女

悲劇の天才俳人　1890-1946

装丁・作間順子

はじめに――久女の自筆句稿を読みながら

杉田久女《すぎたひさじょ》ほど多くの人びとによって評伝が書かれ、小説、芝居、テレビドラマのモデルにまでされてきた俳人も珍しいのではないだろうか。久女といえばすぐに、〈紫陽花に秋冷いたる信濃かな〉〈谺して山ほととぎすほしいまゝ〉などの名吟を思い出し、すぐれた俳人でありながら、高浜虚子の不興を買い「ホトトギス」の同人を除名されて、精神科病院で亡くなった悲劇の人というイメージが浮かんでくる。久女の生涯があまりに曲折に富んだものであったためであろう、今日までの評伝の多くはその人生を描くことに重点が置かれていて、久女が生み出した珠玉の作品そのものへの目配りが充分ではなかったように私は思う。また作品論として書かれたものも、全作品を系統的に論じたものは少ないという気がする。台所雑詠から始まり〈花衣ぬぐやまつはる紐いろ〳〵〉という耽美的な句、〈夕顔やひらきかゝりて襞深く〉の精緻な写生句を経て、万葉調で筑紫風景を詠んだ〈磯菜つむ行手いそがむいざ子ども〉へと、激しく学びながら自ら句境を切り開いていった久女俳句の流れを追い、今もなお輝きを放ちつづける久女の作品を鑑賞することは、長年の私の夢であった。

さらにまた、久女について実に多くのことが語られてきたにもかかわらず、肝心の同人除名という問題は、いまひとつ得心がいかないようなもどかしさを覚えていた。折しも久女の長女石昌子《いしまさこ》氏の手で、徳富蘇峰が久女の原稿を書物展望社に出版依頼状をつけて送ったことを記した貴重な手紙が発見された（『いのち曼陀羅』）。この手紙は平成七（一九九五）年に久女の五十回忌のあとで遺品のなかから見つかったものである。その手紙の周辺を調べているうちに、私はこれこそ同人除名の謎を解く鍵であり、さらに除名問題が実は句集出版と深く結びついていることに気がついた。久女が自身の句集を持つことを志したあたりから、久女の悲劇は始まったと思うようになったのである。

今日からみれば、久女のように長い間俳句ひとすじに打ち込んできた俳人が一冊の句集を出版して、作品を広く世に問いたいと願うのはごく自然のことと思われる。いったいなぜそれが久女を窮地に追い込むことになったのか、その点を私は知りたいと思った。句集出版の問題を探っていくなかで、久女直筆の句集の草稿に目が止まった。

草稿についてすこし説明すると、これは久女が昭和十四（一九三九）年の八月から九月にかけてそれまで詠んだ全句をまとめて自選し、巻紙に毛筆で清書したものである。紙の大きさはまちまちだが、およそ縦は十二から二十センチ、横は三十から九十センチで、全部で百十六枚である。各頁には通し番号がついている。久女は書き上げたこの草稿を、戦争が激しくなった昭和十九年に当時鎌倉に住んでいた娘のようすを案じて訪ねてきた折にも、空襲警報で避難したときにも抱えていた、と昌子氏は述べている（『杉田久女』）。草稿は久女にとって人生の軌跡を記すかけがえのない宝であった。現在は、昌子氏の手で小倉の円通寺に奉納され、和紙で裏打ちして和綴じの三冊本として桐箱に収められている。

平成四年に東門書屋から出版された『杉田久女遺墨〈続〉』の写真版によって、草稿は初めて公開された。

この本には草稿は白黒写真で収められているが、濃い色の文字が墨書、薄い色は朱筆と区別できる。久女は墨で句を清記し、ところどころに感想を書き入れている。朱は自選をして丸印をつけたり、訂正したり、句のポイントに傍点を打つときに用いたものだ。句は詠まれた時期、あるいはテーマごとのブロックにまとめてある。久女の原本には右下あるいは右上に頁番号がついているが、縦長のB４判に三段に収めるために横長の巻紙を適宜切って掲載してあり、裁断された左半分のほうには頁番号がない。写真は順不同に、原寸の約二分の一に縮小して収められている。

この草稿の存在に触れたものはあるが、内容について検討したものは私の知るかぎりひとつもない。しかし久女自身が書いたこの草稿は、何にも増してもっとも信頼すべき資料であり、久女が書き込んだメモは、久女の当時の心境を知るための確かな手がかりとなる。私はなんとかこの草稿の写真を整理して、ここから久女の問題を考えてみようと思った。そこで百十六枚からなる草稿原本に近いものを作るために、拡大コピーをとり、切断された部分を切れた文字や重複した部分を頼りに切り張りして並び替える作業に取りかかった。そのようにして全体像をつかむことができた。

久女の達筆は読みにくかった。とくに俳句以外に久女が感想などを書き込んだ箇所は、急いでいるときの久女の癖で、漢字で書くべきところが平仮名になっていて、いっそう判読がむずかしかった。けれど毎日眺めているうちに、最初は模様のようにしか見えなかったものが、だんだん文字として読めるようになり、文字の特徴をつかんだあとは、さほどむずかしくはなくなった。

草稿を読み解いているうちに、虚子に序文を乞うために上京したときの記録、作句活動に終止符を打ち、句を清記するにあたっての人生や俳句に対する久女の思いを知ることができて、句集出版と同人除名の問題の解明に新しい光を投げかけてくれるように思われた。また没後に刊行された久女の句集のいくつかの誤りや未収録の句を確認できたのも収穫であった。

この草稿に随時触れながら、私は女性の俳人の先駆者としての久女の生涯をたどりたいと思う。激しく一途な俳句への情熱は久女の人生に波乱を引き起こしたが、またその波乱と矛盾に充ちた境遇が久女を俳句に駆りたて、珠玉の作品を生む源ともなった。そのように久女の俳句と人生は分かちがたく結ばれているので、作品鑑賞と伝記を両輪として、俳人久女の全体像に迫ろうというのが私の目論みである。

久女の句集は今日入手が困難であるため、できるかぎり多くの句を紹介するように心がけ、それを味わううえで役に立つと思われる作句の背景について述べながら鑑賞を試みた。そして主宰誌「花衣」の廃刊、難航した句集出版、ホトトギス同人削除の問題について、いま述べたような新しい資料をとおして私がたどりついた結論をまとめたのが本書である。

*

［テクストについて］

今日までに出版された久女の句集はつぎの三種である。

1『杉田久女句集』（石昌子編）（角川書店、昭和二十七年十月二十日）

虚子の選を経た千四百一句を、堺町（大正七年―昭和四年）、花衣（昭和四年―昭和十年）、菊ヶ丘（昭和十年―昭和二十一年）の三部に分けて収録。

2『杉田久女句集』（石昌子編）（角川書店、昭和四十四年七月三十日）

二十七年版とほぼ同じ内容を編年体にしたもの。補遺として前の句集から省かれた二四四句を加え、総句数は千六百二十六句。

3 『杉田久女全集』（石昌子編）（立風書房、平成元年八月一日）

第一巻［句集篇］に、さきの角川書店刊の二つの版と、補遺としてその後に発掘された句も追加して五八一句を収録。第二巻［小説／随筆・日記／俳論・俳話］に、久女の文章を収録。

石昌子編『「最後の久女」杉田久女影印資料集成』（私家版、平成十五年十二月二十日）に久女が遺した六冊のノートを写真版で収録。昭和十五年から十七年に詠んだ句が記されている。

久女の手書き句集草稿は、石昌子編『杉田久女遺墨〈続〉』（東門書屋、平成四年九月三十日）に写真版で収録。但し、草稿は部分的に割愛されて収められている。

「花衣」一号から五号は、石昌子編『杉田宇内・杉田久女　追悼アルバム』（私家版、平成十一年十一月十日）にカラー写真版で収録。

久女の句は発表誌と句集で異なっているものもあるが、本書の引用は原則として、収録句数がもっとも多い立風書房版所収の四十四年版と補遺の表記に従い、必要に応じて初出の俳誌、角川書店版、久女の草稿との異同に触れた。また、久女の文章の引用も立風書房版によった。

久女の自筆の句集草稿からの引用は、今までにこれに言及したものがないので参考のために（　）内に頁を示し、平仮名でわかりにくいと思われるところには［　］内に漢字を補った。草稿の判読に誤りがあるとすれば、その責任は筆者坂本にある。

第1章　俳人久女の誕生まで——大正時代

東京の実家にて

現豊島区目白にあった実家で、両親兄弟と。
前列左から久女と長女の昌子。
後列左端が次兄・月蟾、3人目が母、右端が父。

一　生い立ち

お茶の水高女卒業

久女は明治二十三（一八九〇）年五月三十日に父赤堀廉蔵、母さよの三女として、父の任地、鹿児島市平《ひら》の馬場で生まれた。本名はひさ（久）。旧藩主久光公にちなんで名づけられたという。父は長野県松本出身の官吏で、大蔵省、学習院の書記官などを歴任した。母は兵庫県出石《いずし》の出身で、龍生派池之坊の華道教授、赤龍軒美玉と号し、最高職の関西家元代理として八十八歳まで現役を務めた人だという。久女も華道、茶道、書道の心得があった。

久女は両親から受け継いだものとして、「私の体をめぐる多感の血の流れ。それはあの、桔梗色の連峰をめぐらした銀色の桑の海――信濃平《ママ》らに育てられた父と、裏日本の淋しい海辺で生れた母とから伝へられたもので有る」（「思ひ出の山と水」）としている。久女の生涯を眺めれば、「体をめぐる多感の血の流れ」とは、彼女の本質をよく表したことばであると思う。

長姉まさは久女の生まれるまえに夭折。久女には、長兄廉行、次兄忠雄（俳号は月蟾《げっせん》）、姉静《しづ》、弟信光《のぶみつ》がいた。

一家は明治二十七（一八九四）年に鹿児島から岐阜県の大垣へ、翌年、久女が五歳のときに琉球に移る。両親の愛に包まれて、琉球の自然のなかで過ごした幼児期を久女は「ほんたうに幸福だつた」と述懐している。感受性が強く、悲しげなおとぎ話を聞かせてもらうのが好きな、涙もろい子どもであったという。

明治三十（一八九七）年、父に琉球からさらに遠い台湾で税制を布くための調査をするよう命が下る。久女の随筆「梟啼く」によれば、弟信光は大垣にいたころ、お月見の折にお手伝いの人が誤って高いところから落としてしまい大怪我をしたことがもとで病身になってしまったが、台湾への一か月あまりにおよぶ苦しい長旅で衰弱して、任地、嘉義《かぎ》に到着後すぐに亡くなった。たとえ内地にいても半年はもつまい、万一のことがあったときに両親が揃っていたほうが、と医者にいわれて困難な旅に連れては来たものの、愛する末息子を喪った一家は悲嘆に暮れた。

一家は中庭に大きな竜眼《がじゆまる》の樹のある広い家に住む。仲よしの弟を失った久女は、外地のことで日本人の数も少なかったからであろう、親しい友だちもなく、「子供心にも、ともすれば、め入り込んで一人ボツンとしてゐる事もあつた。そんな時私の心持ちを知らぬ御友達なり母なりに、何か素つ気なくでもされるか、意にみたぬ事のあると、私は、自分の心持ちを語る言葉もあらはし様もなく只不機嫌さうにだんまりで人恋しい心持ちとは反対にプンとすねてしまふ。そしてうら悲しい、誰れも自分の心持ちを解してくれぬ淋しさにますく瞑想的な偏した気分におちて行くのであつた」（「竜眼の樹に棲む人々」）と回想している。久女の人恋しさと裏腹の孤独癖は、長じて小倉という土地に住むようになっても消えなかったようだ。

久女たちは、さらに台北に移る。信光の死という悲しみはあったものの、台北の自由な雰囲気のなかで植民地の特権階級として何不自由なく暮らすことになる。末子を亡くした父は、病気がちの幼い久女をたいそういつくしんだ。

久女は三歳上の姉静といっしょに、現地にいた少数の日本人のために県庁の一室に設けられた寺子屋のような小学校に通う。姉も久女も、台湾で小学校教育を終えたのち、東京の名門中の名門、東京女子高等師範学校附属高等女学校（お茶の水高女）の入学試験に合格するという才媛であった。学籍簿は震災で焼失したが、久女が入学したのは、卒業年次から逆算して明治三十五（一九〇二）年となる。

五歳から十二歳という多感な時期を、久女は琉球、台湾という異文化のなかで過ごしたことになる。のちに久女が琉球の大トカゲやハブ、台湾の珍しい果物や現地人たちの市場など、鮮烈な印象をとどめている南国の風物について記しているように、亜熱帯の島は、気候風土も文化も内地とは大きく違っていた。そのような異文化のなかで育った久女は、さしずめ現代の海外帰国子女である。このことは久女の文化的な背景として記憶しておく必要がある。

明治三十九年に父は内地転勤となって一家は上京する。父が学習院の書記官として在職したのは、明治三十九年から大正二（一九一三）年までであった。赤堀家は上野桜木町や目白の学習院官舎などに住む。久女はニコライの鐘を聞き、テニスに興じ、コチロン、クワドリールというフランス風の社交ダンスを踊り、恵まれた環境のなかで五年間学び、作楽会（同窓会）名簿によれば明治四十（一九〇七）年に十七歳でお茶の水高女本科を卒業した。

当時の高等女学校は中流以上の家庭の女子に教養と作法、裁縫、家事などの技能を授けて「賢母良妻タラシムル」という教育方針であった。なかでも文部省直属のお茶の水高女は、模範校として徹底した良妻賢母主義教育が行われていた、と久女より四年前にここに入学した平塚らいてう（明）は述べている。若い日にこのような教育を受けたこともまた、久女を理解するうえで忘れてはならない。

久女の夫となる杉田宇内《うない》は、奥三河と呼ばれる愛知県の山奥の西加茂郡小原《おばら》村松名《まつな》の出身である。杉田家は苗字帯刀を許された庄屋で、代々林業、農業、養蚕などを営む三百年つづく素封家であった。祖父多十郎は県会議員を務めた村の有力者で、父和夫も村長という家柄であった。母しげは、中風で寝たきりの舅の世話をし、頑固な夫にひたすら仕える、おとなしい女性であったようだ。宇内はその杉田家の跡取りとして明治十七（一八八四）年に生まれた。宇内には姉いち、弟謙二、幹（夭折）がいた。このような家庭で育った明治の男、宇内の意識には、妻とは忍耐強くて従順なものというイメージがあったとしても不思議はない。

小原村にいまも残る長屋門や、門前の祖父の顕彰碑、そして家が取り払われた跡に残る大きな沓脱ぎ石は、杉田家の往時を物語っている。屋敷跡には石昌子氏が建てた観音像と〈灌沐の浄法身を拝しける〉の句碑が立っていて、裏山の累代の墓域に宇内と久女の墓もある。

宇内は東京芸術大学の前身、東京美術学校の西洋画科に明治三十六（一九〇三）年に入学。当時は、黒田清輝や岡田三郎助という錚々たる指導教官が揃っていた。本科を卒業後、研究科まで進み、明治四十二年の春に中退して、旧制小倉中学校に図画の教師として赴任。彼は学生時代に、根津、弥生町、上野桜木町などに下宿しており、一時期久女の家も上野桜木町にあったので、ここで二人の出会いがあったのかもしれない。

宇内と久女が宇内の郷里の小原村で結婚式をあげた時期については諸説ある。明治四十二年九月に久女が宇内の父宛に小倉から出した手紙が残っているから、結婚は四十二年の夏休み中であろう。そのとき宇内は二十五歳、久女は十九歳。

宇内はヒゲをたくわえた長身瘦軀の貴公子然とした風貌で、久女はくっきりした目鼻立ちの、当時としては大柄な個性的な美人であったという。久女が立ち居振る舞いのしとやかな、美しい人であったことは多くの人が伝えるところである。

官吏のお嬢様でお茶の水高女出の久女にはいくつもよい縁談があったというが、絵の好きな彼女は、美術学校出の西洋画家との結婚に夢を描いていたのだろう。黒田清輝たちによって日本に本格的な西洋画の技法が紹介されてから日も浅く、西洋画家はまだ珍しい時代のことである。結婚に際しては仲人から、生活の不自由はさせない、夫の外国での絵の勉強に同行させ、東京に家を建てる、お手伝いの人も仕送るという話があったということだ。

結婚後、久女は夫の任地である小倉に住む。新婚旅行のつもりで一、二年過ごすはずであったが、結局は昭和二十一（一九四六）年に太宰府で没するまで、四十年近くをここで暮らすことになった。

小倉の町

久女の俳句作家としての活動は小倉を中心として展開されたわけであるが、東京から遠く離れた軍都での生活は良くも悪くも俳人久女に大きな影響を与えた。小倉とはどのような土地柄であったのだろうか。

小倉は江戸時代には譜代大名小笠原氏の豊前十五万石の城下町であった。九州の北東の端に位置する小倉はまた九州の喉《のど》ともいわれ、古くから交通の要所で、太宰府、長崎方面へ向かう道と大分方面への道の分岐点であり、さらには下関を経由して本州と九州を結ぶ中継点でもあって、海と陸から各地の産物が集まってくる商人の町としても賑わった。

明治になって小倉城の焼け跡に軍の第十二師団司令部が置かれることになる。小倉は工業都市としても発展をとげ、背後にある筑豊炭田は日清・日露戦争以後、好景気に沸き立った。若松は石炭を積み出す港として、官営八幡製鉄所が置かれた八幡は重工業の中心として、門司は大陸貿易港として、北九州一帯は富国強兵政策の拠点となった。昭和初期には小倉に陸軍造兵《ぞうへい》廠《しょう》が誘致され、軍事、交通、産業の要となってますます活況を呈した。第二次大戦で長崎に投下された原爆の当初の標的は実は小倉であったが、その日の小倉上空が曇っていたために長崎に変更されたのだという。このことからも軍都小倉の重要性をうかがい知ることができる。

森鷗外が軍医部長として小倉に赴任したのは、久女より十年前のことである。彼は忙しい公務の間隙を縫って『即興詩人』を訳し、観世音寺、都府楼址、紫川、広寿山《こうじゅ》福聚《ふくじゅ》禅寺などに遊び、〈南国は馬上に仰ぐ木芙蓉哉〉などの句を残して、東京の第一師団に栄転する。三年間の生活を記録した『小倉日記』は当時の北九州を知るうえで貴重な資料である。

北九州一円には一代で巨万の富を築いた人びとがいたのだが、鷗外は拝金主義がはびこる当時の北九州の世相に対して、福岡日日新聞に「我をして九州の富人たらしめば」という文を寄せた。それによれば、炭鉱王たちは湯水のように金を使い、人力車の車夫にも法外のチップをはずんでいたため、車夫たちは普通の料金しか払わない客は歓迎しなかった。人力車に乗ろうとして車夫たちの乗車拒否にあった鷗外は、雨のなかを歩かなくてはならなかった。そこで鷗外は、芸術、学問への資本投下こそ最良のものである、と提言している。当時の北九州の雰囲気が伝わってくる。

小倉はこんな町であった。

新婚時代

宇内と久女の新婚生活は小倉の中心街にある京町の借間で始まる。明治四十四(一九一一)年、久女が二十一歳のときに長女昌子が生まれる。長子は婚家で産むという習慣に従って、小原村での出産であった。大正二(一九一三)年に姑が亡くなり、久女はしばらく小原村で舅の世話をする。このとき山奥の旧家の若い嫁として家を切り盛りしたことは、「山家の秋」につづられているが、才色兼備の久女は「振袖の嫁でなくては貰はない」という格式高い杉田家の自慢の嫁であったようだ。

大正三年に久女たちは板櫃《いたびつ》川河口の日明《ひあがり》に転居。日明付近は現在は住宅が立て込んだ一画となっているが、そのころは白砂青松の浜辺で、久女の家があった極楽橋の付近一帯は、夜には川面に深い霧が立ちこめ、沖へ出る船の艪《ろ》の音が響いてくる淋しい漁村であった。

大正五年八月には次女光子が生まれ、秋に失業中の次兄赤堀月蟾が久女の家に寄宿することになる。東京の会社に勤めて派手な暮らしをしていた次兄は、上役との折り合いが悪くなり仕事をやめて、俳句にのめり込もうとしたために、両親が景気のよさそうな北九州で勤め口を探すようにと久女のところに送ったのである。当時のようすは久女の小説「河畔に棲みて」に詳しい。ここでは房子は久女、良三は宇内、透は月蟾にあたる。宇内は厭な顔もせず義兄を歓待して、いっしょに夜釣りに行ったり、一生懸命に就職口を探したりする。やがて月蟾はチフスで入院。光子は乳不足で消化不良になるが、太田病院の太田登博院長（俳号柳琴《りゅうきん》）の力で一命をとりとめる。月蟾と光子が元気になり、一家は喜ばしい春を待つところで小説は閉じられる。

「河畔に棲みて」は大阪毎日新聞社の懸賞小説に応募して選外佳作となり、のちに長谷川零《れい》余子《よし》が原稿を貰い受けて、彼が編集する「電気と文芸」誌に掲載した。これを含めて久女が書いた六編の小説は、小説と銘打ってはいるが、久女の身辺の出来事をほとんどそのままなぞったもので、追憶のなかで過去を美化しているところがあるにしても、登場人物も設定も実体験に基づいていると考えてよいだろう。

久女が結婚生活に不満を抱いていたことは多くの評伝で語られている。しかし新婚のころは、夫婦はいつも一緒に外出し、客がくれば妻も出てもてなすという仲のよさで、「彼等の仲間でも一番幸福な家庭とされてゐた」とある（「河畔に棲みて」）。

ふたりの睦まじいようすは、随筆「珍景餅搗《ちんけいもちつき》物語」からもうかがわれる。宇内の発案で家で餅つきをすることになって、幼い子どもを抱えた久女は、前日から小豆を煮たり、餅米を洗ったりして準備をする。東京のお嬢様育ちの久女と、多くの使用人にかしずかれて暮らしてきた宇内である。ふたりとも実際に餅をつくのははじめてのことで、革靴、背広姿の宇内は重い杵を振り上げての慣れない作業にへとへとになってしまう。久女は強い火で蒸籠を焦がしてしまい、臼の餅はぶつぶつだらけ、砂糖餅もうまくできず、もうこりごりであったという愉快な失敗談である。若いふたりが奮闘する風景がはずんだタッチで描かれていて、ユーモアがあり、起承転結も鮮やかで、若夫婦のままごとのような暮らしが目に浮かぶ。

結婚の行き詰まり

しかし、ほほえましい一家の暮らしぶりにも次第に亀裂が生じてくる。一、二年という心づもりであった小倉住まいはずっとつづき、宇内が絵を描かないことへの失望、質素な暮らし向き、性格も育った文化も異なる夫との生活が、久女を幻滅させていった。

久女が中学校教師の家計を貧しいと感じることを、安定した職に就く真面目な夫を持って何の不足がある、もっと貧しく不幸な人はいくらでもいるなどと言ってみても意味がない。ある人にとって贅沢なものが、別の人には当たり前の必需品であることもある。たとえば橋本多佳子は、久女が高価なバラの花を何本も買ってスケッチしていたと述べている。久女はバラが描きたければ買ってしまう人なのである。

同じようなことが、昭和八(一九三三)年の久女の日記に見られる。そこには、じつにしばしばお金のことが書かれていて、お金のことで頭を悩ませていたことがわかる。当時、久女は虚子が編集する歳時記のために調べものをしたり、次女を東京の学校に送り出すのに忙しかったのだが、揮毫《きごう》を求めて短冊が毎日のように送られてくる。それをぼやいている箇所で、「一枚かく〔書く〕に、一円以上筆数本、香いくばく買ひ、一日つぶしかけどきに入らず。かき損じて又タンザクかひにゆく事も多し。大損はよけれど、此多忙の中より頗《すこぶ》る大閉口。短冊はるさきものゝずゐ一也。字も拙しけいこせねばと思ふ」とある。

銘筆銘香を新たに購入して気分一新、揮毫にそなえている。久女は和紙を集めるのが趣味で、ふんだんに金を蒔いた華やかな美しい短冊を好んだ。上等の短冊でなければ筆を執る気にならないのだ。しかも香を焚き、気合いを入れて一日がかりで書いても、気に入らなければ破いてしまうのである。このようなことをすれば、お金も時間もなくなってしまうのは当然だが、久女はそうしなければ気がすまなかった。その完璧主義のお陰で、今日残っている久女の短冊、色紙はいずれも文字も料紙も美しいものばかりである。

久女の実家は食べるものに贅沢であったということで、久女も凝った料理をして、盛りつけにも気を配っていたようだ。また、着るものも安物嫌いで、気に入った上等の着物を大切にすり切れるまで着たという。

物心ともに豊かな環境で育った久女は、中学教師の妻の暮らしを貧しいと感じたのである。「おなじお茶の水出の友達が皆社会の上流に属する生活をしてゐるのに、自分丈がかういふ光彩のない生活の中に、貧とたゝかつて暮すと云ふ事を淋しく思ふ日もあつたが唯感激に生きてゐるといふ様な彼の女は、夫等《それら》の苦労よりも、惰性で活きてゆく様な沈滞した中に、唯平凡と安逸とを貪つて暮して行く、そして輝いた芸術品一枚も画かないで、次第次第に教師型になつてゆきつゝあるといふ事の方が悲しかつた」（「河畔に棲みて」）というくだりは、久女の感慨をそのまま文字にしているようだ。

姉静は海軍中佐夫人となっていた。さらに、当時の石炭景気に沸いた北九州という土地柄が、金がないことのつらさをいやがうえにも意識させたこともあるだろう。男尊女卑の九州の旧弊な雰囲気も、開明的な父親に大切に育てられた久女にはなじめなかったかもしれない。

貧しくても、夫が芸術の道に邁進《まいしん》したなら、芸術家の妻という誇りをもって生きてゆくこともできたであろうが、宇内は中学の教師として職務にひたすら励むだけで、絵画に打ち込むことはなかった。進学のための主要科目ではない美術の教師では、学内での出世というのも先が見えていた。久女のなかに徐々に不満がたまっていったのである。

二　俳句との出会い

台所雑詠

久女のもとにやって来た次兄月蟾（渡辺水巴門下）の荷物はといえば、布団と普段着数枚だけで、あとは「ホトトギス」のバックナンバーや俳句の本と短冊ばかりであったという。月蟾はこのころ俳句に熱中していて、虚子、池内たけし、原石鼎《せきてい》などと飯田蛇笏《だこつ》が案内する甲州吟行に加わって吟行記を寄せている（「ホトトギス」大五・五）。発行所の例会報にも〈茶屋に居れば旅の心や花曇　月蟾〉などの句が見られる。

月蟾の手ほどきで久女は俳句を作り始める。大正五（一九一六）年の秋、久女は二十六歳であった。

伝統的に俳句は男性の文芸であり、明治時代には俳句を詠む女性の数はごく少なかった。文章に関心を移して一時作句から遠ざかっていた虚子は、明治末期に俳壇に復帰して、俳句界に女性の参加を促そうと考えた。大正二年に身内や長谷川かな女などの親しい女性に呼びかけて、「女流（婦人）十句集」を始めた。家庭をあずかって外出しにくい女性のために、あらかじめ出された課題で各自が十句を出句し、それらを清記した句稿を郵便で回覧して、十句ずつ選句するという形をとった。その結果は随時「ホトトギス」に掲載されていた。

長谷川かな女が十句集の幹事を西脇茅花女《つばなじょ》から引き継いだのは大正五年七月である。かな女は、明治二十年生まれで、久女より三歳年上。婿養子として迎えられた零余子《れいよし》とともに熱心に俳句を詠んだ。

時鳥女はものゝ文秘めて　かな女

羽子板の重きが嬉し突かで立つ

女性らしい視点から捉えた繊細な句で大正初期のホトトギス女流の代表としての地位を得ていた。

虚子は女流十句集の回覧に加えて、女性の文章や句を載せる婦人欄を「ホトトギス」に設けることにした。ホトトギス創刊二十年を記念する大正五年十月号に、投句者を女性に限定して、内容も台所に関するもの、たとえば鍋、まな板、包丁、味噌などを詠んだ「台所雑詠」の呼びかけがあり、十二月号から掲載が始まった。久女が俳句を始めたのはちょうどそのころであった。

久女の句が初めて「ホトトギス」に載ったのは、第二回目の台所雑詠欄（大六・二）である。それら六句のうち、つぎの三句に注目したい。台所の周辺を詠みながら生活臭にまみれた凡庸な作ではない。

鯛を料るに俎せまき師走かな

凩や流しの下の石乾く

妻若く前掛に冬菜抱きけり

「俎板」「流シ」「前掛」の兼題。一句目、豪華な鯛をさばく師走の台所の活気を「俎《まないた》せまき」とみごとに表現している。二句目、凩が聞こえる台所の、いつも水を使って濡れている流しの下にある石、漬物用の重石ではないかと想像するのだが、その石が乾いていることに目を止めている。理屈を超えた現代詩風の乾いた抒情がある。三句目、「妻若く」と新鮮な上五、中七はややもたつく感がある。しかし下五の「抱きけり」は上五と呼応して、ういういしい若妻の自画像を描き上げる。俳句を始めて二か月もたたないうちに詠まれたこれらの句は、目配りといい、はずんだリズムといい、すでにして久女の資質のよさを充分に示している。

婦人欄が開設されたばかりの大正六年の「ホトトギス」を見ると、台所雑詠、東京で行われていた婦人俳句会の会報、十句集の互選結果などが載っている。この欄は仲良しの女性たちの楽しいサロンといった感がある。当時の虚子選の雑詠は一人の投句数は二十句以内となっていて、しかも入選句は少なかったから、これに入選するのは極めてむずかしかったに違いない。婦人欄が設けられたことで、初心者の女性にも、「ホトトギス」が親しみやすく感じられて、俳句を作ってみようという女性が増えたと思われる。

このころ女性たちが写生に慣れるために打ち連れて吟行に出かけたようすを、かな女がつづっている。丸髷、桃割《ももわれ》に髪を結っていた時代のことであり、女性が俳句を詠むことはまだまだ世の中に認知されていなかった。「婦人の吟行などとは生意気に聞こえる」というわけで、川崎の大師、中山の法華経寺、柴又の帝釈天など神仏を祀ってあるところばかりを選び、しかも吟行とは言わずに「お詣り」と呼んだのだという（「女性と俳句」）。女性の俳句が盛んになった今日から見るとまさに隔世の感がある。

この年の五月、東京に里帰りしていた久女は、飯島みさ子の家で開かれた婦人俳句会で虚子に初めて会った。そこで「ホトトギス」誌上で知っていたかな女、阿部みどり女にも会って、久女には俳句がいっそう身近なものに思われたことであろう。小倉に戻った久女は猛然と勉強を始める。初学時代の久女は主婦としての日々の暮らしを詠んだ句を、「十句集」、「台所雑詠」またその後登場した「家庭雑詠」に投じた。このころは原石鼎、前田普羅《ふら》、原月舟《げつしゅう》などを選者とした課題句の募集があり、久女はこれにも投句しながら次第に定型のリズムになじみ、着実に実力をつけていった。一年ほどで十句集の互選で最高点をとるようになった。

大正七年に長女が小学校に入学し、夏に一家は堺町へ転居する。現在は小倉駅から徒歩十五分ほどの日本銀行北九州支店のあたりであるが、当時は東の町はずれの静かな住宅地であったという。橋本多佳子は「久女の家は小倉の砂津川畔の堺町小学校の裏の細い露地のつき当りのささやかな垣をまわした家であつた。瓢柵がつくられ秋には家中瓢だらけになつたときもあつた」（「久女のこと」）と記している。

大正期の「ホトトギス」は文章の比重が大きく、総合文芸誌のような誌面であった。久女は俳句と同時に文章にも意欲を燃やす。大正六年の六月号の「俳句と家庭欄」に日明での暮らしを描いた随筆「堤上の家より」を寄せ、「ホトトギス」の目次に大きく杉田久女の名前が載った。八月号の「婦人欄」では、各地の祭りをその地の女性俳人が記す特集が組まれ、久女は「小倉祇園祭」を寄稿した。

随筆「南の島の思ひ出」（「ホトトギス」大七・七）で久女は琉球で過ごした多感な幼児期をつづり、つづけて台湾での弟の死を描いた「梟啼く」（「ホトトギス」大七・十二）を発表した。「梟啼く」はその号の「山会の記」でとりあげられた。虚子は「死んだ伊藤左千夫の『野菊の墓』に似寄つた感じのする文だが筆は左千夫よりも達者だ。左千夫の文には恋味があり色彩は濃厚だが此文には務めの身にある家長が家族を率ゐてだん〲と辺鄙に、遂には新領土の蛮地へと流離して行く感傷的な淋しさが出て居る」と褒めた。「純な心持で書き進んで」いる点を買い、「梟啼く」の題はよくないが「小説がかつた味はひのある文章として推奨する」と評価した。

これら二作と台湾での暮らしをつづった「竜眼の樹に棲む人々」（「ホトトギス」大九・一、二）とをあわせて、久女の南国三部作といってもよいだろう。いずれも外地で育った久女の生い立ちとその過敏な感受性を伝える情感あふれる文章で、彼女に終生つきまとった孤独感がこのあたりから兆したことがうかがわれる。

「ホトトギス」雑詠欄に初入選を果たしたのは大正七年の四月号である。

艫の霜に枯枝舞ひ下りし烏かな

句集に未収録の句である。厳冬の叙景であるが、見た景をすべて描こうとして材料を詰め込みすぎた感がある。八月号の雑詠欄には三句が入選した。そのうちの、

仮名かきうみし子にそらまめをむかせけり

小さな子どもの愛らしい手の動きが目に浮かぶ。勉強に飽きて、母の傍らで豆の大きな莢《さや》を割ると、ふわふわとした白い綿のふとんにくるまれたようなそら豆が二粒、三粒と並んでいる。母と子どもの夕食まえの楽しいひとときである。平仮名を多く用いた表記もこの句の雰囲気にふさわしい。

この時期、久女は家族を詠んだ句をたくさん残している。

童話よみ尽して金魚子に吊りぬ

「長女チブス入院」と前書。病気の子どもにあるだけの童話を読み聞かせ、金魚を入れたガラス鉢をよく見える場所に吊ってやる。昌子氏によれば、久女は病室に七夕竹を飾ったり、破れた子どもの本に表紙をつけて、人形の絵などを描いてとじてくれたという。

六つなるは父の布団にねせにけり

家庭雑詠に、「夫阿蘇へ登山して留守」の前書で載った二句の一句で、〈六つになるは父の布団にねせにけり〉となっている（「ホトトギス」大七・一）。草稿では上五の字余りは「六つなるは」と改めてある。句集は下五を「ねせてけり」としているが、草稿では片仮名の「ニ」とも、平仮名の「て」とも読める。同様の書き方の他の句は、すべて「にけり」と読んでいるので、「ホトトギス」掲載の原句にあわせておく。

春雨や畳の上のかくれんぼ
姉ゐねばおとなしき子やしやぼん玉
金魚はや買ふ家もありぬ若葉かげ
雛市に見とれて母におくれがち
その中に羽根つく吾子の声すめり

愛娘を主題にしたときの情愛あふれた詠みぶりは、初期の久女俳句の魅力的な一面である。久女がふたりの娘に注ぐまなざしは、終生、限りなくやさしかった。夫を詠んだ句として、

蠣飯に灯して夫を待ちにけり
昼飯たべに帰り来る夫日永かな
獺《うそ》にもとられず小鮎釣り来し夫をかし

これらの句から、平和なころの杉田家のようすが浮かんでくる。

蝶追うて春山深く迷ひけり

句集では昭和十年以降の作品とされているが、実は「ホトトギス」大正六年七月号の「春の山十句集」に載ったものである。句作を始めて一年足らずでこのような味わい深い句を詠んでいたことに驚かされる。梅檀は双葉より芳しのとおりである。そのほかに、

門司に買物にゆく

まゆ玉買ふや路次に海濃き港町

膳椀の百人前や松の花

彼岸会の鐘のとゞかぬ野住かな

初期の作品が昭和二十七（一九五二）年版の『杉田久女句集』から多数省かれているのは、久女がこのころの句を捨てたからであろう。後年、句集草稿を清記しながら久女は十句集時代の女流作品について、「一句の感じと句の表現ことばのはこびが自然をかき」「此頃の婦人俳句幼稚にて印象強からず。今日見てとるべき句集中に少し」と感想を記している（三三三頁）。たしかに初期の句には久女の最盛期のような鋭さはないものの、雰囲気が温かく、季語の斡旋にはきらりと光る非凡さがあって、これはこれで心惹かれる。

父の死

大正七（一九一八）年の十二月、久女は心の支えであった実父赤堀廉蔵を喪う。刻苦勉励の信州人であった父は、官吏として鹿児島、琉球、台湾という遠隔地に赴任して社会に貢献し、家庭を大切にした。現地の人びとに対しても居丈高になることがなかった。そんな父は久女の理想の男性像だったのであろう。「ホトトギス」大正八年二月号の雑詠に父との永別の三句が入選した。

父逝くや明星霜の松になほ

最期を看取った久女は、長い一夜のあと白みかけた夜明けの空を静かに仰いだ。霜の下りた松の梢にはまだ明星が輝いていた。余分な感情表現は省かれ、彼女の慟哭は「なほ」の一語に込められている。「霜の松」の簡潔な表現も、寒々とした暁の風景を的確に写し出していて、作者の深い悲しみがこもっている。

み仏に母に別るゝ時雨かな

湯婆みなはづし奉り北枕

「み仏に」、「母に」と畳み込むような調子は、別離に際しての久女のあふれる思いが口をついて出てきたようだ。遺された母を置いて小倉に帰らなければならない娘としての心情を、「時雨」という季語が余すところなく伝えている。

肉親の死に接した久女の悲しみは濾過されて、抑制のきいた格調の高い句に結晶した。俳句を作り始めてわずか二年で、「もの」をして語らしめよ、という俳句の骨法を久女は完全に手中に納めていることがわかる。

飯田蛇笏は「山廬《さんろ》漫筆」でこれらの句をとりあげ、女性の俳人の数は増えたが、いずれも「何処やら力の足りないなまくしいところが見える中にあつて近来俄かに頭角を擡《もた》げその作風能《よ》く他を睥睨せんとする勢を明かに看取する事の出来る俳人は小倉の久女である」として、作品が厳父たる者の死に対する「哀憐痛悼の最も厳かな最も尊ぶべきものを語つて居る」と賞賛し、「俳壇の為めにかゝる女性の現出を祝福せざるを得ぬ」(「雲母」大八・七)と結んでいる。俳人久女は本格的な一歩を踏み出したのである。

「耽美的に大胆に」

久女の俳句の習作時代というべき期間はごく短く、俳句に手を染めてわずか数年で早くも第一のピークをむかえた。大正八(一九一九)年から九年にかけて代表作をいくつも得た。

花衣ぬぐやまつはる紐いろく

人口に膾炙したこの句は、大正八年六月号の「ホトトギス」雑詠の三席に入選した六句中の一句。ちなみに、昭和四十四年版の句集では「纏る」となっているが、本書では初出の「ホトトギス」と草稿の表記に従った。

八月号の「俳談会」で、内藤鳴雪《めいせつ》、虚子、原月舟、原石鼎、池内たけし、島村元《はじめ》、零余子などが集まって女流俳句に焦点を絞って白熱した討論が行われたようすが、十七頁にわたって掲載されている。山崎楽堂《がくどう》が「近頃は婦人が一ぱしの作者となつた」と述べているように、女性の俳人の数が増えて、大正八年ごろには技量も着実に進歩していた。繊細で、おだやかで、優しい情緒、女性特有の材料を詠んだ句というだけで珍重する時代は終わりつつあり、古い型に囚われない自由な詠み方の句が現れてきているのである。その流れのなかで虚子は久女の句に突出した新しさを見抜いて、このような合評会を開くことにしたのであろう。虚子がすぐれた指導者であったことがわかる。

最初に取り上げられたのは、久女の〈花衣ぬぐやまつはる紐いろ〳〵〉で、実に五頁を費やして各人が鑑賞をしている。

虚子は女性が着物を解くときの艶冶な心持ちがあり、「かういふ事実は女でなければ経験しがたいものでもあるし、観察しがたい所のものでもある。即ち此句の如きは女の句として男子の模倣を許さぬ特別の位置に立つてゐるものとして認める次第である」と高い評価を与えた。月舟は、「今迄ホトヽギスの中にこれ程女性の身体的の美——肩から胸へかけての肉体美——を謳つた句はないと思ふ」と官能的な華やかさを読みとっている。

島村元が、「中七に『や』を置いた形式は女流の句調としては余り穏当な形式の句とは思はれない」と述べると、鳴雪も同調して、女性が着物を脱ぐときは普通はなるべくひそやかに恥じらいながら脱ぐものであるのに、『ぬぐや』といふと公開して堂々と脱ぐやうな感がする」と感想をもらし、ふたりが久女の中七の勢いのよさに戸惑っていることがわかる。久女は花衣をぬぐときの気持を伝えるために、工夫を重ねながらそれまでの女性の句には見られなかったこのような表現を編み出した。

後年、久女自身は、「花見から戻つてきた女が、花衣を一枚〳〵はぎおとす時、腰にしめてゐる色々の紐が、ぬぐ衣にまつはりつくのを小うるさい様な、又花を見てきた甘い疲れぎみもあつて、その動作の印象と、複雑な色彩美を耽美的に大胆に言ひ放つてゐる」(「大正女流俳句の近代的特色」)と的確に分析している。

桜の季節の物憂いけだるさと、体が束縛から少しずつ解き放たれていく気分が、紐という物を通して描かれている。「花衣ぬぐやまつはる」とテンポよく一気に詠みあげたあと、一休止おいて「紐いろ〳〵」と、字余りにしてゆったりと締めくくる。緩急自在な詠みぶりである。下五の字余りは句が不安定になりやすいが、この句の場合はなんとも余情が濃い。表記もまた、紐の形状に似ていて美しい。女性ならではの官能を漂わせていて、技法的にも完成度の高い句である。この句碑は小倉の堺町公園にある。

芥子蒔くや風に乾きし洗ひ髪

カ行の音の頭韻が快い調べをもたらしている。細かい芥子《けし》の種を蒔《ま》くからには、風は微風であるに違いなく、その風に乾いてゆく黒髪が彷彿する。さらに、一句を読んだあとの脳裡には風に揺れる芥子の花まで浮かび、黒髪のイメージと交錯して華麗な像を結ぶ。

この二句は、女性の得意とする句材を、女性の感覚で受け止め、新鮮な句に仕上げるという久女の目論みが成功した例である。女性らしい句を追求した久女が、男性がいままでに詠まなかった領域を開拓したことを示している。

これらの句に代表される耽美的な系列の作に、

鬢かくや春眠さめし眉重く

吊革に春夜の腕しなはせて

一句目の「眉重く」は、やはり女性の感覚が捉えたものである。二句目の「しなはせて」も、女性が自身のたおやかな姿態を意識したもので、ナルシシズムが感じられる。しかも春の夜であることが濃艶な雰囲気をかもしている。

久女の句集を通読すると、〈新涼や濡れ髪ほのと束ねぐせ〉など髪の句が多いという印象を受ける。写真で見る若いころの彼女は、当時の流行であったのか、人一倍豊かな黒髪を驚くほど高々と結い上げている。髪は女の命という言い方があったが、女性は髪を洗い、梳《くしけず》るとき、心の華やぎや気分の衰えなどを感じ、そして時の移ろいを読みとるのだ。久女は女性の自意識が投影されるものとして、積極的に髪を詠んだ。黒髪は女性の官能美の象徴といえよう。

日々の暮らしを詠む

春寒や刻み鋭き小菊の芽

昭和二十七年版の『杉田久女句集』の冒頭に置かれた作品である。小菊の小さな芽の、その刻みという微小な点を描写しているが、些末主義には陥っていない。久女がその芽から感じ取ったのは、春寒。寒いけれどもそれは冬の寒さとは違う、どこかきらきら輝くような春の寒さであった。久女の感性の鋭敏さを示す佳吟である。大正八年四月号「ホトトギス」雑詠欄に入選した。

寒風に葱ぬくわれに弦歌やめ

「春寒や」と同時に入選したこの句は、久女の家のすぐそばの料亭指月館を詠んだもの。「弦歌やめ」という意表を突く下五の命令調の激しさが印象的だ。せりふをそのまま句に持ち込んだような表現はいかにも斬新である。

菊苗に干竿躍りおちにけり

句集では「菊畠に」となっているが「菊苗に」の誤り。「ホトトギス」(大八・六)に訂正が出ているし、草稿も「菊苗に」である。苗といっても一本ではなく、幾本も挿した苗床であろう。庭に立てた物干し台に、何段も竹竿を渡して洗濯物を干してある光景をかってはよく見かけたものだ。高い位置には三股などを使って竿を架ける。長い竿が、なにかの拍子にはずれて落ちた、久女が丹精している菊の苗の上にである。句を音読するとはっきりするのだが、「躍り」と「おちにけり」の間に一呼吸がある。竿がもんどりうって落ちる一瞬を、まるでスローモーションの画像のように克明に描いて印象鮮やかだ。

葉雞頭のいただき躍る驟雨かな

葉鶏頭には黄色も赤もあるが、雁来紅《がんらいこう》とも呼ばれているように、この場合は深紅と考えたい。突然の激しい雨しぶきに打たれて、やわらかな葉鶏頭の先端が揺れている。躍動感がある。そして葉鶏頭の色と雨脚の白さの色彩的効果も見逃せない。

茄子もぐや日を照りかへす櫛のみね

茄子の畑を照らす晩夏の太陽の強い輝きを、髪に挿した櫛の、その峰という一点に焦点を当てて描き出している。櫛の峰はただ晩夏光を受けているのではない、それをキラリとはね返しているというのである。調子が張り切った力のある作品である。

いずれの句も家のまわりで発見した素材を詠みながら、場面の切り取り方が鮮やかであり、対象にピタリと焦点が絞られて、像が鮮明である。豊かな色彩が盛られていることも久女の句の特徴である。

「ホトトギス」は大正八年ごろから次第に雑詠欄上位に女性の俳人が登場しはじめた。大正九年八月号の巻頭を女性として華々しく飾ったのは、竹下しづの女（静廼）の〈短夜や乳ぜり泣く児を須可捨焉乎《すてつちまをか》〉であり、久女は「茄子もぐや」などで三席であった。

大正八年五月、下関での虚子歓迎俳句大会に久女は出席した。

　簀戸たてゝ棕梠の花降る一日かな

簀戸《すど》とは、簾《すだれ》をはめこんだ夏用の戸。棕梠《しゅろ》の花を配したところは、いかにも南国育ちの久女らしい。この日久女は最高点となった。その高揚した気分を詠んで、

　バナナ下げて子等に帰りし日暮かな

門司港はバナナの水揚げされる場所でもある。現在、門司港のそばには、バナナの叩き売り発祥の地という碑が立っているのでもわかるように、輸入されたバナナは港に着いて、にぎやかな売り手の声とともに売られた。台湾で子ども時代を過ごした久女にとってバナナは独特のなつかしさをもつ果物であっただろう。句会に出た久女が、留守番の子どもたちのおみやげに買ったのは、房になったバナナであった。「買うて」でも「持ちて」でもなく、「下げて」とした叙法は巧みだと思う。バナナの房には久女のはずんだ心が映し出されている。

　板の如き帯にさゝれぬ秋扇

大正八年八月に長谷川零余子を小倉に迎えた句会の作品。「板の如き」という比喩が効いている。締めやすい普段帯ではなく、正装の帯、そして暑さをしのぐ盛夏の扇ではない、秋の扇。和服で身を包んだ女性の凛としたたたずまいが目に浮かぶ。

水辺の風景を詠んだ句として、

水ぬるみ網打ち見入る郵便夫

あたたかや水輪ひまなき廂うら

針仕事を詠んだ句として、

夜寒さやひきしぼりぬく絹糸《きぬ》の音

針もてばねむたきまぶた藤の雨

羅を裁つや乱るゝ窓の黍

一句目、和服をほどいているのであろう。古くなった絹の布と糸がきしむのである。夜寒のころの季感がよく出ている。久女の初期の句に見られる傾向なのだが、「絹糸」にルビをふって「きぬ」と読ませるあたりには、今日から見ると窮屈な感がある。

二句目、中七の調べもゆったりとしていて、藤の咲くころのけだるい気分がよく表現されていて艶がある。三句目は、〈花衣ぬぐやまつはる紐いろ〳〵〉と似た詠み方の句で、「裁つや乱るゝ」という呼吸はみごとである。薄い布を裁つときの息を詰めるような緊張感が、窓の外の大ぶりな黍《きび》の揺れとの対比から鮮やかに表現されている。

東風吹くや耳現はるゝうなゐ髪

花桐やかりくこする鍋の尻

夫留守の夕餉早さよ蚊喰鳥

笹づとをとくや生き鮎ま一文字

生き鮎の鰭《ひれ》をこがせし強火かな

日常生活に句材を見出し安定した力を示している。とくに鮎の二句は勢いのある詠みぶりで、生きた鮎の姿が鮮明に浮かび上がる。

久女は大正八年五月号の福岡の俳誌「天の川」の課題句の選者を務めた。「天の川」は大正七年に吉岡禅寺洞《ぜんじどう》を主宰として刊行され、創刊当時は長谷川零余子が選者をしていたが、大正九年から禅寺洞の選となった。久女は「天の川」にも文章を寄せた。

離婚問題

大正九（一九二〇）年八月、松本の墓地に父の埋骨をする。

夏雨に母が炉をたく法事かな

「夏雨」という季語が動かない。信州の短い夏はひと雨降るとたちまち涼しさを越して肌寒くなる。作者は湿りがちな雨の日に、法事のために炉を焚いている老いた母の姿を見つめている。

紫陽花に秋冷いたる信濃かな

「秋冷」は、アキビエの読みもあるが、ここはシュウレイと音読みして句の緊張感を保ちたい。八月の信州の澄み切った大気に包まれて、花期の長い紫陽花はまだ青々とした色を残していた。父を喪った久女は、その花に山国の早い秋の訪れが迫っていることをいち早く感じ取っているのである。この冷やかさは、これから来る厳しい季節の前兆だ。「信濃かな」の座五も堂々としている。紫陽花、あるいは秋冷という題で机上で作句した場合には、このような新鮮な句は生まれてこないだろう。どこにもゆるみがなく、骨格のしっかりした名吟である。久女が定型詩に対する天賦の言語感覚に恵まれ、かつ一句を完成の域まで推敲する並々ならぬ努力家であったことを物語っている。

だが、ただでさえ忙しい幼い子どもを抱えた家庭を切り盛りしながら、主婦が文章を書き、俳句に打ち込めば、当然時間は足りなくなる。毎朝かまどに火を熾《おこ》して、タライで洗濯をする時代である。〈ホ句のわれ慈母たるわれや夏痩せぬ〉と、俳句と家庭の両立の難しさを俳句を始めた当初から嘆いているとおりである。

このころの久女の暮らしぶりを、零余子が「葉鶏頭の宿」(「天の川」大八・十一)につづっている。零余子は九州婦人十句集の話で吉岡禅寺洞たちと小倉の久女の古ぼけた家を訪れ、彼女の侘びしげな生活を知る。その折に久女は、家事がおろそかにならないように、夜中に起きだして文章を書いている、「物質は勿論ですが時間がないのですから俳句をやめようと幾度思つたか知れません。けれども俳句をとり去つたあとの私は全く孤独です、私は社会的にも、精神的にも孤独です。たゞ俳句を産み出す事に自分の孤独の価値があるやうにも考へられたからそこに自分を置きたいと願つて努力してゐるのですが」と語ったとしている。

久女は高価な宝石や着物にうつつを抜かしたわけではないが、奥様芸の域を超えた完璧主義を貫く姿勢は、家庭にも影響をおよぼさずにはおかなかった。〈争ひ安くなれる夫婦や花曇り〉〈或時は憎む貧あり花曇〉という状況に陥った。今日の状況でも手のかかる子どものいる家庭の主婦や仕事を持つ女性なら、その上に趣味や生き甲斐を追求するとどのような事態になるか、その事情はよくわかることだ。宇内は学校では面倒見のよい教育者であったが、「男は仕事、女は家庭」と思いこんでいた明治の男であったから妻が句会で家を留守にしたり、男性の俳人から手紙が来たりすればおもしろくはなかっただろう。この時代は、意欲的に自らの道を開拓しようとする女性にとって、まことに生きにくい状況であった。久女のやり方では、俳句か、家庭か、という二者択一を迫られることになるのである。久女が俳句で最初の大きな壁にぶつかったのは、家庭という問題であった。長女昌子氏は昭和二十七年版の句集のあとがきに、両親の確執を記している。

兎に角、父と母とは、性格も生立ちも、総べての考へ方も根本的にくひ違つてゐたやうに考へられる。父は一校に四十年間精勤した。奥三河の山家育ちで、地方素封家の出である。しかしその育ちから来る性格は、真面目一方、ある意味では頑固、偏狭であつたと私には見える。母はいはゞ、植民地の明るい色彩の中で、温室育ちであつた。古風な封建的な山国の気風には縁がうすかつた。宿命的な不幸が、かういふところからも生れないわけにはゆかず、大正七年、実父が他界し、三年忌の納骨式の際に、始めて離婚問題が実家の問題として取上げられたほどである。

病気をしたりもして、母は一時実家に帰つてゐたが、然し、結局帰つて来た。（中略）久女を自由奔放、或は無節操、背徳者の如く片づける批評もあるが、あまりにも人の世の常の母親と変りなく、子供を置去りに出来る人ではなかつた。（「母久女の思ひ出」）

この文にあるように久女は腎臓病になり、しばらく信州で養生したのち、東京の実家に戻り入退院をくり返しながら療養する。当初の予測とは大きくはずれた小倉での苦しい生活の実情を知った久女の家から、離婚話が出された。

八月の雨に蕎麦咲く高地かな
浅間曇れば小諸は雨よ蕎麦の花
今朝秋の湯けむり流れ大鏡
雨降れば暮るゝ早さよ九月尽

自身の病む姿を詠んだ句に、

簾捲かせて銀河見てゐる病婦かな
病み痩せて帯の重さよ秋袷
粥すゝる匙の重さやちゝろ虫
菊の日を浴びて耳透く病婦かな

さらに、「看護婦をのゝしる句」と前書をして、

芋の如肥えて血ぅすき汝かな

という感情的な句も残している。離婚話がもつれているなかで、幼い子どもと離れて病臥しているやりきれなさと苛立ちが詠まれた作品だ。

夫出立

言葉少く別れし夫婦秋の宵
吾子に似て泣くは誰が子ぞ夜半の秋

虫鳴くや三とこに別れ病む親子

小倉の宇内も痔で入院し、長女は宇内の郷里の小原村に、次女は久女の実家に預けられていた。〈山茶花や病みつゝ思ふ金のこと〉のとおり、療養の費用は宇内の俸給では足りず、久女の実家の援助があったと昌子氏は述べている。〈個性《さが》まげて生くる道わかずホ句の秋〉とあるように、このころは久女の生涯でも悩みの多いつらい時期であった。長谷川零余子・かな女夫妻、金子せん女などの俳句の友だちが久女を見舞いに来てくれた。この間に久女は、東京のホトトギス例会に出席したり、「四人部屋」、「葉鶏頭」という二本の小説（「電気と文芸」誌に掲載）を書いたりして過ごす。

「葉鶏頭」は、さきに引用した零余子の「葉鶏頭の宿」と同じ内容を主婦久女の立場から描いたものである。この小説の視点が主婦になったり客になったりして定まらないのは、零余子の文章を読んでから彼の視点を意識して書いたからであろう。せっかく訪ねてきてくれた客のまえで久女は固くなってうまくもてなすことができず、帰宅した夫に客の相手をしてもらう。黄ばんだ障子の陰で不揃いの食器に数の足りないご馳走を盛り分けながら、みじめさと恥ずかしさで涙ぐむ久女の姿から内向的な感じやすい一面が浮かんでくる。

夫の宇内はどうしても離婚に同意しなかった。地方都市の教育者という窮屈な職業、また世間体を気にする宇内の性格があったのであろう。宇内には妻の存在を丸ごと受け入れる包容力はなかったようだが、外地育ちの久女という我が強く手に余る女が持つ、自身にはない輝きに対する執着もあったのかもしれない。

久女は子どもを置いて離婚することに踏み切れなかった。結局、父の納骨から約一年後の大正十年七月に、久女は都落ちするような淋しい気持ちで小倉に帰ることにする。子どもの存在が久女を不満が多かった結婚生活につなぎ止めたが、同時に、生きる力を与えた。

野見山朱鳥《あすか》は、「結婚当初から三年ほどは人も羨むほどの仲で糟糠の妻であった久女が、俳句の道に入り、文芸に生きんとしはじめた一途な心からしだいに変化しはじめて、その熱中の度が過ぎはじめてくると家庭の主婦であることも忘れ」(「杉田久女」)、と俳句が原因で夫婦の関係が悪くなったとしている。逆にまた、絵を描かない美術教師となってしまった夫との結婚生活のなかで積もった不満が文芸に熱中させたという見方もできる。久女は彩りも華やかさもない暮らしに、一筋の光をもたらすものとして俳句に突き進んでいった。その原動力となったのは、久女の「体をめぐる多感な血の流れ」がとらえた日々の苦しみ、哀しみであった。そして彼女の孤独に価値を与えてくれるものとして俳句、文章という自己表現を得たことが、家庭や周囲の人びととの葛藤をさらに生んでいくことになった。

第2章　俳人として立つ決意——昭和六年まで

昭和2（1927）年、道後温泉での第1回関西俳句大会
前列左より3人目が杉田久女。
後列左より5人目が高浜虚子

一　作句中断

メソジスト教会入信

子どもへの思いを断ち切れずに小倉に戻って来た久女を、宇内は、離婚を言い出したことで日夜執拗に責め立てた。宇内と久女について石昌子氏は、「人口希薄の山間育ちで、好人物ではあるが家族にとって人情のうすく見える父は、母が物事に熱中するのが理解できず、それを欠点として退ける一方、母は、父が何事にあれ、追求しないそういう性格に飽き足らない風だった」（『杉田久女』）と述べている。

奥三河の山村育ちと南国の植民地育ちという文化の違い、また世間を気にする常識派と陶酔的な熱中派という性格の違いを抱え、しかも芸術家の繊細な神経を持った夫と妻の組み合わせが、家庭内の不和の根本にあったと考えてよいだろう。俳句に向かうとなれば熱中せずにはいられない久女は、中途半端にするよりは、と一時期「ホトトギス」も開かず、投句もやめた。忙しい家事の妨げになり、夫の不興を買う原因となった俳句から遠ざかることにしたのだった。そのころは「大酒のみが盃を取り上げられた程、実に寂しかつた。苦しかつた」という。

俳句をやめた久女は、子どものかかりつけの小児科医であったクリスチャンの太田柳琴と小林牧師（俳号苔雨）の導きによって日本基督教団鍛冶町教会に通うようになる。太田柳琴は、俳句をたしなみ、小倉の俳句会「二八会」の創設者のひとりで、久女によれば「物質万能のK市には珍しい様な高い人格者だつた」（「河畔に棲みて」）。寂しさから逃れるために久女は「無我夢中で、信仰へ突進した」のである。久女の関心はしばらくの間、俳句からキリスト教に移った。

久女は熱心に聖書をひもといた。久女の艱難《かんなん》をすすんで受け入れようとする精神は、教会での求道生活をとおして身についたものであろう。また聖書は久女の独特の文体や語彙《ごい》にも大きな影響を与えたと思われる。

久女は大正十一（一九二二）年の二月に洗礼を受けた。つづいて宇内も受洗した。悩みが多い日々のなかで柳琴は、久女にとって信頼できる相談相手であった。昌子氏は、久女が遺した蔵書のなかの女流俳句研究のための書籍や、高価な俳句全集などは、柳琴が貸し与えたものではないか、と推測している。すると〈われに借す本抱へ来よ夜長人〉は柳琴を詠んだものであろう。この句の「借す」は「貸す」の意。

久女は教会の清掃をしたり、花を活けたり、バザーに手芸や自身が描いた油絵を出品したり、教会活動に熱心に参加する。

われにつきゐしサタン離れぬ曼珠沙華

久女に憑いていたサタンが具体的になにを意味しているのか、句からはわからないが、地獄の劫火のように群れ咲く曼珠沙華を見ながら久女は、憑き物が落ちたように感じた。サタンと曼珠沙華の取り合わせは、一度こう詠まれると両者の間の動かしがたい連想を呼び覚ます。特異な心象を詠んだ句であるが魅力がある。

　バイブルをよむ寂しさよ花の雨

聖書を読んでも久女の渇望は静まらなかった。胸の奥で依然として俳句への思いはくすぶり続けていたのである。そして久女を俳句に引き戻すような出来事が起きた。ひとつは虚子の小倉来遊であり、もうひとつは同じ九州に住む恵まれた資質の二人の若い女性、中村（斎藤）汀女《ていじょ》と橋本多佳子（多加女、多佳女などの俳号も用いたが、多佳子に統一しておく）との出会いである。久女が句妹として作句を励ました二人は、のちに昭和俳壇を代表する俳人となる。

江津湖の中村汀女

小倉に戻って二か月後の大正十年九月に、久女は熊本の江津《えづ》湖畔に中村汀女を訪ねた。明治三十三（一九〇〇）年に熊本で生まれた汀女は、久女より十歳若い。父は村長を務め、汀女は旧家の一人娘として湖畔の豊かな自然に親しみながら育った。ある日、〈吾にかへり見直す隅に寒菊紅し〉という句がふっと浮かび、九州日日新聞に投句すると、俳句欄選者の三浦十八公《じゆうはちこう》に激励されて、汀女は俳句に関心をもつようになる。大正七（一九一八）年、汀女十八歳のことである。

汀女の句が「ホトトギス」雑詠欄に初登場するのは、大正九年の新年号で〈身かはせば色変る鯉や秋の水〉などの四句が一度に載った。大変な快挙である。錦鯉であろう、澄んだ秋の水のなかの魚体の動きを鮮やかに言い止めている。対象をぱっとつかんで、その感じがそのまま一句になるという汀女の天性のすぐれた感覚を示す作品である。

やがて汀女は「ホトトギス」誌上で久女を知り、「私は畏敬の念をもつて、久女さんに手紙を出した。そしたら久女さんから返事が来て、先づ、私はその能筆に驚倒した」（「久女さんのこと」）という。次女光子を連れて汀女の家を訪問した久女は、引き留められるままに数日滞在する。汀女が棹をあやつって江津湖に舟を出したり、句友が来て句会をしたり、夜は同じ蚊帳のなかで語り合った。その思い出を久女は随筆「阿蘇の噴煙を遠く眺めて」になつかしさをこめて書き記している。江津湖を詠んだ久女の句は、

水荘の蚊帳にとまりし蛍かな
おのづから流るゝ水葱《なぎ》の月明り

水葱とはミズアオイのことで、田や沼に自生し、その葉を食用にした。『万葉集』に、〈醤酢《ひしほす》に蒜《ひる》搗《つ》き合《か》てて鯛願ふ我にな見えそ水葱の羹《あつもの》〉（16―三八二九）（醤酢に蒜を搗きまぜて鯛が食べ

たい。わたしの目のまえから消えろ、水葱の吸い物よ）という愉快な歌があり、水葱は庶民の普段の食べ物であったことがわかる。万葉好きの久女には、思い入れの深い植物であっただろう。

その年の暮れに汀女は、淀橋税務署長の中村重喜と結婚して上京したが、その後も久女を「お姉さま」と慕って文通がつづいた。

「夜あけ前に書きし手紙」

江津湖の旅は、久女のなかで抑えられていた俳句への思いを掻き立てた。旅から戻るとすぐに、虚子に手紙を書き送った。それは「夜あけ前に書きし手紙」として、「ホトトギス」（大十一・二）に掲載された。

「只今午前の三時でございます」という書き出しである。腹痛で目が覚めた彼女は、庭に出て月光に照らされたコスモスを眺め、句を作り、そのまま寝間着の素袷一枚で虚子に宛てて、作句中断に至る事情を語り、「世界のはて迄でも、否私の死の棺の中へもそつとつきしたがふ深い魂の寂しみ」を訴える。「貧しい私には本は買へず、友は皆遠し、都の灯も、実家も何百里へだてます。芸術の殿堂は、あまりに尊く高くして私にあふぎみる事も叶はず、あとにのこるは只俳句です」と唯一の心のよりどころである俳句への熱い思いをつづる。

それまで彼女は「ホトトギス」に何句入選するか、ということばかりを気にして、「血まなこ」で作句して、成績不振のときには食事も進まないほどであったが、そのような姿勢を反省して、「今はじめて、私は御選句にもれることを意にかいせず（中略）とにかく拙くとも、自分の性格なり、生活にふれたことをつくり度いと思ひます」と新たな気持でふたたび俳句に向かう決意を記している。書きつづるうちに、やがて夜が白み始めて、畑のむこうから人びとが起き出す音が聞こえ、払暁の寒さに体が冷え切ったというところで手紙は閉じられる。

この文章を初めて読んだとき私は、久女のぶつけるような感情吐露にたじろぎ、古い鏡のような青白い月、流れる雲、月光に照らされたコスモスなど、舞台の書き割りのような情景描写に違和感を覚えた。久女は、自身が創り出した世界に陶酔して、そのなかに自身を投じて、劇の主人公になった気分で自己劇化をしているように思われたのである。ここに書かれていることが虚構だというのではない。真摯《しんし》な文面は心打つものではあるが、俳句の師弟間の私信にこのような書き方をするものであろうか、と驚いたのである。

末尾に、これを雑誌の端にでも載せてほしいと書いているところまで読んで、私はやっと納得がいった。「ホトトギス」に掲載されることを念頭に書いたとすれば、久女は最初から虚子以外の読者を想定していたわけで、つまりこれは私信というよりは、俳人としての再起を表明するマニフェストを書簡という形式を用いて書いたもの、と捉えるべきなのだ。そう考えると、夜明けの到来が俳人久女の再生を象徴しているような設定にも思われ、みごとな構成の作品として読むことができた。

しかし、実際にこの手紙を受け取ったとき、虚子は困惑したのではないかとも思うのである。寝間着姿の女弟子が、腹痛をこらえながら、ひとりで真夜中に思いのたけを記した手紙を送られれば、戸惑ったのではないだろうか。

この手紙の書き方には、久女の感情表現の特徴がはっきりと表れている。自身の思いにあまりに一途であるために、相手の立場に配慮したり、反応を予測することをしない、外から自分がどう見られるかに気がまわらない、そういう不用意さや無防備さがもろに出ているように私は感じた。久女の感情流露はしばしば相手を当惑させ、一方通行になってしまうのである。

理由があって一度やめたものを再び始めることは、ゼロから出発するよりも多くのエネルギーを必要とするものだ。しかも、久女の場合、やめる最大の原因であった家庭内の問題がなんら解決されないままなのである。後年、久女は句稿を整理しながら、この時代の記録を読み直したのであろう。草稿に、「このころはよほど今よりもつと貧しく『いつになつたらこの貧乏ぐらしがぬけ出せるか万感むねにこもつて涙ぐみつゝ歩む』とあり。中学教師の生活もくるしいもの」(三〇頁)と書き込んでいる。

小原村に残っている杉田家の立派な長屋門を見ると、これほどの屋敷を構えた素封家の跡取りの嫁が生活苦を嘆くのは意外な気がするのだが、宇内は母が亡くなったあと、親戚の反対を押し切ってすぐに妾を家に入れた父とは仲が悪かった。父は妻の喪中の精進の最中に、「たまには鰻でも鶏でもひねりころして」食べなければ気がすまない、と池の鯉を自分で料理しようとするような短気でわがままな男であった。父は宇内が辛気くさくて嫌いであった。

昌子氏によれば、杉田家は資産家ではあったが山間の村のことで現金の支出には渋く、都会の生活についても知識がなかった。潔癖性の宇内は実家の援助を受けることを潔しとしなかったであろうし、また実家のほうも金銭の支援をする気はなかった。久女は背水の陣を敷いて俳句に向かう覚悟で、この手紙を書き自身を鼓舞したのであろう。

櫓山荘の橋本多佳子

ほどなく虚子が九州に来遊する。大正十一（一九二二）年三月に虚子を迎えて門司で開かれた句会の席題は「春潮」であった。久女が投じた句は、

春潮に流るゝ藻あり矢の如く

早鞆瀬戸《はやとものせと》と呼ばれた関門海峡の春潮を念頭に読めば、下五の「矢の如く」の比喩の適切さがよくわかる。後年、虚子はここの景を〈春潮といへば必ず門司を思ふ〉と詠んでいる。

久女の句は、虚子の「肥前の国まで」には「如し」と引用されているが、推敲の結果であろ

う、句集と草稿では「如く」である。「如し」ときっぱり言い切るよりも、この場合は「如く」のほうが句がやわらかく、「矢の如く春潮に流るゝ」と上五に戻って、そこに余情がこもる。

柳琴などの尽力で虚子を囲む句会が櫓山荘《ろざん》で開かれて、そこで久女はもう一人の句妹、橋本多佳子に出会うことになる。櫓山荘での虚子の〈落椿投げて暖炉の火の上に〉という句に、まだ俳句を始めていなかった多佳子は強い感銘を受けた。

多佳子は明治三十二（一八九九）年、父山谷雄司、母都留の長女として東京に生まれた。十歳で父が死去。十二歳で湯島小学校卒業後、本郷菊坂の女子美術学校に入学するが、すぐに退学。祖父の後継として十五歳のとき山田流箏曲の奥許《おくゆるし》を受けたという。その後の経歴は不詳であるが、十八歳で大阪の建設業、橋本組社長の御曹司、橋本豊次郎と結婚。大正九年、小倉市中原《なかばる》に豊次郎が櫓山荘を新築して移り住んだ。櫓山荘はかつての小笠原藩の玄海防備の櫓《やぐら》があったところで、玄海を一望にする凝った造りの建物であった。ここは文化人が集う北九州の文芸サロンのようになる。

久女が出会ったとき、多佳子は二十三歳で二女の母。久女は山荘にひっそりと住む多佳子の「白牡丹のやうにすらりと」した姿に驚きの目をみはったという。

久女は夫、橋本豊次郎に頼まれて多佳子に俳句の手ほどきをすることになった。多佳子は「山荘でぽつんと友もなく暮らしてゐた私は久女を得て賑かになり、週に二三度も通つて来られる久女に句を作らされ、画を描かされた」（＝久女のこと）と当時を振り返っている。句集未収録の久女の句〈きさらぎや通ひなれたる小松道〉は櫓山荘に通ったころのことを詠んだものだ。

久女にとって筋のよい多佳子に俳句の指導をすることは楽しみだった。彼女は弁当を持参しては俳句の話に熱中して、夕食の時間になっても一向に腰を上げようとしなかったため、豊次郎が久女が家庭を顧みないと非難してお出入りを禁じたという風聞がある。

久女が俳句を教えることが好きだったことを示すおもしろい話を池上浩山人《こうさんじん》が紹介している。電車のなかで「ホトトギス」を読んでいる女性を見かけた久女はつかつかと近づいていき、「私は杉田久女です。俳句をやるならば、見て上げますから、私の家にゐらつしやい。知つてゐる限りの事はお教へします」と申し出た、という（＝久女拾遺）。いかにも直情径行の久女らしいエピソードである。その女性は植田浜子で、後に久女が創刊した「花衣」の会員となる。久女が出し惜しみをせずに力を入れて指導したことは、「花衣」の誌面からもうかがえる。

久女は作句に熱心であり、教えるのも好きだったが、俳句の添削などで謝礼を受け取ることをお花や踊りの師匠のように扱われた、とひどく嫌ったという。理想主義できまじめな久女にとって、俳句は芸術であり、金銭の損得など問題外で、どこまでも真剣に取り組むべき対象だったのだ。

そのような久女から俳句、さらに素人離れした書や絵まで教えてもらうとは、恵まれたスタートといわねばならないが、当時の多佳子にとって俳句はお稽古のひとつに過ぎなかったから、久女の意気込みに辟易したのだろう。久女の情熱と善意は理解されず、逆効果を生んでしまうのである。多佳子は久女から与えられた恩恵をあまり意識していなかったように思われるのだが、結果として久女が多佳子の心に蒔いた俳句の種は、後に豊かな実を結ぶことになった。

このころ久女は小倉の私立勝山女学校で図画を教えたり、行橋《ゆくはし》市の福岡県立京都《みやこ》高等女学校でフランス刺繍《ししゆう》を教えたりもしている。

ノラともならず

大正十一(一九二二)年二月号の「ホトトギス」に入選した五句のうちつぎの二句が問題となった。

冬服や辞令を祀る良教師

家庭内で物議をかもしたというこの句は、昭和二十七(一九五二)年版の句集では省かれている。「冬服」から昔の黒っぽい、重たい背広が思い浮かぶ。季語もよく働き、敬神家であった宇内の姿を一筆で描いていて、第三者的に見れば才気煥発の作品である。しかし「良教師」という措辞に、宇内は芸術を捨てた自分へ向けた妻の皮肉を読みとった。

久女がどう思おうと、この時代に油絵を描いて食べてゆける画家はごく少なかったのである。

宇内は家長として働いて家族を養わなくてはならなかった。教師の仕事は教室のなかだけで終わるものではなく、むしろ授業以外の仕事のほうが多い。宇内の場合、絵の仕事には自分で課さない限り締め切りはないし、学校の仕事のほうは目の前につぎつぎと現れてくる。それらを律儀にこなせば芸術に打ち込む時間も意欲も不足するだろう。優れた芸術家であり同時に良い教師であることは、至難の業である。しかも彼は故郷に戻れば旧家の跡取りとしての暮らしが保証されている。宇内は頼まれて肖像画を描くということはあったが、画業に専念することはなかった。宇内の作品としては美術学校卒業制作の着衣と裸身の自画像などの何点かが残っているだけである。

私は画家としての宇内が知りたくて、北九州市立美術館を訪れた。ここに収蔵された宇内の裸身の自画像のまえに立って、まずその正確なデッサンに驚いた。品格のあるアカデミックな画風である。明暗のコントラストで描かれた若い男性の筋肉質の肉体は、森の修道僧のような静けさをたたえていた。けれど私はこの絵に引きこまれるような感じは受けなかった。時を超えて語りかけてくる画家のメッセージを受けることはできなかったのである。日本の油絵の黎明期の画家として宇内が絵を描きつづけたらどう発展したかはわからない。しかし同時代の天才画家、青木繁のように絵を描かずにはいられない、という芸術家としての衝動がなかったことだけはたしかである。だから彼は教師の道を選んだのである。これは宇内に限ったことではなく、美術学校の卒業生が全員画家になるものではない。また、すべての画家が美術学校出身というわけでもない。

そんな宇内の側には屈折した思いがあったのだろう。妻が一緒にありがたく辞令を祀るどころか、突き放した視線を向けて、たちまち句にして発表するとなれば、夫たる者、やはり怒りがこみ上げてきて、「誰に食べさしてもらっているんだ」という家長の高圧的な常套句が久女に投げつけられた。

足袋つぐやノラともならず教師妻

これはさらに問題となったもので、久女の鬱屈した思いを表す作品として、この後しばしば引き合いに出されることになる。

ノラは言わずと知れたイプセンの『人形の家』の主人公である。夫の愛玩物のような存在であることに終止符を打って、自立の道を選んだ女性だ。この芝居は一八七九年にコペンハーゲンで初演後、欧米各地で上演されたが、家を出るというノラの選択をめぐって激しい議論を呼んだ。

日本では明治四十四（一九一一）年に、松井須磨子がノラを演じて好評を博した。この年は平塚らいてうによる「青鞜」が創刊された年でもある。妻子を捨てて須磨子と同棲した島村抱月はスペイン風邪で急死。須磨子が彼の後を追って自殺をすることで二人の自由恋愛に自ら幕を引いたのは、大正八（一九一九）年一月、久女の句が詠まれる三年前である。女性たちは家父長制を否定して、ひとりの人間として自由に生きる道を懸命に模索していた時代なのである。久女が残したノートにはメーテルリンクなどの名前も見られるし、〈戯曲よむ冬夜の食器浸けしまゝ〉〈蚊帳をすくさ青き灯かな戯曲よむ〉という句もある。読書好きの久女は話題となった戯曲を読んで、ノラのことも、須磨子のことも、「新しい女」の主張もよく知っていたはずだ。

そして「ノラともならず」と詠んだ背景には、久女の住む小倉のすぐ近くで当時の新聞を賑わした出来事があった。大正十（一九二一）年十月のいわゆる「白蓮事件」である。

歌人白蓮こと柳原燁子《あきこ》は、伯爵柳原前光《さきみつ》を父とし、柳橋の芸者を母として生まれた。父前光の妹愛子《なるこ》が大正天皇の生母であることから、白蓮は大正天皇の従妹ということになる。彼女は十六歳で一子を得て離婚後、二十六歳で、五十一歳の大正鉱業社長伊藤伝右衛門と再婚する。伝右衛門は石炭の露天掘りをしながら裸一貫で巨万の富を築いた男である。皇室とつながる血筋、その美貌、ありあまる資力をそなえた白蓮は、「筑紫の女王」と呼ばれ、たえず話題の中心となり、さまざまな恋のうわさが流れた。白蓮は伝右衛門との暮らしの索漠たる思いを詠んで、

誰か似る鳴けようたへとあやさるる緋房の籠の美しき鳥　　白　蓮

また奔放な恋心を、

君に会ひ泣くべき時を命にて秋の七度生きてゐしかな

大正四年、歌集『踏絵』が、佐佐木信綱の序文、竹久夢二の口絵・装幀で上梓され、評判になった。やがて白蓮は七歳年下の東京帝国大学法学部出身の宮崎龍介（宮崎滔天の息子）と出会って子どもを宿し、離婚を決意する。従来の夫から妻への三行半とは逆に、白蓮のほうが伝右衛門に離縁状をつきつけた。この離縁状は当の夫に渡されたのではなく、大阪朝日新聞紙上で公開されるという前代未聞の展開をした。新聞は連日、「日本のノラついに離婚」などと大見出しでこの事件を報道した。

久女は身近なニュースをすぐに句に取り込んだ。句の調子を和らげるためであろうか、二十七年版の『杉田久女句集』では、「ノラ」は「醜《しこ》」に置き換えてある。久女の草稿は「ノラ」と清記してあり、おそらくは句集の編集段階で加えられた修正であろう。立風版に再録する際には「ノラ」となっている。これは立風書房の編集者が原句の形に戻したものと考えられる。

醜とは、頑迷なこと、醜悪なことと辞書にある。舎人皇子《とねりのみこ》の〈ますらをや片恋《かたこひ》せむと嘆けども醜《しこ》のますらをなほ恋ひにけり〉（『万葉集』2―一一七）（ますらおである私が、こんな片思いのような女々しいことをするのか、と嘆いてみても、みっともないますらおだ、やはり恋しい）が参考になるだろうか。あるいは「醜《しこ》の御楯《みたて》」からとったものであろうか。いずれにせよ醜では久女の句の意味が曖昧になってしまう。「足袋つぐ」というつましい主婦の日常と、新しい女の生き方の典型であるノラをつき合わせることで、女性が主体性を主張して生きてゆくのが難しかった当時の時代相が浮かび上がってくる。久女は自由奔放に生きる白蓮と我が身を比べていたのだろう。離婚を思いながら、家庭に戻ってきたばかりの久女の状況を考えあわせると、たんなる時事的話題を詠んだ機知の句と片づけられない。

久女がこの句で、「なれず」ではなく「ならず」としている点は見逃せない。彼女は、家を出ることが不可能であるとはせずに、留まることを自分で選んだことをはからずも示している。「良教師」と夫を詠んだ彼女は、ノラにはならない選択をした自身にも冷静な視線を注いでいる。彼女の内部の、ある種の醒めた感覚が、「現状を変革しない自分」を見つめているという気がする。「ノラともならず」には、このときの久女のもの堅い明治生まれの家庭婦人としての矜持と、そして近代的な自我に目覚めながらも、現状をどうすることもできない諦観がこめられていると思うのである。

ノラについて久女は、随筆「このごろ」（大正十四年）に、「覚醒と共に家出したノラははや時代おくれとなつた。かへつてノラともならず、或は忍苦し、或はよき闘ひをなして運命をきりひらくところに、一層の苦みと意義がある。私の足は今大地をしつかと踏んで立ち、嵐にも、大波にも、または現世の美しい誘惑にも享楽にも打克てる様になつた」と述べている。キリスト教徒として、苦しくとも逆境に立ち向かう決意が語られているが、ことばに陶酔する久女に危うさも感じられる。

「ノラともならず」と詠んでから十二年の歳月を経て、久女が記した随筆「蕗苳む」になると、その姿勢には変化が見られる。これは総合俳句雑誌「俳句研究」の創刊号に「女性・俳句」と銘打ってかな女の随筆とともに掲載されたもので、俳人として生きてきた久女の自信に満ちた文章である。ここで久女は白蓮の生き方をはっきりと否定して、自身の生き方を肯定する姿勢を明確に打ち出している。有閑夫人が集う婦人俳句会に出席した久女は、「温室そだちの花の如く、緋房の籠に飼はるゝ小鳥の如く、美衣飽食の夫人達の中には真摯な芸術欲求も胸うたれる魂の躍動も概してなく」としているが、「緋房の籠に飼はるゝ小鳥の如く」の一節は、引用した白蓮の「誰か似る鳴けようたへとあやさるる緋房の籠の美しき鳥」を踏まえたものに違いない。

久女はつづけて、「有閑婦人の桃色遊戯も、暖衣飽食も、結局は魂をしびらせる許《ばか》りで、若い頃は自分を不幸とのみ思ひ続けてゐた私も、身に宝玉を帯びず、流行を知らず只一すぢに俳句によりすがつて生きて来た自分の野暮な埃っぽい生活をかへり見て、俳句がどんなに精神的に有難い慰撫と魂の激励とに役立つかを知つて誠に嬉しくさへ感じられて来たのである」と、俳句に打ち込んできた自身の人生の選択を積極的に評価している。

けれども、俳句を支えとしてやっとこのような境地にたどり着いたものの、実は久女はほどなくその俳句という人生の杖を失うことになる。「蕗苔む」が発表された昭和九年は、久女が句集出版という大きな問題で行き詰まった年であり、やがてホトトギス同人除名という悲劇が待っているのである。このことはあとで詳しく述べたい。

教会の話に戻れば、狭い小倉の町では、久女と柳琴とのうわさがたった。橋本多佳子は「終《つ》ひに狂つて世を去つた久女であるから何かにつけて異常な情熱を示した。私の知る範囲にも久女の為め身も心も押しつぶされて了つた人を知つてゐる」（「久女のこと」）、「異性問題にも随分奔放で、故人となつた零余子、柳琴、縷々《るる》など困らされた人々である。次々とその情熱の対象とされた人々は不思議に死んで行つた」（「菅原日記抄」）と具体的に名前をあげている。多佳子は小倉での風聞をもとにして書いたと思われるが、久女に俳句の手ほどきを受け、久女をよく知っているはずの多佳子の断定的なもの言いは、その後の久女伝説の根源ともなった。多佳子の文章には、小倉という地方都市のそのころの閉鎖的で陰湿な社会の特色がにじみ出ている。

久女の恋はうわさであり、その真相については客観的資料がない以上、いまさら詮索しても意味がない。久女は母としての務めを誠実に果たし、宇内の妻として亡くなったのである。

しかし句集には、制作年不詳として、つぎのような美しい句がある。

夏草に愛慕濃く踏む道ありぬ

枯野路に影かさなりて別れけり

どんな状況で、誰を思って詠まれたのか、あるいはただ心のなかの憧れを詠んだものかは不明であるが、相聞の句と読みたい。悩みが多かった久女の人生に、せめてこのような句が生まれる心ときめく瞬間もあったと想像したいのである。

大正十三年に小林牧師は釜山の教会に移り、十四年には太田柳琴も、学位取得を目指して九大の研究室に入るために病院を譲って小倉を離れる。そして久女の足も教会から遠のいた。結局、久女は教会での活動に、根本的な問題解決の道を見つけることができず、そこでの愛憎劇と周囲の人間関係のわずらわしさのなかでいっそう傷ついただけであった。

雪道や降誕祭の窓明り

牡蠣舟に上げ潮暗く流れけり

牡蠣舟や障子のひまの雨の橋

節分の宵の小門をくゞりけり

などがこの時期の句としてすぐれていると思う。

二　俳句に蘇る

松山の俳句大会

大正十四（一九二五）年五月に、久女は虚子を迎えての松山の俳句大会に出席した。

上陸やわが夏足袋のうすよごれ

大胆な上五である。句からは、虚子に会う久女の、勇んだ、そして気後れするような気分が伝わってくる。

替りする墨まだうすし青簾

句集に「青嵐」とあるが、「青簾《すだれ》」の間違いである。草稿には「青簾」と清記されていて、たまたまそのすぐ隣りに、〈一間より僧の鼾や青嵐〉が並んでいるために、没後に句集用に書き写すときの誤記であろう。久女がこのときのことを記した随筆「虚子先生と芍薬《しゃくやく》」でも〈かはりする墨まだ淡し青簾〉とある。句としても、墨をする、と青嵐は離れすぎている。まだ新しい簾をかけたほの暗い部屋で、虚子の揮毫のために弟子たちが代わる代わる墨をすっているほうが情景が目に浮かんでくる。「青簾」に正すことで、この句は息を吹き返す。

「虚子先生と芍薬」は、久女という女性を知るうえでことのほか興味深い。句会後に虚子歓迎会が料亭で開かれ、小倉から駆けつけた久女は参加者の紅一点として、虚子の隣りの席を与えられる。酒をやめていた虚子はサイダーを仲居に持ってこさせ、酒が飲めない久女にも注がせる。崇敬する虚子のそばで久女は緊張して、しきりに虚子のうしろの床の間の芍薬に目をやったりするばかりで、気の利いた話題も見つからずに間がもてない。そこに芸妓の米千代がやって来ると、急に座がにぎやかになる。久女は虚子と芸妓の軽妙なやりとりを、「澄みとほつた、無駄のない先生のお対話振を私はよこから伺つてゐた」。江戸っ子の芸妓は用意してきた短冊を取り出し、虚子に揮毫を頼む。虚子も興に乗って句を書き付ける。久女はうらやましくなり、短冊を見せてもらい、その幸運にあやかるように余った短冊に年齢でも書いてくれと芸妓にせがむ、というようなことが大まじめで書かれている。

せっかく虚子の隣りに座った久女は、俳句のことで訊ねたいことがたくさんあっただろうし、虚子の短冊が欲しかったのだろう。けれど堅苦しく世慣れない久女は、「私にもお願いします」とはついに言い出せなかった。そして虚子は隣りにいる久女に、「あなたにも書いてあげましょう」とは言ってくれなかった。大勢の弟子に囲まれたなかで、久女を特別扱いすることはできないし、また久女のこの堅苦しさでは、虚子は芸妓に書いたような気軽さで筆を執る気にはならなかったであろう。

虚子の大正九年の句に〈どかと解く夏帯に句を書けとこそ〉があるが、当時の虚子の周辺にはそれくらいのことを平気で頼む女がいたのである。久女が羽織りでも脱いで、裏に句を書いてくださいと言えるようなら、もっと世の中を楽に渡ることができたに違いない。〈花衣ぬぐやまつはる紐いろ〳〵〉と大胆な句を詠み、勢いのある文章を発表する久女から想像するのとは大違いの、社交下手の女学生のような姿が浮かんでくる。久女は夜も更けた道後の町を、「海のあなたの町へ二人の愛子をのこして来た旅人のさみしさをつく〴〵感じ」ながら帰って行ったのだった。

女流俳句の評論

大正十五年七月に姉越村静が亡くなった。遠い小倉から駆けつけたが葬儀に間に合わなかった。その悼句、

　霧しめり重たき蚊帳をたゝみけり
　夏帯やはる〴〵葬に間に合はず

三歳違いの姉は享年三十八。父を喪い、今またたった一人の姉を亡くした。草稿に久女は東京で最後に姉と会った日のことを、「いつになく新橋まで見送つてくれ優しく涙ぐんでゐた姉静子」(三五頁)としのんでいる。久女は病気になる。入院治療するほどではなかったのであろう、しばらく福岡の箱崎で部屋を借りて静養する。

病間や破船に凭れ日向ぼこ
筑紫野ははこべ花咲く睦月かな

小倉を離れてひとり静かに過ごすうちに、久女は教会を離れて俳句に専心する決意を固め、評論「大正時代の女流俳句に就て」（「ホトトギス」昭二・七）を執筆した。元禄時代から説き起こして、明治期を経て大正期の隆盛に至るまでの女流俳句の流れを社会的な背景のなかで概観した力作である。まだこの種の文を書き慣れていないせいか調子はやや生硬であるが、スケールが大きく、また論の展開が整然としていて分析力にもすぐれていることが見てとれる。「ホトトギス」に載った初めての女性による本格的な俳句評論である。昭和二年九月号に随筆「俳句に蘇りて」を発表した。

翌年二月号「ホトトギス」の「大正女流俳句の近代的特色」では、大正時代の女性の俳句の傾向を論じている。江戸期の女流俳句からどのように進歩していったかを具体的に例句をあげて述べていて説得力がある。久女の句も多く引用されているのだが、彼女は、自身の句も他の作者の作品と同列に置き、時代の流れのなかで客観的に検討している。ここには余分な謙遜も、てらいも見られない。すぐれた俳句実作者であると同時に、自身の俳句を明晰に分析できる評論家でもあったという点で、久女は希有の女性であった。

この続編として同年、「サンデー毎日」に発表された「近代女流の俳句」は、高等女学校の教科書に収められた江戸期の女流と、大正期の女流の句を比較する評論である。大正十一年の「ホトトギス」には、内藤鳴雪と虚子などによる「女学校読本中にある俳句」が連載されていたのだが、久女はここからヒントを得て執筆したと思われる。久女は福岡の俳誌「天の川」にも、「婦人俳句に就いて」、「婦人俳句所感」を発表し、当時の女性の俳句にみられる新傾向を論じた。これらをあわせて読めば、久女がたいへんな勉強家であり、同時代の俳句の潮流を正確に把握できる力量を備えていたことがわかる。

久保より江、本田あふひ、竹下しづの女などの女性の俳人が台頭してきたこの時期に、久女が研究対象を女性の俳句に的を絞ったところは時宜を得た着眼であった。男性主流の俳句界に女性としてどのように参加し、新しい領域を開拓することができるのか、という道を評論を書くことで独力で模索していたのだ。女流俳句の研究は久女の終生のテーマとなり、この後もさまざまな角度から積極的に評論を書いてゆく。久女の俳句と評論は周囲の理解と協力を得て順風満帆のなかで進められたものではない。これだけの才能と意欲を家庭内に埋もれさせ、殺しておくことはできないのである。

しづの女は久女について、「氏は二タ言目には自称プロ作家をふりまわ《ママ》さるる」が、「其作品にはプロ的逸品が少ない」(「女流作家論」)と批判した。しづの女のいうプロとはプロフェッショナルではなくプロレタリアートの意味である。久女が中学校教師の妻としてつましく生活を切り盛りしながら、地道にこのような研鑽を積んでいったことはプロ作家を標榜するのに充分な資格があったといえる。しづの女も世界の文学を視野に入れて俳句形式を論じる骨太の評論を書いたが、作品に流れる情感をすくいとる読みと緻密な論の構成という点で久女に及ばない。また量のうえでも久女の評論は他の女流を圧している。理論派の書き手として、久女は現在に至る女性の俳人のなかでも、傑出した存在である。

夕顔を詠んだ句

「ホトトギス」は大正十三年一月号から誌面を一新して、一頁にできるだけ活字を詰め込む従来のやり方から、ゆとりのある見やすい組み方に変えた。内容も虚子選の雑詠を核として、俳句評論や写生文を充実させて、総合文芸誌から俳句専門誌の色彩を強めてくる。大正末期から水原秋桜子《しゅうおうし》、阿波野青畝《せいほ》、山口誓子《せいし》、少し遅れて高野素十《すじゅう》が雑詠欄の上位を占めるようになり、四S時代に入る。女性の俳人としては、昭和三年ごろから星野立子《たつこ》の活躍が目立ちはじめる。

作句を再開した久女は空白期間の埋め合わせをするように俳句に打ち込む。華道家の母の影響であったか、庭仕事が好きな父の影響か、久女は植物が好きであった。自身の手で庭に花を植え、日々いつくしみ、じっくりと観察して句に詠んだ。久女の庭はさながら作句の工房となる。主婦としての日常生活を詠みながら、大正期の台所俳句から句境は大きく進歩している。

露草や飯噴くまでの門歩き

朝早く起きだしてかまどに火を熾し、朝食の支度をしていた久女は、ご飯が噴くまでのわずかな時間、ひとりで心楽しく家のまわりをひとめぐりして、門辺の露草の可憐さに目を止めた。久女はしばしば「女中もなし」と嘆いているが、主婦として家事をこなすなかで得られたこのような作品は、実生活に根ざした安定感がある。誰よりも早く起きだした主婦が見つけた露草のしたたるような青さ。至福のひとときが句に結晶した。

昭和二年「天の川」に発表した随筆「瓢《ひさご》作り」で、久女は庭中に瓢簞《ひょうたん》を育て、垣根やポプラの木にぶらさがる瓢簞のひとつひとつの形を楽しんだことをつづっている。

露けさやうぶ毛生えたる繭瓢

簷に吊る瓢の種も蒔かばやな

繭瓢《まゆひさご》は、子どもが作った繭形の小ぶりの瓢簞を詠んだもの。久女は大正七年に〈くゝりゆるくて瓢正しき形かな〉と詠んでいるが、毎年、毎年瓢簞を作り、作品を試みた。

朝顔や濁り初めたる市の空

「市」はこれまで、イチ（市場）、マチ（市街）という二通りの解釈がされてきた。久女の文章を参照すると、「瓢作り」では、庭に立って眺めた小倉の朝の情景を、「市街の空は煤煙でにごりそめ、海上の汽笛にあはせて、所々の工場の笛がなりつゞける」と描写している。また、「小倉の祇園祭」では「神輿に従つて市中の何十百といふ太鼓が」の「市中」にマチヂユウとルビをふって、久女は「市」という文字に小倉の街の意味をもたせている。

たしかに久女が住んでいた付近には、北九州最大の旦過《たんが》市場もあるが、わずか数回の短い旅ながら小倉に滞在して、三方を山に囲まれ、海に面したこの工業都市の地形、どんよりとした空を知って以来、私は市場の空と限定するよりも、もっと広く小倉市街の繁華なあたりの空と解釈するほうが適切であると思うようになった。音については、市街ととった場合にも、イチともマチとも読める。どちらも同じ二音で、五七五の枠にきっちりと収まっているが、調べという点からはイ段の音を重ねたイチは響きが鋭く、アとイの母音を組み合わせたマチはなめらかである。この句の勢いからして、座五はイチと読んだほうがゆるみがない。

これらを考えあわせて、イチと読み、小倉の市街を指すと解釈したい。

久女の目の前の朝顔は今、その上に広がる町の空を支えて、目も覚めるような新鮮さでぽっかりと開いている。「朝顔や」と置いた上五の切れが鮮やかで、「や」の一字で思いは自然界の美から、人間の日々の営みへと転じる。作者は朝顔に目を据えながら、背景の北九州の工場が稼働しはじめて、物音や匂いとともに空がどんよりと曇ってくる気配を感じている。清冽な朝顔のクローズアップによって、工都の早朝のこの一瞬が、それを見ている久女の姿とともに読者の心に刻まれる。

夕顔やひらきかゝりて襞深く

昭和二（一九二七）年の吟。さらりと詠んだ夕顔の句は、俳句における写生の極致を示すものといえる。夏の夕暮れごろに咲きだす白く、大きな夕顔の花。この花の襞《ひだ》は、つぼみのときでも、咲ききったときでもなく、咲きかかるときにこそ意識されるのである。襞がつくる陰影を濃く浮かび上がらせるのは、夕顔の白という色彩だ。久女はこの花のもっとも美しいときの姿を捉えている。

夕顔を蛾のとびめぐる薄暮かな

翌三年の吟。夕顔の花に飛んできたのは、夕顔別当《ゆうがおべっとう》と呼ばれる天蛾《すずめが》の一種のエビガラスズメであろう。この蛾は大型で、その名のとおり腹部には海老のような赤と黒の縞模様がある。青白い大輪の花につきまとう腹部の大きな蛾のくりひろげる妖艶な世界が展開する。

「ホトトギス」の雑詠句評会（昭三・二）で、水原秋桜子は久女が対象を観察し熱心に写生に励んだ成果であるとして、「夕顔にはよく蛾のつくものであるがその蛾はまだ夜気が襲つてこないために勢ひよく飛びめぐつてゐる。あたりは暮れかけてはゐるが人の顔もうす〳〵見える頃であつたといふ句で如何にも地味な題材を捕らへてゐるのであるが調子が非常に引しまつて品のよい絵を見るやうな気もちがする。吾らの行くべき道を正しく歩んでゐる佳句だと思ふ」

と、句から浮かぶ夕暮れの情景を正確に読みとっている。

虚子は「本当に地味な写生本位に立つてをる。以前の如き華々しいものはないけれどその代り足が地について危な気がない。この句の如きも何といふことなしに夏の夕暮の暑い懶い盛んな情景が描かれてゐる」と評した。

秋桜子はこの句に絵画的な美を見出しているのに対して、虚子が「暑い懶《ものう》い盛んな情景」と捉えているところは、さすがだと思う。久女の句は輪郭がくっきりと描き上げられていて、蛾の羽音が聞こえてきそうであるが、懶惰な情景のなかには虚子の「盛んな」の表現のとおり、ある種の官能的緊迫感が感じられる。

夕顔に水仕もすみてたゝずめり

昭和四年の吟。水仕《みずし》とは、台所で働くこと。作者は炊事や洗い物を終えて、ほっと息をつきながら薄暗い庭に咲きだした夕顔を眺めている。一句から久女の日々の暮らしぶりが彷彿する。「水仕もすみて」の助詞「も」がやわらかな味を出している。「も」は安易に用いると余情を加えるどころか意味が拡散して曖昧になってしまうのだが、ここでは、「の」でも「は」でもなく、「も」と詠まなくてはならない気分がよく表れている。この句を外国語に翻訳するとなれば、この「も」のニュアンスを伝える語に置き換えることが難しいだろう。一日の主婦の仕事を果たした、穏やかな心持ちがこの助詞には含まれている。

逍遥や垣夕顔の咲く頃に

先の夕顔の二句よりも久女特有の浪漫的な雰囲気がある。『源氏物語』が好きな久女には、夕顔はとくに愛着のある花であり、くり返しこの花を詠んだ。

龍胆《りんどう》も久女が好んだ花で、門司の近くの大里《だいり》の野にこの花を摘みに行った。

好晴や壺に開いて濃龍胆

龍胆や荘園背戸に籬せず

龍胆の夕むらさきは昃りけり

一句目、気持よく晴れた日に、摘んできて活けた野の花が咲けば、家の中にも爽やかな秋の気が満ちてくる。「好晴《こうせい》や」という固い響きの上五は、「濃龍胆《こりんどう》」という古武士のように凛とした花のイメージ、また画数の多い漢字三文字とよく調和している。二句目、流れるような調べを持っている。三句目は夕暮れの花を写生しながら、静かな時の流れが感じられる。去りがたく野に佇む作者の感慨が伝わってくるのである。

露けさやこぼれそめたるむかご垣

白萩の雨をこぼして束ねけり

摘みくて隠元いまは竹の先

牡丹を活けておくれし夕餉かな

何気ない身辺の景のなかに作者は、小さな新鮮な驚きを見つけた。

京都の吟として、

野々宮を詣でしまひや花の雨

春雪に四五寸青し木賊の芽

一句目、『源氏物語』賢木の巻の舞台、嵯峨野の野の宮は久女の思いを掻き立てる場所であっただろう。二句目、一気に詠んで清々《すがすが》しい早春の景を浮かび上がらせている。久女は京都の鈴鹿野風呂《のぶろ》を何度か訪問し、田中王城《おうじよう》、日野草城《そうじよう》、五十嵐播水《ばんすい》とも会った。

久女は昭和四年三月に「天の川」の雑詠婦人俳句欄の選者となる。ここに昭和初期に発表された句として、

探梅に走せ参じたる旅衣

若あしやうたかた堰を逆流れ

寄鍋やたそがれ頃の雪もよひ

童顔の合屋校長紀元節

一句目の勢いのよさは、春を告げる花、梅を探るときのものである。昭和二年に詠まれた「若あしや」の句は、昭和十年に〈若蘆にうたかた堰を逆ながれ〉として再登場する。句としては、「若あしや」と切ったほうがよいと思われるのだが、久女が長い間句をあたためていることに

驚かされる。

合屋《ごうや》武城《ぶじょう》校長とは家族ぐるみ親しかった。久女が没したときに宇内とともに病院で通夜をしたのはこの合屋校長であった。

昭和四年には久女に俳句の手ほどきをしてくれた次兄月蟾を狭心症で喪う。この年に橋本多佳子が大阪に転居する折には、〈忘れめや実葛の丘の榻二つ〉と送別の句を詠んだ。榻《とう》とは、腰かけのこと。

大正七年から昭和四年までの制作年不詳の句に、

寒林の日すぢ争ふ羽虫かな
わが歩む落葉の音のあるばかり
夕凪や釣舟去れば涼み舟
新涼や紫苑をしのぐ草の丈
新涼や日当りながら竹の雨

派手さで人を驚かす句ではない。いずれもことばの運びが自然で、情景がよく浮かぶ。そしてなによりも、景色の中から作者の思いがたしかに伝わってくる。

「ホトトギス」雑詠欄には昭和四年ごろから、四Sに加えて、松本たかし、川端茅舎《ぼうしゃ》という新しい作家が活躍を始める。改造社から現代日本文学全集の一巻としてこの年に『現代短歌・

現代俳句集』が刊行され、女流として本田あふひ、久保より江、久女、かな女が選ばれ各三十句が載った。

帝国風景院賞

昭和六（一九三一）年三月に一家は堺町から郊外の富野菊ヶ丘に転居した。「海も見え山も見える木の香も匂ふ新居は久女を充分なぐさめたらしく、急に明るく訪れる私達を親切に扱ひ『よもぎ飯』を作り『むかご飯』を作つて歓待してもらつた事も度々であつた」と一時期弟子であった丸橋静子はつづっている（「久女の憶ひ出」）。

この年は久女にとって忘れられない年となった。大阪毎日新聞社と東京日日新聞社主催の「日本新名勝俳句」で、久女の〈谺して山ほととぎすほしいまゝ〉が帝国風景院賞（金賞）二十句に選ばれたのだ。久女、四十歳のことである。

久女の句が詠まれた英彦山は出羽の羽黒山、大和の大峰山と並んで日本の三大修験道場として栄えた。この霊山は福岡県の南端、大分県との県境に位置している。門司新報に寄せた久女の随筆「英彦山の仏法僧」によると、当時小倉から彦山鉄道で添田まで約二時間、添田からバスで銅《かね》の鳥居まで四十分あまり、そこから上宮まで女の足で二時間ということだ。

ある夏、私は久女の句の山ホトトギスを聞いてみようと、英彦山詣でをした。日田彦山線の彦山駅からバスに乗り、銅の鳥居で降りる。珍しい銅製の鳥居には、立派な金文字で「英彦山」と記された勅額がかかっている。そもそもこの山は天照大神の御子、天忍穂耳命《あめのおしほみみのみこと》を祀っていることから、「日の子の山」すなわち「日子山」「彦山」と呼ばれてきたが、霊元法皇直筆とされるこの額から英という字が加わったという。鉄道の駅名は、英のつかない彦山で、いずれもヒコサンと読む。

鳥居からは奉幣殿《ほうへいでん》まで一キロにおよぶ長い長い石畳の参道がつづいている。江戸時代には英彦山参りの講が組織されて多くの参詣者があったが、明治維新の神仏分離令や修験道廃止令で霊山の登拝は衰退し、山伏の多くは還俗した。最盛期には三千八百あった宿坊も百ほどになっていた、と久女の日記にあるが、現在は参道の両側に宿坊跡と記した立て札が並び、人が住んでいる宿坊がいくつか残っているばかりである。久女が〈坊毎に春水はしる筧かな〉と詠んだ、坊から坊へ竹の樋を渡した光景も見られない。ゆるやかな石畳は、やがて急な石段になる。長い間参詣の人びとに踏まれた石段はつややかな丸みを帯びている。

久女の句碑は奉幣殿の手前の左脇にある。久女の娘、昌子・光子姉妹と英彦山の宮司たちの手で建てられたものだ。久女にとってなにかと住み難かった北九州に、この立派な句碑が建てられたのは没後二十年のことであった。

谺して山ほととぎすほしいまゝ

久女の墨蹟は雄渾という形容がぴったりだが、自然石に刻まれた句碑の文字はまことに堂々たる風格をそなえている。「谺《こだま》」という力強い漢字を中心にして、そのあとは「山」以外はすべて平仮名ですっきりと表記されて、筆の運びには舞うような躍動感がある。

奉幣殿からは、うっそうとした杉木立のなかに山伏が築いた歩幅の大きな石段がつづく。やがて石段がつきて普通の山道になり、大きな倒木の下をくぐったり、岩に垂らした鎖をつかんで這い上がったりしながら登ってゆくと、宗像《むなかた》三女神を祀る中津宮に着く。さらに進むと倒木が白骨のように積まれている異様な光景が目に入る。久女のころは原生林であったものが、平成三（一九九一）年九月の大型台風で大きな木がなぎ倒されてしまったのだ。

稚児落としなどという切り立った崖に沿った山道をたどるうちに、すこし開けた所に行者堂があり、ほどなく上宮が見える。標高千百九十メートル、英彦山中岳山頂である。山の上にある社とは思えないほど大きく立派な構えの社殿は、台風で傷んだまま材木で封鎖され、裏手には風に飛ばされた屋根の銅板、板、畳などが積みあげられている。

眼下の緑の平野のなかに川や池が鏡のように光り、遠くに久住《くじゅう》、湯布《ゆふ》の青い山々が見えた。よく晴れていると、阿蘇の噴煙まで望めるという。この霊山には、神域として手つかずの自然が残されている。仏法僧をはじめさまざまな野鳥の楽園であり、ブナの原生林、英彦山笹、天然記念物のツクシシャクナゲ、そして鬼杉などの巨木、と植物の宝庫でもある。冬には九州というのに霧氷が見られるということだ。

天と地の中間にあるような不思議な空間とでも言ったらよいだろうか。このなかで久女は山伏のように俗塵を離れて、ひとりで文芸の修行をしたのである。

すぐれた散文の書き手でもあった久女は、句を得たときの全身を揺さぶられるような感動を、「行者堂の清水をくんで、絶頂近く杉の木立をたどる時、とつぜんに何ともいへぬ美しいひゞきをもつた大きな声が、木立のむかうの谷まからきこえて来ました。それは単なる声といふよりも、英彦山そのものゝ山の精の声でした。短いながら妙なる抑揚をもつて切々と私の魂を深く強くうちゆるがして、いく度もいく度も谺しつゝ声は次第に遠ざかつて、ぱつたりと絶えてしまひました」(「日本新名勝俳句入選句」)と記している。

まず、「谺して」と音を描く。それによって、逆にそのあたりの静けさが浮かび上がってくる。下五の「ほしいまゝ」がいわば句の要で、この五文字を得るために久女は長い時間をかけた。夏に聞いたホトトギスの感動を胸に、久女は何度も英彦山に登った。そして九月に、天啓のように下五を得たという。呻吟の末に久女が手に入れたこのことばは、久女のためだけのものになってしまったようにさえ思われるのである。

山を歩いていてこの句のような情景に出会うことはよくあるが、久女の句は情景描写にとどまらない。一句は自然を写しながら、その背後にこの聖域の清浄な空気のなかにひとり佇み、心洗われる思いで鳥の声に耳を傾けている作者の姿を浮かび上がらせる。翼を持つものの自由さに羨望と憧憬を抱き、いつしか鳥と一体化している作者の心のありようまで伝わってくるのである。思う存分に啼き渡るホトトギスは、ここでは作者の魂の象徴となっている。

句柄が大きく、しかも焦点がきっちりと絞り込まれていて、苦吟の跡を留めない端正な句姿である。わずか十七音によって宇宙と人間を描ききることができることを示したこの作品は、俳句という詩型のもつ醍醐味を余すところなく示している。

そしてまた、十万三千余句のなかから最終的にこの句を選び出した虚子の選句眼も驚嘆すべきものだと思う。同時に帝国風景院賞を受賞した作品も、それぞれの俳人の代表作とされる傑作ぞろいである。いくつかをあげると、

〔赤城山〕　啄木鳥や落葉をいそぐ牧の木々　水原秋桜子
〔箕面滝〕　滝の上に水現れて落ちにけり　後藤　夜半
〔琵琶湖〕　さみだれのあまだればかり浮御堂　阿波野青畝
〔蒲郡海岸〕　漂へるものゝのかたちや夜光虫　岡田　耿陽
〔熱海温泉〕　山越えて伊豆に来にけり花杏子　松本たかし

など昭和の名句が並んでいる。

極小の詩型である俳句は、その寡黙さ故に、よい作り手と同時によい読み手を必要とする。

青天の霹靂であったホトトギス同人除名という事件のあとも、久女が虚子ひとりを師と仰ぎつづけたのは、虚子の選句眼に対する全幅の信頼からかもしれない。そのような信頼は、逆に、人を呪縛する怖ろしい力も持つことを久女の生涯をたどるときに思い知るのである。

橡 の 実 の つ ぶ て 颪 や 豊 前 坊

久女はこの句で日本新名勝俳句の銀賞も受賞した。こちらの句碑は英彦山の豊前坊《ぶぜんぼう》に建てられている。豊前坊は高住《たかすみ》神社とも呼ばれ、天狗が棲むという伝説があり、大きな岩の真下に建つ本殿には天狗の面が祀ってある。句に詠まれた名木、橡《とち》の大樹の下に小ぶりな句碑があたりにとけ込んでいる。知らなければ気がつかずに通り過ぎてしまいそうだ。久女の遺墨が見つからず、この句碑は長女石昌子氏が揮毫したものだ。

金賞の賞金百円で久女は、まず愛娘に美しい羽織を作った。一目で気に入った昌子氏はぼろぼろになるまで着たという。新聞社主催の大がかりなイベントであっただけに久女の名声は全国に高まり、久女の俳句への情熱はいっそう燃え上がった。

第3章　主宰誌「花衣」——昭和七年

「花衣」創刊号　表紙

一　昭和七年「花衣」の創刊

「玉藻」の創刊

昭和五（一九三〇）年六月に女性を対象とした俳誌「玉藻《たまも》」が虚子の次女、星野立子を主宰として創刊された。立子は二十七歳で、その年の二月に長女早子（星野椿）を出産したばかりであった。創刊は立子自身の意志というよりは、虚子が育児によって俳句を作る時間が減った立子の天分を惜しんで勧めたものである。「立子、お前に雑誌を出すことを勧めたのは全く突然であつた。実はホトトギス五月号を締切る間際に思ひついたことであつた」、「雑誌を出すとなると、勢専門的となる。厭でも応でも俳句に親しむことになる。これが句作本位から見て、最善の方法ではないが次善の方法と考へる所以《ゆえん》である」と虚子は述べている（「『玉藻』を出すについて」、「玉藻」創刊号）。

立子は父の勧めに従った。「玉藻」の発行所は「ホトトギス」発行所内に置かれ、虚子は雑詠欄を共選し、巻頭言「立子へ」を毎号執筆するという形で全面的な支援をする。虚子は師として、また父として「玉藻」を見守り、立子の俳人としての歩みを励ましつづけた。

「玉藻」創刊号に掲載された祝辞で久女は、女性の社会進出が盛んになってきているなかで、文芸の分野では、女流の歌集が多く出版されている。ところが有力な女性の俳人が多数いるにもかかわらず、句集の出版はまだ極めて少ないと嘆いている。

さらに、「全国女流を一丸にむすびつけ、統一する婦人専門の俳誌があつたらとはいつも私のひそかに願ふところでありました。あたかも茲《ここ》に昭和女流の尖端をゆかるゝ立子氏が、大東京を背景として玉藻を創刊されます事は誠に喜ばしい事でございます。（中略）全国の女流が合流し、都会と地方との区別とか、階級的な差別とか、其他様々な小さい感情をすてゝ、輝しい女流の塔をきづきあげる為めに、或は研究を、或はよき作句を、それぞれの力に応じて披瀝する時、そこに大正昭和の女流俳句が完成される気運をつくりあげるのではないでせうか？」と待望の女性向けの俳誌の創刊を大いに喜び、期待している。

「都会と地方との区別とか、階級的な差別とか」の一節、また「大東京」という大時代な表現には、心ならずも地方都市、小倉に住み、中学校教師の妻という不本意な境遇に置かれた久女の日頃の不満がのぞかれるが、この祝辞に語られているのは、久女自身の夢にほかならない。全国規模の作品発表の場を作って女性俳句の隆盛をはかること、句集の出版によって俳人として確固たる地位を築くこと、それは久女の二つの大きな夢であった。結果的にその夢を実現しようとして久女は大きな壁に突き当たることになった。

「花衣」創刊の辞

久女は、東京の立子の「玉藻」、かな女の「水明《すいめい》」にならって、九州から昭和七年の三月、主宰誌「花衣」の創刊に踏み切った。それによって自身の俳句と評論の伸展をはかり、後進の指導の機会を得たいと願っていたのであろう。当時の彼女の張りつめた思いは、創刊の辞に明らかである。長くなるが引用しよう。


草萌えの丘に佇んで私はおもふ。

過去の私の歩みは、性格と環境の激しい矛盾から、妻とし母としても俳人としても失敗の歩み、茨の道であつた。

芸術〳〵と家庭も顧ず、女としてゼロだ。妖婦だ。異端者だ。かう絶えず、周囲から、冷めたい面罵を浴びせられ、圧迫され、唾されて、幾度か死を思つた事もある。（中略）

躓き倒れ、傷つきつゝも、絶望の底から立ち上り、自然と俳句とを唯一の慰めとして、再び闘ひ進む孤独の私であつた。ダイヤも地位も背景も私にはなかつた。

かくして二十何年の風雨に、私の貧弱な才能は腐蝕され、漸く凋落を覚ゆる年頃とはなつた。だが地上の幸福。女の一生を、芸術にかけた私は、何とか目下の沈滞を耕し直したい希望を抱いて、茲に女中もなしの家事片手間に、ほんの小いものを試みるに過ぎない。

もとより何の形式にもよらず、発行の時をも限らない。此小冊子は私自らの思索感情を彫りつける分身ともなり、私の俳句修業のささやかな道場ともならう。

久女よ。自らの足もとをたゞ一心に耕せ。茨の道を歩め。貧しくとも魂に宝玉をちりばめよ。

私はかう私自身に呼びかけて亀の歩みを静かに運ぶのみ。


立春にしたためられたこの文からは、俳句にかける久女の自負と、息苦しいまでの決意が読みとれる。なんともテンションの高い文章である。「茨の道」「異端者」などの語彙は、教会時代に獲得したものであり、その生硬な文体には久女が耽読したドストエフスキー、ロマン・ロランなどの当時の外国文学の翻訳の影響があると思われる。

読者に向けて書かれるはずの創刊の辞は、厳しい自己批判から始まり、「久女よ」と自分自身を叱咤激励する命令文で締めくくられている。彼女の視線は、読者よりも自分自身に注がれている。「女としてゼロだ。妖婦だ。異端者だ」というくだりなど、実際に彼女に浴びせられたことばであったにせよ、そのどぎつい表現を一度活字にすれば、文脈を離れてことばが一人歩きして、久女にマイナスのイメージを被せる危険があることに本人はまったく気づいていない。虚子への「夜あけ前に書きし手紙」にも見られた、周囲の反応を予測せずに思ったままに書くという久女の無防備なスタイルは、誤解を招く誘因になったのではないか、という気がする。

けれどまた、これだけの決意を持たなければ、なんのうしろ盾もない女性がひとりで俳誌を創刊することはできない時代であったともいえよう。「花衣」の創刊の編集を手伝っていた若い昌子氏は、創刊の辞を見せられて、「こんなに激しく書かなくても」と感想を述べた。すると、久女は、「構わないよ、こうなんだから」と言ったとしている（『久女無憂華』）。久女が、世間への配慮もかなぐり捨てて、創刊に臨んだことをうかがわせるエピソードである。

春光碧天の創刊号

幻の書とも言われてきた「花衣」について紹介しよう。久女と親しかった楠目《くすめ》橙黄子《とうこうし》が〈よそ行とふだん着とあり花衣〉と茶化しているように、「花衣」には、和紙に印刷した特装版と、洋紙を用いた普及版の二種類があった。かごしま近代文学館、俳句文学館などに「花衣」が所蔵されている。また全五号の原寸大復刻を、『杉田宇内・杉田久女　追悼アルバム』で見ることができる。

ちなみに山本健吉などが「花衣」は三号で廃刊になったと記しているのは、二十七年版の句集に付された石昌子氏の「母久女の思ひ出」に、五号とすべきところを三号（巻末の年譜では五号とある）と誤植になっているためである。

創刊号は、菊判、本文は活版刷り二十四頁。特装版の表紙は、久女が橘と桜を一冊ずつ手描きしたもので、写真を含めて私が見た創刊号三冊は、桜の花びらの位置や数などが異なっている。紙いっぱいに描かれた沈丁花の挿絵と裏表紙の女雛は、凸版の一色刷りで、手で彩色してあり、久女が絵にも優れた才があったことを示している。

特装版は手折り製本で、本文を耳つき手漉き因幡紙の表紙でくるみ、右端に穴を二つ開けて、細いリボンで結んである。写真で見たときに私は、所有者がリボンで綴じ直したのかと思ったが、実物を見ると最初からリボンで綴じてあり、素人の手作りの製本であったことがわかった。久女はこの濃緑色の絹のリボンまで吟味したのであろう、黄色の橘と、薄桃色の桜の絵とよく調和している。当時の俳誌を見るといずれも七十年近い歳月を経て変色して破れそうな状態になっているが、「花衣」の高級和紙はまだ淡い真珠色の光沢を保ち、本文の紙は二枚くっついているのかと思うほど厚手でしっかりしている。手に取ると思いの外軽く手になじむ感じがした。二号以下は、製本所の手にまかせたのであろう、小口が裁断してあり、針金を用いた中綴じ製本である。

この小さな五冊の雑誌のために、久女がどれほど心血を注いだか、どれほどの波乱を彼女自身と家族に巻き起こしたかを思いながら、私は頁をくった。

創刊号の巻頭言は、「きさらぎ」と題した早春の賛歌である。旧約聖書の雅歌のなかの恋する乙女の歌を引用して、

見よ、冬すでに去り
雨もやみてもろ〳〵の花地にあらはれ
山鳩の声もきこゆ

主宰誌の創刊に対する久女の乙女のような喜びがあふれている。
巻頭句は、虚子の「春着」三句である。

府中兒や春着の袖をくはへたる　虚子
草じらみ互につけて笑ひけり
冬暖くし雪を見ずして梅を見る

師から贈られたはなむけの句で創刊号を飾ることができて、久女は嬉しかったことだろう。虚子の句には軽やかな温かさがあり、このときはまだ久女に対して好意的であったことがうかがわれる。
つづいて、「梅日和」として、

一列に山の裾行く梅日和　本田あふひ
かん〳〵と朝の灯や餅むしろ　阿部みどり女

窓しめて魂ぬけ校舎干大根　竹下しづの女

フランスの船夫があめる毛糸かな　中村　汀女

菊焚くや今日かつらぎに雪を見る　橋本多佳子

その他、小川ひろ女、佐藤普士枝、塩崎波留女、八木花舟女からの贈答句が掲載されていて、全国の主だった女性の俳人がここに集った感がある。

評論「女流俳句を味読す」で、久女は最初に立子の、

独楽もつて子等上りくる落葉寺　立子

以下独楽《こま》の五句をとりあげて、「近代写生の的確さ」を賞賛し、行き届いた評をしている。さらに多佳子の〈青簾くらきをこのみ住ひけり〉、より江の〈春愁や櫛もせんなきおくれ髪〉、しづの女の〈茸狩やゆんづる張つて月既に〉などを、それぞれの俳人の特質を述べながら丁寧に鑑賞している。

主宰吟としては「菊枕」という題で、〈愛蔵す東籬の詩あり菊枕〉など十五句。久女の句については、まとめて扱うことにして、まず「花衣」の全貌を見ることにする。

久女選の雑詠欄の投句者は九州を中心に約六十名。随筆「旧友」は、お茶の水高女の同級生であった三宅やす子への追悼文である。久女が三宅やす子の活躍を嫉妬して、ライバル視したとも言われているのだが、なつかしさをこめた哀悼の文面である。女性の雑誌「ウーマンカレ

ント」を刊行した女性解放の旗手やす子についてのこの文は、俳句界での女性の地位向上を目指す久女の抱負と読んだほうが正しいだろう。

後記には、原稿を独力で印刷所へまわすところまで漕ぎ着けたよろこびが、「春光碧天にみつ麗かさで一意自己の性格と芸術を完成したいといふ念願にもえてゐる」と、心身ともに活力に満ちた調子で述べられている。

全頁に女流俳句の向上をはかるという久女の情熱があふれた、ユニークな俳句雑誌であることがわかる。付録の会員名簿によれば、会員数三十三名であった。誌代は三十銭。発売後、十日で売り尽くし、好評であった。

「花衣」第二号

二号は四月二十日発行。本文は三十頁に増えて、この号から評論、俳句、随筆を三本の柱とした「花衣」の編集方針が明確になる。創刊号の硬さは消えて、全体に読みやすくなっている。表紙は土筆《つくし》、挿絵はフリージア。裏表紙は、翼をつけた童子の舞い姿で、「迦陵頻天笠童舞」という賛がある。唐楽の迦陵頻《かりょうびん》は、天竺の祇園寺の供養の日に、極楽に住む迦陵頻伽という鳥が飛ぶ姿を想像して作られた舞である。「天笠」は、舞を舞う子どもがかぶる花を挿した天《てん》冠《かん》のことであろうか。いずれものびのびとした朗らかな絵柄で、手で彩色して、久女が楽しんで描いているようすが伝わってくる。

巻頭に置かれた久女の十二頁におよぶ評論「桜花を詠める句――古今女流俳句の比較」は出色の出来である。久女は、桜という季語を「山桜」「花疲れ」「花と酔い」など、細かいテーマに分け、それぞれに古今の句をあげて比較する。千代女などの古句の問題点を具体的に指摘しながら、近代の句は対象を凝視した写生によって、古句では描けなかった領域まで詠めるようになったことを例証している。日頃から多くの古今の句に目をとおしている久女ならではの評論で、構成がしっかりしして切れ味がよい。四月の発行時期に合わせて書き下ろした力作である。

つぎに創刊号に寄せられたお祝いの手紙が三頁にわたって掲載されているのが目を引く。門司市長後藤萍子《ひょうし》、松本篤造（中央公論社）、小野賢一郎（東京日日新聞）、田村木国（大阪毎日新聞）、大江素天（大阪朝日新聞）などの名前が並んでいる。大江素天は、久女が「河畔に棲みて」で新聞の懸賞小説に応募して選外佳作となったときに、「素直に書けている」と評価した人物である。東京日日、大阪毎日新聞社の二名は帝国風景院賞を受賞したときの知己であろう。久女のこれまでの作家活動の成果といってもよい。

また楠目橙黄子、池内たけし、野村泊月《はくげつ》、富安風生《ふうせい》、日野草城、星野立子、久保より江、橋本多佳子などの手紙も載せられ、「花衣」の俳壇での注目度と久女の交友の広さがうかがわれる。とりわけ風生は好意的で、「これ位思ひ切つた俳句雑誌」が一誌ぐらいなくてはならない、と久女の意気込みを激励している。秋桜子の短いながら心のこもった礼状も見られる。秋桜子と虚子の確執についてはあとで述べるが、秋桜子のホトトギス離脱はわずか一年前の事件である。立子と秋桜子の手紙を一緒にここに掲載したことに、ホトトギス陣営はいい感じを持たなかったであろう。

久女の作品は、「企救《きく》の紫池《むらさきのいけ》にて」と題して、〈摘み競ふ企救の嫁菜は籠にみてり〉など万葉ぶりの十七句。随筆「落椿」は、菊ヶ丘の家のとなりの地蔵堂の山椿を掃く楽しみから始まり、椿のころに櫓山荘で虚子を迎えた句会のことを思い起こしている。椿というモチーフを軸にした俳誌らしい季節感のある読み物である。

雑詠の巻頭は中村汀女で、〈明日来とふ巨船の絵など春灯かな〉など三句。

この時代に女性が俳誌を主宰することによる風当りが思いの外強かったのであろう、表紙裏には早くも、「花衣を出してから益々対人関係のわづらはしさ、自分が女である事。無力な独り歩みをしみぐ〳〵淋しくも感じ」と嘆息してはいるが、「美しきものも亦た滅び行く、ただ滅びざるものは芸術のみ」というレオナルド・ダ・ヴィンチのことばを原語で引用し、訳を掲げて、久女は意気軒昂に芸術に邁進する姿勢を見せている。前号の聖書のソロモンの歌といい、レオナルド・ダ・ヴィンチといい、久女の広範な読書と知識の豊かさを物語るものであるが、この文章の書き方は、かな女に代表されるような当時の女流俳人が書く、実生活の延長上にある穏健な文章の雰囲気からは遊離していたと思われる。

久女は水を得た魚のように生き生きと評論、俳句、随筆に存分に健筆をふるっている。小倉から出した久女ひとりの手による小さな俳誌ながら、これから大きく伸びてゆきそうな活力がみなぎった充実ぶりである。創刊俳句会には、実に六十名あまりが参加したとある。会員数も増えて順調な滑り出しで、増刷分も数日で売り切れた。

「花衣」第三号

三号は六月十二日発行。本文は三十頁。表紙には大きな葉のあいだにたわわに実をつけた枇杷の小枝、裏表紙は苺。久女は丹念に美しく彩色している。俳句雑誌の表紙絵を褒めるのもおかしなものかもしれないが、久女の美意識に貫かれた「花衣」を語るには、彼女が描いたこれらの絵についても触れておきたいのである。なかでもこの枇杷の絵ののびやかな線は際だっている。

評論は「五月の花――古今の女流俳句対比」。柚子の花、あやめ、芥子、薔薇と、五月に咲く花ごとに星布《せいふ》、智月《ちげつ》などの古句と、あふひ、より江、みどり女などの大正以降の作との比較。久女が女流俳句の研究を着実に進めていることが見てとれる。

久女の句は「無憂樹《むゆうじゅ》のかげ」と題して、〈無憂華の木蔭はいづこ仏生会〉など十六句。

随想欄「女国人」が設けられ、みどり女、多佳子の短い文章と汀女の異国情緒あふれる五月の横浜風景の報告。久女の随筆は「杜若《かきつばた》」である。

この号から初学者向けの久女の文章が登場した。いよいよ会員の指導に乗り出したのである。「俳句と生活に就て」と題して、せわしい生活のなかに句材を見つけ、人生の苦難を一歩退いて静観し、人間を含む自然の森羅万象を対象にして十七字で詠むことを勧めている。「俳句を生活や人格と切り離して、小手先の技巧でよまず私共婦人はせめて心をうつし魂をつちかふところ迄俳句をそだてたい」という語りかけからは、句を生きる支えとしてさまざまな困難をくぐってきた久女の俳句への熱い思いが伝わってくる。

雑詠欄巻頭は、小川ひろ女の〈牡丹や崩るゝに佇ち咲くに佇ち〉など三句。この欄に載った句は百十一句で、巻末に落選句は六百三十一句とあり、七句に一句入選というかなりの厳選であった。

久女は寸評欄で、中断していた俳句を「花衣」創刊とともに始めた汀女の〈街の上にマスト見ゆる薄暑かな〉について、「熊本の江津湖畔時代にホトトギスで振つた句妹汀女さん、あなたも今度こそ句をやめずに、横浜色をもつと〳〵写生してぜひ毎号飛躍して下さい。あなたのはいつも港の句が面白い」と声援をおくっている。

「花衣」第四号・五号

四号は、八月十二日発行。表紙は多色刷りの露草、裏表紙は一色刷りのひまわり。巻頭に久保ゐの吉（猪之吉）・より江夫妻の博多山笠を詠んだ七句を置いている。久保博士は九州帝国大学医学部教授。東京帝国大学出身で文部省の留学生としてドイツで学んだ。子どもがいなかった夫妻は仲が睦まじく、ともに文芸に関心があり、その家庭は博多の文芸サロンとなって柳原白蓮をはじめ、名流夫人たちが出入りした。夫妻は「ホトトギス」雑詠欄でしばしば上位を占めていた。ゐの吉の句集『春潮』上梓祝賀会に出席した久女は、心のこもった祝いのことばを寄せた。

久女の評論は「女流俳句と時代相」。女の心境を詠んだものとして江戸時代の遊女の句、より江、かな女の句などを鑑賞した。珍しい江戸期の句が多く紹介されていて、久女の日頃の勉強ぶりがうかがわれる。歯切れのよい語り口で読ませる。

前号につづく初学者のための「種を蒔くよろこび」は懇切な俳句入門の手引きである。あれもこれもとたくさんの句材を浅く詠むのではなく、対象をしぼり「興味をもつてよく眺める事、興味を一点に集中」して作句することを説いている。夕顔の句ですでに見たように、久女自身、好きな句材、好きな季語でさまざまな工夫をしながら毎年句を詠んでいて、生涯の作品を眺め渡すと、句材、季語の種類はけっして多くはない。自然を愛し、生活を愛し、興味をもって観察することを勧めるこの文章は、常にものを凝視することを心がけた久女の作句の基本姿勢を示すものといえよう。

久女の句は「常夏の花」として、〈羅に衣《そ》通る月の肌かな〉など十七句。

雑詠欄は花衣句帖と改名され、巻頭は石狩の芥子真寿女の、〈帆掛橇少しかたむき走りけり〉など四句。投句者は各地に広がり、句の水準も高い。久女の句評は的確である。

この号には、二頁にわたる「花衣」遅刊のお詫びが載っている。七月号は早く出したいと思ったが、「五月来主人の神経衰弱や其他いろ〳〵と取込み、ことに七月初から私も臥ったりしてすつかりよていがはづれ、皮肉にも七月十五日からはじめて大汗になつて原稿に取りかゝつた。何しろ女中はなし客は多し毎日の郵便、御飯たき洗濯等、朝は早く起きて働らくので夜はすつかり疲れそれでも時々二時三時とぐた〳〵になつてゐねむり〳〵かいてゐる事もあり、漸く家事の片手間にけふあらまし編輯を終つた。（中略）主人にもつい叱言を言はれどうし《ママ》であるし」とその窮状を購読者に説明して、最後に「海へ、山へ皆様折角おたのしくおくらしあそばしませ」とのどかな調子で締めくくっている。精神的にも肉体的にもぎりぎりの状態であることがつづられてはいるのだが、しかし、肩の力の抜けた自然体の文章からは、久女が忙しいながらも句誌の発行を楽しんでいるようすがうかがわれる。後記には「八月は研究会を中止して、九月に入つたら小倉婦人俳句会も大いに活動したい」とあり、次号で廃刊になる気配は微塵もない。会員は四十数名、本文は三十六頁となり、ますます充実して好調である。

四号まで新会員の参加があり、頁も増え、順調に見えた「花衣」は、創刊半年後にして、突然に廃刊となった。表紙の十薬の絵もいつものような彩色はしていない。五号はわずか六頁で、巻頭に田中王城の三句と多佳子の文章「葛の雨」、一頁の「廃刊について」と「多佳女氏を迎へて」として句会参加者の作品が掲載されているだけである。多佳子の文章は久しぶりに櫓山荘に戻ったときのことを記しているのだが、いつ書かれたものであろうか。「八月十六日宮津にて」とある王城の句は久女に寄稿を乞われ、廃刊を知らずに送られたものだろう。それほど唐突な廃刊であった。

二 「花衣」時代の句

菊枕

「花衣」時代に久女は代表作をいくつも得た。このころの作品を鑑賞しよう。

久女といえばすぐに思い出されるのは菊枕である。久女の父は目白の家の庭のそこここに、菊を自然のままに植えて楽しんでいた。父の愛した菊は久女には特別になつかしい花であった。

久女たちが移り住んだ場所は菊ヶ丘。そこで久女は虚子の長寿を願って菊枕を作ろうと思い立った。菊枕作りのようすを知るために久女の随筆「菊枕」を参照する。

久女は外出するたびに白菊ばかりを摘んで、帰宅するとひとりで新聞紙の上に菊を広げた。六畳の部屋いっぱいに干した菊で、布団を敷く場所もなくなって戸棚の中に寝た夜もあった。「夜は菊の香りにつつまれて臥しひるは菊をほしひろげたり、菊の手入れに忙しく、そのひまには、手紙を書いたり、遠来の句とともがらをむかへたり、それもこれも、皆此の部屋一ぱいにほしひろげた七千余輪の大菊小菊の中で、一月余の起き伏しを楽しんだものであった」とある。そして、「采菊東籬下／悠然見南山」と詠んだ陶淵明をしのびつつ、菊枕の風雅を心ゆくまで遊び尽くした久女は、俗塵を断って、東籬に育てた菊の清節を愛した陶淵明の孤高をまねすることはできなくとも、菊を愛し、清貧と孤独を愛する心だけは陶淵明の流れをくむ者であると述べている（「菊枕」）。

山口青邨《せいそん》も昭和十年に、陶淵明の菊にちなんだ〈菊咲けり陶淵明の菊咲けり〉〈甕にあふれ東籬にあふれ菊咲けり〉〈日燦々東籬山妻菊を摘む〉など庭に群れ咲く菊を高らかに詠んだ名吟を残している。青邨もまた盛岡の少年時代に菊作りを趣味にしていた。久女といい、青邨といい、日々菊をいつくしんだ人ならではの思いがこもった吟であるところが尊い。

愛 蔵 す 東 籬 の 詩 あ り 菊 枕
ち な み ぬ ふ 陶 淵 明 の 菊 枕

白妙の菊の枕をぬひ上げし
ぬひ上げて枕の菊のかほるなり

「花衣」創刊号を飾った久女のこれらの句は、一月間にわたる菊枕作りから生まれた。白菊のように清く澄んだ気品を保っていて、菊枕の例句として歳時記にしばしば引かれている久女の代表作である。四句はそれぞれが独立した優れた作品であるが、このように並べれば、補完しあって新たな深い詩の世界が開けてくる。

第四句目は、久女の句集では〈ぬひ上げて菊の枕のかほるなり〉とされているが、原句の中七は「枕の菊の」と考えられる。久女はこの句が好きだったらしく色紙や短冊が残っており、「花衣」五号の裏表紙にも久女の揮毫があるが、それらも、「ホトトギス」雑詠欄（昭七・三）、自筆草稿も、久女は一貫して「枕の菊の」で通しているのである。

「菊の枕の」と「枕の菊の」を比べてみよう。「菊の枕の」とすれば、調べはなだらかで自然である。菊枕そのものが香るということになり、句としてわかりやすい。「枕の菊の」の場合には縫い上げたばかりの枕の、そのなかに詰めた菊が白妙の絹越しに香るのである。菊枕をめぐる連作風の作品として四句を並べ全体の効果を考えたときに、久女が「枕の菊の」とした意図がはっきりする。従来「枕の菊の」「菊の枕の」の二つの形で引用されてきたが、「枕の菊の」という原句に統一してもよいかと思う。

雑詠句評会（「ホトトギス」昭七・四）で高野素十は、菊枕を作るという風雅な風習を詠んだこの句を、「『縫ひ上げて』、と云ふ上五以下の句の調子が今迄の丹誠と作り上げ終へた気易さとがよく出て居ると思ふ。枯淡の中に艶のある行事である」と評した。

虚子は、「これは去年の暮に私の長寿を祈る為に菊枕を拵へて送つて遣るから、と云ふ手紙が来てから暫く経つてその菊枕なる物が来た。（中略）実際頭をあてがつて見ると、非常に菊の薫りが高かつたのに驚いた。この句も、枕を拵へ上げて仕舞つて、その強い菊の薫りに衝たれた時に出来た句と思ふ。何の技巧も費してないが、それでゐて此句に一種の力を感ぜしめるものは、菊枕をつくり上げてやれ〳〵と感じた、其深い感じによるのであらう」と評している。ふたりとも作者の達成感が静かに伝わってくる点を買っている。

この枕を受け取った虚子の礼状が昌子氏の『私の五十年』に写真版で収録されている。虚子は久女の労をねぎらい、年末に届いた枕を元日に用いたところ、「丁度高さもよろしく又柔らかさもよろしく」との感想を伝え、〈初夢の間に合ひにける菊枕〉という句を贈った。日付は一月九日で、菊枕とともに贈られた品に対する礼も述べられている。

菊枕について橋本多佳子は、「久女が見せた菊枕は長さ一尺、幅六、七寸のもので、これを枕の上にかさねて眠るのだと教へた」（「久女」）と記している。久女の菊枕は、生乾きの菊を入れた大きな枕ではなく、一月以上も乾燥させた香り高い菊を詰めた薄い枕であった。菊枕という手間のかかるものは、久女の思いが込められすぎていて、贈られた虚子にはうっとうしかったのではなかったか、と考える向きもあるのだが、それはのちに虚子と久女の関係が悪くなり、虚子が久女をうとましく思っていたことから遡ってなされた推測ではないか。この評や手紙を読むと、虚子は実際に頭を載せてみたりしていることがわかり、このとき有難迷惑と思っている風はない。俳句を作る人間は、このような句の格好の材料になる風流をおもしろがるのではないか、と私は思う。久女は菊枕作りを心から楽しみ、そして珍しい素材を詠んで佳句を得ることができた。虚子もまたみごとな挨拶句をものした（「菊枕をつくり送り来し小倉の久女に」の前書で〈初夢にまにあひにける菊枕〉として虚子の贈答句集に収録されている）。それだけで久女の菊枕作りは意味があったといえる。

久女はこのあとも、季節になると菊枕を作ったようで、

菊干すや東籬の菊も摘みそへて
菊干すや日和つゞきの菊ヶ丘
ひろげ干す菊かんばしく南縁
日当りてうす紫の菊筵

いずれも菊枕作りにひとり興ずる作者の姿が彷彿する、気品とうるおいのある佳句である。とくに最後の句は、あえかな美しさを詠んで忘れがたい。摘みためた白菊ばかりの菊の筵は、

日をあびて薄紫の陰影をまとっている。

万葉の企救の紫池

「花衣」を創刊した久女は、主宰吟としてたくさんの句を発表することになり、精力的に北九州各地を訪ねている。ただ景色がよい場所ならいくらでもあるが、風光明媚だけではその景を写生しても絵はがきのような句になりやすい。風景の背後に歴史、物語など人間の営みを感じさせるものがあってこそ、俳人の心は刺激を受けて、そこに深い思いが生まれてくるのである。旧弊な軍都小倉は、久女にとってまことに住みにくい町であったが、小倉をとりまく北九州一円には、古典好き、万葉好きを自認する久女の詩心を刺激する土地があったことは幸いであったといわなければならない。

筑紫は、神功皇后をはじめとする記紀の伝承にゆかりの深い土地であり、遠《とお》の朝廷《みかど》と呼ばれた大宰府政庁を中心とした筑紫歌壇の舞台であった。柿本人麻呂は筑紫の国に下る折に、

大君《おほきみ》の遠《とほ》の朝廷《みかど》とあり通ふ島門《しまと》を見れば神代《かみよ》し思ほゆ（3—三〇四）

（大君の御用務めに通う海峡を見ると神代の昔が思い出される）

と詠んでいる。久女の心の記紀、万葉へのあこがれは、実際の風物に接して万葉調の作品となって結晶した。

万葉調とは、作者の思いを表現するときに『万葉集』の語彙を用いたもので、すでに秋桜子などがこの万葉調で句を詠んでいた。宇内が勤めていた小倉中学の中村十生校長は、しばしば校長室を訪ねて来た久女が、鴻巣盛広《こうのすもりひろ》注釈の『万葉集』を徹底的に研究し、「まことに克明に読んで毎頁に赤いアンダーラインをひいているのには驚いてしまった」とつづっている（『新豊前人物評伝』）。『万葉集』を愛読していた久女は、古典ゆかりの地を吟行しては万葉語を句に取り込むことで、新しい句境を拓いていった。それは万葉好き、古典好きの久女にとって豊かな水脈であった。

「花衣」第二号に久女は、「企救《きく》の紫池にて」と題して、『万葉集』の豊前国の白水郎《あま》の歌を万葉仮名を用いて引いている。

豊国《トヨクニ》企《ノキ》玖《ク》乃《ノ》池《イケ》奈《ナ》流《ル》菱《ヒシ》之《ノ》宇《ウ》礼《レ》乎《ヲ》採《ツム》跡《ト》也《ヤ》妹《イモ》之《ガ》御《ミ》袖《ソデ》所《ヌ》沾《レ》計《ケ》武《ム》

豊国の企救の池なる菱の末を摘むとや妹がみ袖濡れけむ（16―三八七六）

（豊国の企救の池に生える菱の実を摘もうとして、あなたの袖は濡れたのであろうか）

豊国は、現在の福岡県東部と大分県全部を指す。白水郎とは海人のこと。この前書をつけていることで明らかなように、久女は目の前の池から、遠い万葉の昔を思い起こしている。

菱摘みし水江やいづこ嫁菜摘む

摘み競ふ企救の嫁菜は籠にみてり

嫁菜つみ夕づく馬車を待たせつゝ

企救（あるいは企玖）郡は現在の北九州市門司区と小倉区にあたる。古代の小倉の南部一帯は大きな湖水であったが、万葉の時代に入って次第に涸れて、「企救の池」と呼ばれるようになったという。『万葉集』に詠まれた企救の池の所在地については諸説あるが、久女が訪れたのは小倉郊外の蒲生《がもう》にある大興《だいこう》善寺門前の紫池で、久女は〈万葉の池今狭し桜影〉と詠んだ。現在、この場所は、道路建設によって埋め立てられたが、紫池が小倉の中央を流れる紫川の名の起こりとされている。

「花衣」の第三号に、佐藤普士枝が「蒲生吟行」として報告を載せている。それによると久女と小倉の「花衣」会員の十名が、縫野いく代邸で土筆を摘み、句を詠み、近くの大興善寺に詣でて、紫池で嫁菜摘みに興じた。『万葉集』に造詣の深い久女は紫池や、嫁菜《うはぎ》の説明をしたのであろうか。久女たちは、春の一日を心ゆくまで遊んだことがうかがわれる。

ここに詠まれた嫁菜は古来食用にされてきた。柿本人麻呂の歌に「妻もあらば摘《つ》みて食《た》げまし沙弥《さみ》の山野の上《へ》のうはぎ過ぎにけらずや」（2―二二一）（妻が居合わせたら一緒に摘んで食べもしようものを、沙弥の山の野の上の嫁菜は盛りを過ぎたではないか）とあるように、早春の嫁菜の若葉は香りが高く、おひたしや、てんぷら、汁の実とされた。久女の時代にどれほどの人がこの嫁菜を食べていたかはわからないが、久女は野趣のある食べ物を好んだらしく、ご飯に炊き込み、〈炊き上げてうすき緑や嫁菜飯〉と句に残した。久女は春には嫁菜飯を炊いて客をもてなし、秋には菊枕を作るなど、季節の風雅をこまめに実行に移してみたくなる俳人だった。

「ホトトギス」初巻頭・楊貴妃桜

久女は「ホトトギス」昭和七年七月号で〈無憂華の木蔭はいづこ仏生会〉〈ぬかづけば我も善女や仏生会〉〈灌沐の浄法身を拝しける〉〈風に落つ楊貴妃桜房のまゝ〉〈むれ落ちて楊貴妃桜尚あせず〉の五句で初めて雑詠欄の巻頭となった。虚子は翌月の雑詠句評会で「今度の久女さんの句は、五句共に張り切つた句で面白いと思ふ」と評した。

仏生会の句は、広寿山福聚禅寺での吟である。

小倉足立《あだち》山麓にある黄檗宗のこの名刹は、小倉小笠原藩の初代藩主の小笠原忠真が江戸時代に菩提寺として創建したもので、開祖は中国僧の即非如一《そくひにょいち》。朱色の欄干がついた中国風の建築様式を伝える本堂、総門、不二門、また鐘楼などが残っていて、山門には即非禅師が揮毫した堂々たる風格の扁額が掲げられている。大ぶりの朱色の魚板があたりの緑に映えて鮮やかである。足立山を借景にした野趣に富んだ庭は、楓を主として自然石を配したもので、即非が座禅を組んだ座禅石もある。煤煙がたれこめる小倉にあって、ここは別天地のような静けさである。

足立山には、奈良時代からの古い言い伝えがある。弓削道鏡がひそかに天位を窺っていたところ、和気清麻呂が宇佐八幡に遣わされ、道鏡を早く排除するように、という神託を持ち帰って奏上した。野望をくじかれた道鏡は激怒して、清麻呂の脚の筋を断ち、流罪にした。清麻呂は八幡大神の力で小倉のこの地で足が立つようになったため、足立山と呼ばれるようになったという。

久女は福聚寺が好きで、よくひとりで庭を眺めながら長い時間句を作っていた、ということだ。この話は広寿山の近くの円通寺で伺った。久女がしばしば吟行に訪れていたのは、円通寺の現住職の祖父、林隆照禅師が福聚寺の住職だったころで、禅師は漢詩に造詣が深く、久女のよき理解者であり親交が厚かったという。禅師が遷化の折に、久女は〈桜咲く広寿の僧も住み替り〉と悼句を詠んだ。そのような縁で、円通寺には久女の句碑が二基建てられ、現在は久女の寺と呼ばれたりしている。

余談であるが、円通寺には隆照禅師所有の半月形をしたサイン帖のような厚手和紙の帳面が保管されている。そのなかに久女が「谺して」の句を揮毫したものもある。この帳面は開くと円形になり、久女についての資料でよく見る珍しい円形の色紙はこれである。

広寿山の仏生会の句に話を戻すと、「花衣」三号には「五濁衆生令離垢。同證如来浄法身」と前書がある。前書については、広寿山住職の黒田文豊禅師に教えていただいた。それによると、これは黄檗宗で使用される禅林課誦という経文の「浴仏偈」のなかのことばで「五濁（色・声・香・味・触）を持っている衆生である我々は、これを離れることで悟ったお釈迦さまになる」という意味とのことである。

灌沐の浄法身を拝しける

灌沐はカンモクと読み、仏生会で甘茶をそそいでお詣りすること。また浄法身はジョウホッシンと読み、真理を身体としているもの、すなわちお釈迦さまのこと。

雑詠句評会（「ホトトギス」昭七・八）では赤星水竹居《すいちくきょ》が、「只、真つ直ぐに灌仏を拝んだ心持をさつぱりと現はしてある点が良いと思ふ」と述べ、つづけて虚子が「只、灌仏の仏を拝んだと云ふだけの事であるが、それを、『浄法身』と云ひ『拝しける』と云ふ処に、作者のその仏に対する憧れの強い情が出て居る」と評している。

無憂華の木蔭はいづこ仏生会

無憂華《むゆうげ》とは、無憂樹の花のこと。摩耶夫人《まやぶにん》が出産のために里帰りする途中で急に産気づき、この樹の下でお釈迦さまを無事安産されたことにちなんで無憂樹と名付けられたという。句はこの故事を踏まえて、四月八日の釈迦の誕生会を詠んだものだ。「憂いが無い」というその文字から、人の理想の憩いの場所が想起される。久女はそんな場所はどこにあるのだろう、と問うているが、人生を思い悩んだような暗さはなく、調子は明るく軽やかである。

「無憂華」、「灌沐の浄法身」などの仏教用語を配しながら、虚子や水竹居が指摘しているように、佶屈を避けて、響きも快く、調子の張った句となっている。

ぬ か づ け ば 我 も 善 女 や 仏 生 会

灌仏会の三句はいずれも堂々とした作品であるが、私はとりわけこの句に心惹かれる。上五の「ぬかづけば」という措辞は、はからずもそのときの久女の複雑な内面世界を示しているように思われるのだ。

「ぬかづく」(額突く、額衝く)とは、額を地につけて礼拝する様を表す語である。句は素直に読めば、「仏生会に集い、静かに頭を低く垂れて拝んだところ、他の人びとと同じように自分も善女であると感じたことよ」というほどの意味であろう。しかしまた、「ぬかづけば」と置かれたことで、読み手は「ぬかずかない場合」との対比からこの句を解釈したくなる。「(心の中にどのような煩悩を抱えていても)あるいは(善女とはほど遠い存在であっても)ともかくも、今こうしてぬかずいている時の自分の姿は、善女に見える」という言外の意味を読みとるのである。

そこに外側から自分の姿を客観的に見つめている作者が浮かび上がり、外から見る自身の姿と、内なる真実の姿とのギャップを意識していることに気がつく。「ぬかづけば」の上五で一呼吸あり、「や」の切字には久女の嘆息がこめられている。句の鑑賞としてはいささか理屈が過ぎるかもしれないが、私はこの詠み方に久女の心の葛藤が無意識ににじんでいるように思えてならない。この視点は、〈足袋つぐやノラともならず教師妻〉という句に見られたものと同じである。
「花衣」創刊の辞で「性格と環境の激しい矛盾から、妻とし母としても俳人としても失敗の歩み、茨の道であつた」と久女自身が分析しているように、久女の置かれた状況はたえず彼女を苦しめた。台湾という南国の異文化のなかで伸びやかに成長したのち、東京の名門で教育を受けた久女は、旧家の跡取りの芸術家と結婚したはずであったが、北九州の新興工業都市で一中学教師の妻としてつましく生活することになった。そして家庭の平和を乱していることを知りながらも、作句に打ち込まずにはいられなかった。現実と理想の乖離《かいり》、環境との軋轢がつきまとい、人一倍強い自意識がその矛盾を強烈に意識させた。矛盾を意識しながら自身を眺めたときに「ぬかづけば」という表現が生まれたと思うのである。

ぬかづきしわれに春光尽天地

という朗らかな吟と比較すれば、そのことがはっきりすると思う。春光は善人悪人の隔てなく、すべての人に降り注ぐ。だから、この句は「ぬかづきし」なのである。

風に落つ楊貴妃桜房のまゝ
むれ落ちて楊貴妃桜房のまゝ
むれ落ちて楊貴妃桜尚あせず

これらの句が詠まれたのは、八幡製鉄の迎賓館、八幡公餘倶楽部（現在は新日鐵の研修所の高見倶楽部）である。楊貴妃桜は八重咲きの豪華な桜。句は風に落ちる桜を詠んだ写生句だ。楊貴妃桜という絢爛たる名前をもつ花を主題に選ぶことで成功した句で、落花と傾国の美女、楊貴妃のたおやかな姿と重なって艶がある。ヨーキヒザクラというゆったりとした響きもまた、この句に春爛漫の雰囲気を出している。

遠賀川吟行

久女が折に触れては吟行した場所のひとつに遠賀川流域がある。この川は英彦山から発して北に流れ、玄界灘に注ぐ。久女が訪れたのは、下流の水巻町から河口付近の芦屋町のあたりである。小倉から日帰りの吟行にちょうどよい距離にあり、自然が豊かで、しかも古典との関連が深い。

芦屋町は、茶道の芦屋釜の産地としてよく知られている。『筑前国風土記』に、「県の東の側近く大江《おほかは》の口あり、名を塢舸《をか》の水門《みなと》と曰ふ。大船を容るるに堪へたり」と書かれているとおり、ここは河船や海船が集まる九州のいわば海の玄関で、京都と大宰府を結ぶ官道の重要な地点であった。京都から来た役人たちは、戸畑から洞海湾を西に進み、この塢舸の水門から九州に上陸し、逆に京都へ帰る役人はここから船に乗った。『万葉集』には、

天霧《あまぎ》らひ日方《ひかた》吹くらし水茎《みづくき》の岡《をか》の水門《みなと》に波立ち渡る（7—一二三一）
（空は曇って東の風が吹くらしい。遠賀川の河口には一面に波が立っていることだ）

と詠われている。

嶋䑧（あるいは崗）が岡賀に、さらに遠賀と表記が変化して、音も濁音となってオガと呼ばれ、やがて現在のオンガとなった。

遠賀川河口付近は、昭和二十八年に梅雨の豪雨で大洪水となり、その後大規模な護岸工事がされて、現在は殺風景なコンクリートの堤防が真っ直ぐにつづくだけの風景になってしまったが、それ以前の古い写真を見ると、渡し舟が対岸を結び、河川敷には山羊や牛が放牧されているのどかな場所であった。久女は〈菱蒸《うむ》す遠賀の茶店に来馴れたり〉と詠んでいるように、この流域に通い、四季折々の句を残している。

早春の川辺に立って萱《かや》を焼く炎を心ゆくまで見た久女は、愛唱する万葉の歌を思い浮かべたことであろう。堤を焼く火の色は万葉の時代から変わらない。

土 堤 長 し 萱 の 走 り 火 ひ も す が ら
風 さ そ ふ 遠 賀 の 萱 む ら 焔 鳴 り つ ゝ
す ぐ ろ な る 遠 賀 の 萱 路 を た だ ひ と り

ここでは遠賀をオガと古い読み方をしており、「ひもすがら」あるいは「風さそふ」「焔鳴《ほな》りつゝ」という措辞は、あきらかに和歌の調べを取り入れている。

夏になると、水辺の景色を描写して、

萍の遠賀の水路は縦横に

泳ぎ子に遠賀は潮を上げ来り

青すゝき傘にかきわけゆけどゆけど

「萍《うきくさ》の」は「菱実《ひし》る」と季語だけ異なる吟もある。

秋には、

菱採ると遠賀の娘子《いらつこ》裳《すそ》濡《ひ》づも

「濡《ひ》づ」とは、水につかる、濡れるの意。「裳《も》を濡《ひ》づも」あるいは「裳の裾ぬれぬ」は、万葉時代に用いられた女性の官能的な美を詠う慣用的表現である。

久女はこの句を何度も推敲して「乙女は」、「乙女ら」、「娘子」と三種類の表現を試みている。「乙女は」の助詞「は」は説明的だ。「乙女ら」よりも「娘子」のほうが字面がいい。そのため久女は最終的に娘子を採用したのであろう。久女は「娘子」に「いらつこ」とルビをふっているが、辞書には「いらつこ」とは若い男のこと、若い女は「いらつめ」とある。そうなるとこの読みには無理がありそうだ。

久女が「菱蒸《うむ》す」「菱採ると」と詠んだ菱の実は古代から食用とされていた。清少納言の『枕草子』に「おそろしげなるもの」として菱をあげているが、菱の実はその名のとおり独特のひし形で、棘のある固い殻に覆われている。司馬遼太郎は子どものころにおやつに食べた茹でた菱の味を思い出して、「さくりとして、栗を軽快にしたような感じで、うまかった」という。

蘆の火の燃えひろがりて消えにけり

蘆の火の消えてはかなしざんざ降り

後の句の中七は「消えて・はかなし」とも「消えては・かなし」とも読める。久女は「かなし」「たのし」という詠み方をよくするのだが、草稿の筆の運び方は「はかなし」に見える。句としてもそのほうがよいと思う。

遠賀を詠んだ句には、季語や表記を変えた同工の作品が複数あるが、久女の句の作り方が多作多捨というよりは、一つの句をあたため、同じ場所を訪れては推敲を重ねたことを示すものであろう。このほかにも推敲、改作をくり返した例がいくつもある。

西日して薄紫の干鰯

「花衣」には「塢舸の水門吟行」と前書がある。久女は漁師が干す鰯《いわし》に注目した。同じく魚の色を詠んだ〈秋来ぬとサファイア色の小鰺買ふ〉のモダンな才気もいいが、鰯の句から鮮やかに立ち上がってくる晩秋の遠賀の景色はさらに味わいが深い。同時の吟に〈鰯干す古き水門の夕日影〉がある。

菱実る遠賀にも行かずこの頃は

「ホトトギス」同人を除名された後のこの句からは、久女の消沈ぶりが伝わってくる。これらの句が詠まれた遠賀川流域は、英彦山とならんで久女の重要な作句工房であったといえよう。

三　「花衣」廃刊の経緯

「天の川」の月評

「花衣」時代に久女はいくつもの名吟を得て、すぐれた評論を書いた。その「花衣」を久女が突然廃刊した理由について、さまざまな推測がされてきた。四号のあとがきの日付は七月二十六日、五号の「廃刊について」の日付は八月二十八日である。この一月余りの間にいったい何が起きたのだろう。

廃刊の理由として久女自身は、「私の健康と家庭の都合」をあげ、家庭にもっと力を注ぎ、「何にもわづらはされず只孤り悠々と静かな句境涯を楽しみ度い」と記しているだけである。情熱ほとばしる創刊の辞を書いたのと同じ人が書いたとは信じられないほど紋切り型の文章で、まさに取りつく島もない。

廃刊直後に福田蓼汀《りょうてい》の母、無聲女《むせいじょ》に宛てた手紙（消印は昭和七年九月五日）で久女は、「私が女、のくせに少々やりすぎましたのと、家事も万事一人で夫にも子にもきのどくにもあり花衣をいたせば益々せけんからもきらはれ到底一人でこの上いたして見てもだめですので。（中略）女の身はやはり不遜なたいどでなく以後つつましくひとり作句したいと存じます。何事も我身の愚ゆえと不才微力をかへり見ずやり過ぎた為めです」として、〈つゆくさのしげるにまかせこもりけり〉〈淋しさはつゆくさしぼむ壺の昼〉の二句を添えている（福田蓼汀「杉田久女」）。

大きくふくらんだ風船の空気が一度に抜けたような意気消沈ぶりである。「女のくせに少々やりすぎました」「益々せけんからもきらはれ」とは具体的に何を指しているのだろう。

「天の川」の月評が「花衣」廃刊の口火となった、という説がある。その月評は、つぎのようである。久女は「ホトトギス」昭和七年七月号で初巻頭となったのだが、当時、反ホトトギスの色を濃くしつつあった「天の川」は八月号で、「ホトトギスに就て」と題して、久女の句をとりあげて辛口の合評を載せた。メンバーは神崎縷々《るる》、後藤蓼蟲子《りようちゆうし》、白土古鼎《こてい》、横山白虹《はくこう》で、そのなかで好意的な評をしているのは縷々である。

神崎縷々は久女より九歳若く、長身で額の広い知的風貌の持ち主であった。彼の叔父は小倉随一の旅館、梅屋を営み、のちに小倉市長を務めた人物で、縷々はその養子であった。宇内の勧める小倉中学を卒業後、東京商科大学（一橋大学）で学び、読書家で浮世絵などの書画にも造詣が深かった。彼は鉱山用のダイナマイトを扱う火薬商、神崎商会を興した。縷々の句とし

ては、

阿片《モヒ》をさす襤褸たくりぬ雪あかり　縷々

血に痴れてヤコブのごとく闘へり

前句は炭鉱労働者を、後句は喀血した自身の姿を詠んだもの。

合評会で縷々は久女という作者について知りすぎるほどよく知っていると最初に断っている。彼の発言は凝った修辞的な技巧を弄していて難解だが、要約すると、文学者としての孤独な宿命を負いつつ真実を追究する「情熱の人久女」を讃え、〈無憂華の木蔭はいづこ仏生会〉は、「刷毛の後の力強さ、焼刃の匂ひも亦極めて鋭い」詠みぶりで、彼女の代表作となると評価した。

一方、白虹は、調べの美しさは認めるものの、「観念を一歩も出てゐない」と切り捨てた。

問題となった縷々の楊貴妃桜の句についての発言をそのまま引用すると、〈風に落つ楊貴妃桜房のまゝ〉については、「芸術は常に最も人間的な遊戯であり、人間臭の最も逆説的な表現である。久女氏の俳句の魅力は、此れを一貫する素晴らしい肉感にあるのではあるまいか」。〈むれ落ちて楊貴妃桜尚あせず〉については、「久女氏は支え切れぬ熱情の重圧に耐へ兼ねて居られるかに見える。彼女が如何に焦燥に夢見んとしても亦如何に緩慢に夢見んとしても、彼女の心臓は早くも亦遅くも鼓動しはしないであらう。彼女の中の歌うたふ者をしてうたはしめよ。彼女は恐らく人々の好奇に満ちた賛嘆を浴びつゝも、マラルメの所謂途轍もない通行者であることを、いつまでも止めないであらう」とある。

古鼎は一貫して久女の句に対して否定的で、〈灌沐の浄法身を拝しける〉は「言葉の羅列に過ぎない」、また〈風に落つ〉は「たゞ楊貴妃桜の特性を説明したに過ぎない」とまったく価値を見出していない。そして彼は最後に、「ホトトギスの毎号を見る度に感ずるのは、その巻頭句が優れてゐるといふよりも寧ろその作者を鞭撻する、或は啓発する為めに巻頭たらしめてゐると信ずべき場合が少くない」ので、読者は歪みのない句の検討が必要だと締めくくっている。久女の句が巻頭に値しないかのような口振りで、久女を俎上に載せて、「ホトトギス」の巻頭制度そのものを批判するような物言いである。巻頭句というものは毎号あるにもかかわらず、わざわざ同郷の久女が初めて巻頭となった号をとりあげて批判するという行為には、意地の悪さが感じられる。久女が足を引っ張られたと思ったとしても無理はない。

この月評に対して久女は「楊貴妃桜の句評に就て」という反論を書いた。その文末には「八月十日記」とあるから、月評を読んですぐに筆を執ったものである。久女は評論、随筆を多数残しているが、それらから判断して、文章を書くのが非常に速い人であったといえる。俳句では長い時間をかけて、ためつすがめつ推敲を重ねているが、文章の場合、書いたり消したりということをせずに一気に書くタイプであったようである。そのため読んでいて滞りがなく、勢いがあっておもしろいのだが、ときには不要な摩擦を起こすこともあったと思われる。

久女の反論はこうである。縷々が親切に批評してくれたのは満足であるが、「只二三ヶ所、氏の批評と私の作意と全然相違してゐる点を見出し、電話で氏へ質問した次第ですが。（中略）楊貴妃桜のむらがりおちた花房を前にして、あの時私が目に頭にやきつく様に感じたものは、凋落しつゝも尚ほ、貴妃の気品と傾国の麗色とを面影にのこして宿命に、自然の法則に殉ずる静かにもうるはしい落花の印象でした」と作句の動機を説明したあとで、「一目でも此落花を実際にご覧になつてゐたら、肉感の情熱におしつぶされるのといふ御批評」は的外れであり、「此句が肉感的（いゝ意味でも）だといふ批評は一向嬉しくない」と強く不満を述べている（「天の川」昭七・九）。

引用したように、実際には久女が傍点をほどこしたとおりの叙述はない。縷々は「肉感」という語を精神と肉体と対比させたときの肉体の感覚という意味で用いている。彼の発言の主旨は、句が楊貴妃桜のもつ官能的な美しさによって成り立っていることと、久女の感性と文学者としての姿勢を賞賛していて、冷静に読めばけっして久女を誹謗するものではない。しかし久女が「肉感」という表現に柳眉を逆立てているようすがその文章からうかがわれる。

久女はつづけて、「酒嫌ひの私が、のどがかはいて一杯の水をのめば『久女がビールをあふつて気焔をあげた』等とすぐ三面記事の様放送されるせゝこましい世の中です」「只私を一片の落花にさへあへぐ奔放な情熱一方の女の様仰せになる（愚かな私乍らも）縷々氏の認識不足に対し一言私の作意をのべたまでゝす」と述べている。

久女の言動は日頃から地方都市に住む人びとには理解されず、それが「花衣」を主宰したことでなにかにつけて注目を集めるようになり、興味本位の根も葉もないうわさの種にされることが多かったのだろう。久女は句の解釈を自身の生き方に対する批判と受け取って、「天の川」の月評を黙って受け流すことはできず、個人的にも親しかった縷々を標的にして、怒りをぶつけた。

神崎縷々との齟齬

久女は「電話で氏へ質問した」と記しているが、当時は今日のように電話が普及した時代ではないから、筆まめの久女がわざわざ電話をしたとなると切迫した思いに駆られてのことで、電話口に呼び出された縷々は驚いたであろう。さらに久女はこの反論を書いて「天の川」の編集所に送った。否定的な雰囲気の合評会で、久女の句のために熱弁を振るった縷々にとって、これは心外な反応であったと思われる。

橋本多佳子は「花衣」廃刊の理由を、「その夏小倉に行つて察したことはR氏との事の縺《もつ》れが久女に悲しみを与へ、何も彼もいやになつたのではないかと思つた」（「久女のこと」）と推測している。横山白虹は「邪恋」ということばを用いているが、小倉にはR氏、すなわち縷々と久女のうわさがあった。

引用した合評会での発言でもわかるとおり、縷々は魅力的な知性派の論客である。久女にとって縷々は、文芸には関心のない夫とは共有できない話題を語りあう数少ない大切な友人であり、縷々が作家久女の背景を知りすぎていると述べているように、ふたりが親しかったことはたしかである。

ふたりの関係を知るための資料として、縷々に宛てた久女の手紙が残っている。これは縷々の未亡人が、後年、昌子氏に送ったものであるが、もし、久女と縷々が「邪恋」の関係にあったなら、直接の被害者である夫人が、久女の手紙を夫の死後も保管して、久女の娘に送るとは思えない。公表されたそれらの手紙を読む限り、その関係は恋愛感情というよりは、年上の久女が病身の縷々のことを心配したり、俳句の指導をしようと乗り出したり、また同時に相談相手にして頼っていたように思える。若い縷々はそのような久女の態度を、要らざるお節介を焼いてうるさいと感じたのではなかったか。

石昌子氏の『私の五十年』に写真版で公開された資料のなかに、注目すべきものがある。それは廃刊の直前に久女が縷々に宛てて書いた手紙で、当時の久女の心境を知るうえで重要な手がかりとなる。原稿用紙にしたためたその文面は、

我性格を恥ぢて　　　　罪人　久女

自分の曲りくねつた、ひがみ易い性格、怒り易く愚かしい欠点だらけの私を、まざ〱と面前につきつけられた時、前世《ママ》界から見捨られたような無限の淋しさに私は泣いた。

そは、我性格に対する絶望の涙だつた。

私の性格がつねに人々をそむかせ、魂をきづつけ、うるさがらせてゐる。何と罪劫《ママ》ふかいとげの多い、かたくなゝ私かと思ふと私の魂は（以下、写真では割愛されている）

日付は七年八月十六日夜。「面前につきつけられた」とあるからには、久女は縷々の反発を買い、手厳しく性格や性行を批判されたのである。この手紙はそのあとに書いた反省文で、久女特有の過激なことば遣いから、激しい自己嫌悪に陥った状態にあることが読みとれる。

無聲女に書き送った「女のくせに少々やりすぎました」「益々せけんからもきらはれ」とは、縷々に痛罵されて、自身の性格が「つねに人々をそむかせ、魂をきづつけ、うるさがらせてゐる」と悲嘆にくれたときに書いたこの手紙の内容とほぼ一致する。橋本多佳子のいう、「R氏との事の縺れが久女に悲しみを与へ、何も彼もいやになつた」とは、この楊貴妃桜の解釈をめぐる経緯を指していて、突然の「花衣」廃刊の引き金になったのは、「天の川」の月評に端を発した縷々との齟齬であった、と私は考える。

廃刊決意の背景

このほかの廃刊の理由としては、それより二年ほどまえに創刊された立子の「玉藻」に対する遠慮があったという説もある。北九州在住の久女研究家、増田連氏は、背景にそのころ勢力を拡大しつつあった「新興俳句」陣営を考えるとき、「花衣」を「新興俳句」の女流誌ととらえれば、「ホトトギス」王国にとって将来的に脅威になるであろうこと、主宰者として俳句の実力、人気ともに久女が立子より上であったことから、「玉藻」の周辺からの働きかけもあって、巻頭まで与えられた久女は身を引くことにしたのではないかと推測している（『杉田久女ノート』）。

たしかに久女が「花衣」に発表したような評論を書く女性の俳人は当時いなかったし、「花衣」が一地方誌では片づけられない新鮮な魅力をたたえた俳誌であったことは事実である。立子の俳人としての地位の確立を願う虚子にとって、久女の「花衣」の好調な出足は心から祝福したいものではなかったかもしれない。その後に虚子が久女の句集の序文を書き渋った気持の奥に、「花衣」刊行も遠因としてあったのではないか、と私は思う。

廃刊と久女がこの後すぐにホトトギス同人に推されたこととの間に関連があるとするうがった見方もある。

俳壇の人間関係をめぐるさまざまな事情とは別に久女自身の問題として、久女が子宮筋腫で具合が悪かったこと、ひとりで雑誌を出すことで時間をとられて、本来の作句の時間がなくなること、家事に手がまわらなくなって夫の不興を買うこと、四号では、「当分お金で廃刊の苦労はありません」と書いているが、その実、経済的な困難があったのではないか、などの理由をあげる人もいる。

毎号すぐれた評論を書き、ひとりで選句をし、表紙絵を描き、編集事務をこなすには、たいへんな時間と労力が必要であっただろう。事務的なことをある程度人にまかせることができれば、楽になれたのであろうが、適当な人が身近にいなかった、あるいは久女の性格は、何もかもひとりで思うようにしなくては気がすまなかったのかもしれない。

それでも四号までは意気盛んであった。作品の低下どころか、多忙のなかでつぎつぎと会員を伴って吟行し、珠玉の作を得ている。このころは俳人久女のエネルギーが最高潮に達したいわば黄金期である。そして、雑詠選評を読めば、彼女が指導者としての資質にも恵まれ、後進の成長を楽しんでいたことがわかる。忙しいといっても、俳句のことで忙しいので、幼い子どもを抱えながら俳句を始めたばかりのころとは事情が違うはずだ。長女は二十一歳でこの年に汀女の世話で横浜に就職し、次女は十六歳になっていた。「花衣」は次第に軌道に乗ってきて評判もよく、これから思う存分腕を振るえるところまで漕ぎ着けたところなのである。

創刊の辞にも、毎月きちんと発行できないかもしれないと久女は断っているのだから、頁数を減らす、発行回数を減らすなど、どのような形であっても発行しつづけることはできなかったのか、と残念でならない。現実と折り合いをつけながらこの場を乗り切って、創刊の意気込みを貫くことができたなら、句や文章を発表する場を確保し、後進を育てる機会を持つことで、俳人として久女はもっと自由に羽ばたくことができたに違いない。同じ年の十月に阿部みどり女は「駒草」を創刊した。女性が俳誌を創刊主宰する時期が到来していたのである。

しかし、久女はぷつりと廃刊にしてしまう。ここまでに述べたような事情がからみあって、廃刊を決断させたのだろう。久女は超然として我が道を行くということができず、「花衣」二号で「益々対人関係のわづらはしさ、自分が女である事」を嘆いているように、周囲の軋轢で深く傷つき、そして怒りを爆発させ、結果として孤立して絶望する。「性格に破綻多く、中庸のない」と自身の性格を分析しているように、周囲の理解を得るように努めて気長に解決を待つことをせずに、真正面からぶつかって砕けてしまうという性格なのである。さきに引用した、「自分の心持ちを語る言葉もあらはし様もなく只不機嫌さうにだんまりで人恋しい心持ちとは反対にプンとすねてしまふ。そしてうら悲しい、誰れも自分の心持ちを解してくれぬ淋しさにますます瞑想的な偏した気分におちて行く」という子どものころの性格が思い出される。

縷々に批判されたことで久女は、「花衣」の刊行は周囲との軋轢を生んでますます世間から嫌われる、と思い詰めた。結局、人間関係の面倒な俳句集団の主宰者という立場に疲れ果てて、悩んだ末に個人の作家として生きる道を選んだのではないか、と私は考える。無理をして「玉藻」の向こうを張るかのように「花衣」を出す代わりに、自身の句集を世に問うことのほうに賭けたのではないか、と考えれば、突然、終刊に踏み切ったことが納得できる。

その生涯を振り返れば、「花衣」の創刊と廃刊は、俳人としての久女の人生で大きな転換点となったことはたしかである。昭和十四年の草稿で久女は「花衣は失敗であった」(三七頁)と総括しているが、わずか五号ではあったが、昭和初期という時代に、ひとりの女性が独力でこれだけの志をもった美しい雑誌を世に送ることができたのは、快挙であった。女性の俳句史の一つの金字塔として記憶されるべきである。惜しむらくは表面の剛直さとは裏腹の、傷つきやすく、もろい久女の性格と小倉での孤立無援の状況から、あまりにも性急に結論を出してしまったことである。

ホトトギス同人

久女のホトトギス同人が発表されたのは昭和七年十月号である。この時の同人の数は全国でわずかに五十一名、西海道(現在の九州地方)では禅寺洞と久女の二名だけであったから、同人になることがたいへんな名誉であったことがわかる。同人に名を連ねた久女はどれほど誇らしく、嬉しかったことであろうか。

「ホトトギス」昭和七年十月号に同人の資格が載せてある。
一、有数なる作家にて熱心なるホトトギス支持者。
一、古き俳人にて熱心なるホトトギス支持者。
一、一度選者たりし人、又は古き縁故ある人にて、今は疎遠となり居るも、別にホトトギスに離反する意志表示なき人。

「熱心なるホトトギス支持者」という条件について、竹下しづの女の興味深い文章がある（「公開状」、「天の川」昭八・五）。山陰に向かう車中でしづの女が虚子に、これは「物資的支持」か「精神的支持」かと訊ねると、「精神的支持」であるという返事であった。そこで、「でも、先生、精神的支持といふのでしたらわざ〳〵お断りにならなくとも既定の事ではないでせうか。それをわざ〳〵支持する者とお書きになられたので、何だか物質的援助をする者のやうに解されてしまひますわ」と述べ、彼女の夫が同人になるにはいくらいるのか、田の半分でもやるから同人になるか、と言ったという笑い話を虚子にした。その後、より江とふたりで精神的な支持なら、どうしてアンチ・ホトトギスの禅寺洞が同人なのか、と首を傾げた、という経緯を説明している。この公開状は禅寺洞が二つを混同して、虚子や大勢の俳人のまえで、禅寺洞をなぜ同人にしたか、としづの女が気炎をあげたと「私の立場を語る」に書いたことに対する抗議文なのである。

ここから、ホトトギス同人の推挙がどれほど注目されたか、「熱心なるホトトギス支持者」という条件が一般にはどのような受け取り方をされていたのか、がわかる。

吉岡禅寺洞はすでに昭和四年に同人になっていて、昭和七年に九州で同人に推挙されたのは久女だけである。当時の北九州の文壇には、久保より江という誰もが認める重要な存在があった。松山出身の彼女は虚子とも親しく、すでに『嫁ぬすみ』『より江句文集』などの著作をもつ名流婦人である。そのより江に先んじて、久女が九州でただ一人の女性のホトトギス同人となったことは、周囲の人びとにとって予想外の展開であったと思われる。久女はこのあたりから次第に北九州の俳壇で浮き上がり、孤立していった。昭和十一年のホトトギス同人削除の衝撃の大きさは、このことを念頭に置くとより理解しやすくなる。

第4章　創作活動に没頭——昭和八年から十年まで

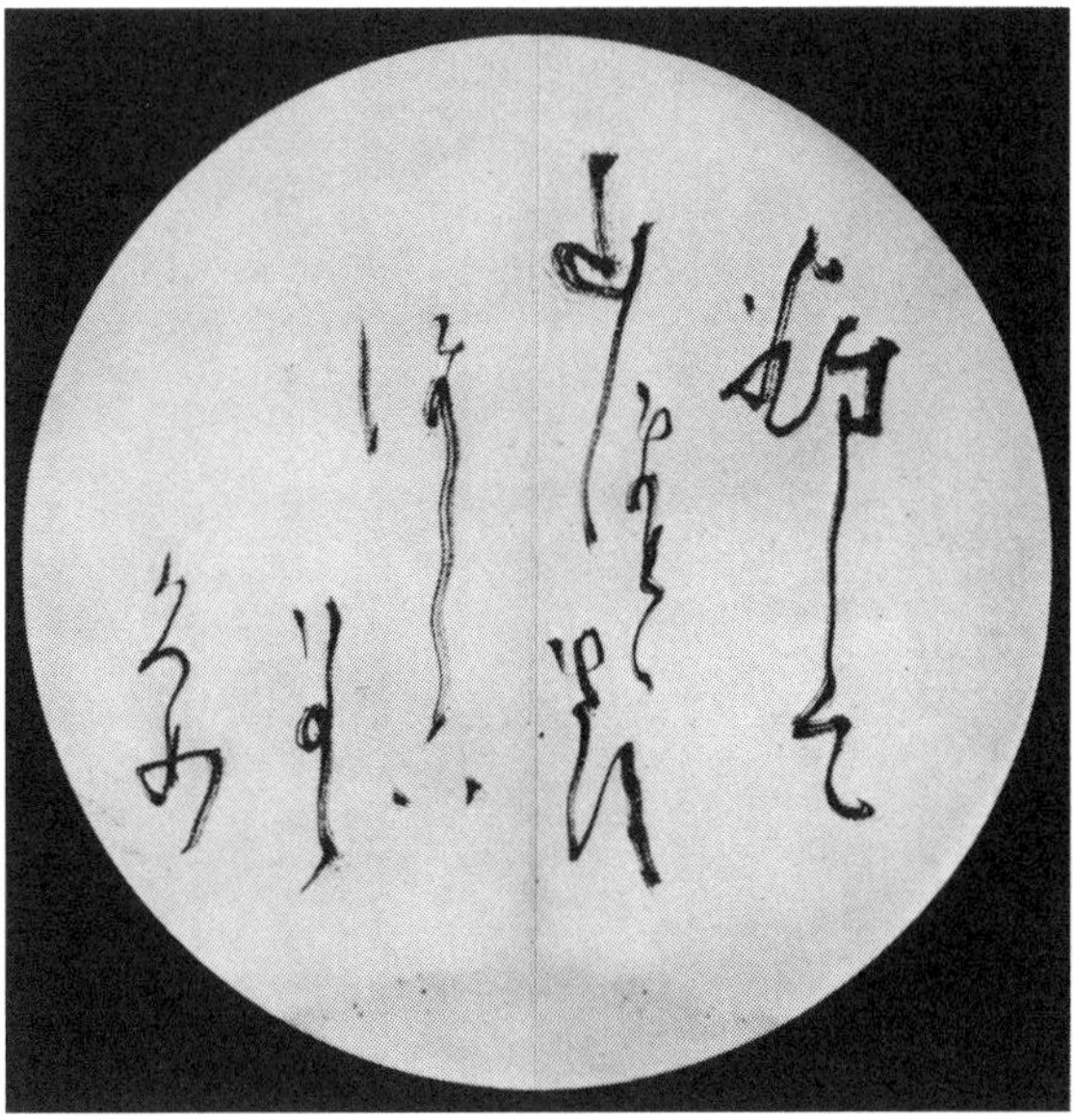

谺して山ほととぎすほしいまゝ

一　筑紫風景を詠む

昭和八年の日記

「花衣」を廃刊し、同人の名誉を与えられた久女は、俳句作家として立つという意気込みに燃えて、いっそう俳句に打ち込む。そのころの暮らしを伝える昭和八年の日記が残っている。


三月二十日。彼岸入。

自分は此運命をとほしてどうか全俳壇に貢けんしたい。ざつしは出さないから他のできぎな方法をもて。自己の人格完成の為め苦難が何だ。只自信をもて立て。光子遊学中の三年間は世とたち、習字と芸術著作等自分も勉強して暮さう。一点に集注すべし。（中略）

無限の淋しさ。私は始終最後を自殺でとぢ様と考へ出す程幽うつで孤どくで寂ばくだ。

四月二十四日。光子をおもふ。淋し。夕ぐれ厨にはたらく時など。淋しけれど子の為め生きねばならぬ。しみじみ死をおもふ日もあれど。つよくならねば！

四月三十日。一切をたちまつしぐらに我芸術へすゝみ、小いものでも生命を打こみ、そしていさぎよく目下の生活から死へ解放されたい。真剣にならう。死か離婚か、道は一つだ。

しかし私は光子の母として死ぬ方をえらびたい。

このころ久女は夫の反対を押し切って次女光子を東京の女子美術学校に送り出した。家には来客も多く、俳句仲間との楽しい交流もあり、防風を摘みに出かけ、また多くの句を詠み、虚子編の歳時記の調べものに励み、実に活動的である。けれど久女の心のなかには淋しさ、孤独感が巣くっていて、たえず死を思っている。そのような久女にとって子どもへの愛と俳句はいわば命綱であり、自分自身を励ましながら懸命に生きていたことが日記から読みとれる。

宇佐神宮五句

「花衣」の時代にひきつづき、久女は北九州の古典にゆかりのある各地に出かけて、名吟を残した。そのうちの宇佐神宮五句が、「ホトトギス」昭和八年七月号で二度目の雑詠巻頭を飾った。

うらゝかや斎き祀れる瓊の帯
藤挿頭《かざ》す宇佐の女《にょ》禰宜は今在さず
丹の欄にさへづる鳥も惜春譜
雉子鳴くや宇佐の盤《いは》境《さか》禰宜ひとり

春惜しむ納蘇利の面ンは青丹さび

久女は「息長帯姫命《おきながたらしひめのみこと》の瓊《たま》のみ帯について」という文章で、句の背景について解説している。それによれば、「瓊《たま》の帯」とは神功皇后の御物といわれている五色の瓊を縫いつけた古い唐錦の帯のこと。兵火で消失するのをまぬがれて、いまは神殿のなかに納められ、実際に拝観したことのある者はほとんどいない。「宇佐の盤境」は山奥にある神宮発祥の地で、そこには三枚の大岩が祀られ、ひとりの禰宜《ねぎ》が守っている。宇佐の女禰宜は昔はたいへんに勢力があったが鎌倉時代に廃絶して、その屋敷跡といわれるものが残っていると久女は記している。

久女の説明に補足すると、宇佐神宮は伊勢神宮とならんで「二所宗廟」とされ、全国の八幡宮の総本社として格式の高い神社である。神橋を渡り、玉砂利の広々とした表参道を進むと初沢の池が右手に見えて、ほとりに久女の句に詠まれた「女禰宜神社跡」の標識が立っている。菱形池を過ぎて石段を登ってゆくと、八幡大神《はちまんおおかみ》、比売大神《ひめおおかみ》、神功皇后を祀る上宮である。檜皮葺き、朱塗りの華やかな八幡造りで、金色の金具がまばゆいばかりだ。西参道入り口にゆったりと弧を描いてかかっているのは有名な呉橋《くれ》で、檜皮葺きの屋根がついているのが特徴とされ、屋根を支える白壁と緑色の桟、その下の朱塗りの板囲いがよく調和している。久女はこの橋を昭和七年に〈桜咲く宇佐の呉橋うち渡り〉と詠んだ。

納蘇利《なそり》の面は陵王《りょうおう》の面とともに池畔の宝物館に展示してある。これは龍を象《かたど》ったインド系の雅楽面で、鎌倉時代の作とされる。丸く飛び出した大きな眼、吊り顎、白い牙をもち、深い皺が刻まれていて、おおらかなユーモアをたたえた表情である。全体に黒に近いくすんだ色で、目の周囲などに朱色が残っている。青丹《あおに》とは染料や画材に用いる青黒い土。

雑詠句評会（「ホトトギス」昭八・八）で中村草田男は、「作者には宇佐神宮に関する沢山の智識、古文学的教養、鑑賞が備つて居て、それが実地見聞といふやうな機会にぶつかつて其才幹と感興の儘に迸《ほとばし》り出たものである。勿論この境内の暮春の実景から受ける生々とした実感は基調になつては居るのであるが、純粋に感情のみの柔かい動きの句といふには、同時に力強く働いて居る『智』、及『意』の影すら見逭す事が出来無い」と評した。

虚子はこの句が「女禰宜」、「盤境」などの語を用いたために価値があるのではない、「作者の情熱は、種々の物にぶつかつて句を作らうとしても、其熱情を満足さゝないものである場合はちつとも句が出来無い、又、出来ても強いて拵《こしら》へたやうな句、時としては平凡陳腐で箸にも棒にもかゝらぬ様な句が出来るのであるが、それがたまく或ものに触れると、忽ち才気煥発して立派な句になるのである。宇佐の宮に親しく詣でて古い記録を読んだ場合に、作者の興味は横溢して此等の句になつたものと思ふ。畢竟作者の感興が本で、材料が末である」と総括している。

田辺聖子は、「久女の字のつかいかたは、『万葉集』を完全に自家薬籠中のものにして、消化しつくし、そこから玄妙の繭を吐き出したことを思わせる」と評価している。

各氏の評によって五句は語り尽くされた感がある。私は宇佐神宮をこれらの句が詠まれた春に訪れたが、明るく広々とした境内のクスノキの大樹はちょうど若葉をつけ、丹塗りの建物は春の日をあびて華やぎ、また菱形池に張り出した能楽堂には水陽炎が映って、久女の句にある「うらゝかかや」という表現のとおりの情景であった。

久女の句に詠まれたもののなかで、彼女が実際に目にしたのは、納蘇利の面と丹の欄だけで、そのほかの句材は禰宜の説明から久女の想像力が脳裡に結んだ像を詠んだものだ。眼前の景の背後にある見えないものを句に詠み込んだのは久女の才気である。さらに第一句の「うらゝかや」、第四句の「雉子《きじ》鳴くや」という季語の働きは、いわば虚の景を実へと転換していてみごとである。「瓊の帯」の瓊《たま》という古い文字を一字用いただけで、記紀伝承の世界へ読者をいざなう魔術のような効果を発揮している。

古典の教養と典雅な美意識をそなえた久女という俳人が、宇佐神宮という格好の対象を得て、その対象から発した感動を、それを詠うのにふさわしい万葉調の用語を駆使することで成功した例といえる。この景を見て久女のように詠める俳人がどれほどいるだろうか。

ただし、虚子がいみじくも警告しているように、感動がないまま、ただ知識に頼って句を作れば「強いて拵へたやうな句」になってしまう。あくまでも情が知に先行していなくてはならないのである。

五句はたしかに作者の情感が根幹にあり、それを基に知的に構成された作品である。けれども情と知の、さらに意のバランスということでいえば、私にはこの句群は知と意のほうに傾いていると思う。そして草田男の評も、婉曲にそのことを指摘しているように読める。

このことを〈桜咲く宇佐の呉橋うち渡り〉と比較してみよう。こちらは草田男のことばを用いれば、「純粋に感情のみの柔かい動きの句」ということになる。「桜咲く」とした叙法は巧みで、「さ」の音のくり返しも快く、句に軽やかなリズムがある。「宇佐の呉橋」という固有名詞も効いて、桜と丹塗りの橋の色彩に華やかさがある。春の神宮の雰囲気がよく出た単純素朴な句である。

それに対して巻頭句は、目新しさを求めた素材そのものが占める比重が重い。歴史的に由緒ある事物を詠み込んだり、故事を踏まえたり、よく知られた文学作品のなかの語句を用いたりして、それらに託して自身の思いを伝えるという手法は、十七音では納まりきらない複雑なことを表現するときに効果がある。素材がすでに帯びている意味や情感を付け加えるという働きをするからである。少ない文字から成る俳句という詩型では、作品に深い奥行を与えるのに有効な方法といえる。

しかしその手法が両刃の危うさを備えていることも事実で、作者の知が強く働くために、作品が理屈になりやすい。また、鑑賞する側にも句材についての知識を要求することになる。巻頭五句は、解説なしに読み手が句の世界にひたることがむずかしく、また一句ずつにすると作者の感動が読み手の心に素直に入って来ないうらみがあるように感じる。ここには俳句における知と情のバランスのむずかしさがあるが、久女はあえて知に比重をかけた詠み方で、由緒ある宇佐神宮の春の景を描いた。このような果敢な実験を試みる意欲的な作句姿勢から、俳句の領域が拡大してゆくのである。

五句をまとめて作品群として捉えたとき、それぞれの句で久女が選んだモチーフはバラエティも豊かで、その独創性で抽んでている。「ホトトギス」雑詠欄の句のなかに置いてみると、たしかに久女の才気は異彩を放っている。久女の俳句が、日常を抜けてはるか古代の浪漫の世界へ突き抜けたことを示す記念すべき作品群といえる。

筑前大島星の宮吟詠

久女の昭和八年の日記に、天の川伝説発祥の地として知られている筑前大島を七夕祭りの夜に訪れた、とある。神話の島、大島の吟は、八年の十一月号、十二月号と翌年の九月号の雑詠欄に入選している。おそらく久女は句を発表したあとで、さらに一年間かけて句を練り、翌年の七夕のころにまた投句したのであろう。

海難守護の宗像三神の名は、市杵島《いちきしま》姫神、湍津《たぎつ》姫神、田心《たごり》姫神である。三柱の女神は順に宗像郡田島の辺津宮《へつみや》、筑前大島の中津宮《なかつみや》、玄海の孤島、沖ノ島の沖津宮《おきつみや》の三社に祀られている。

伝説では、唐の国に使いに行った貴公子が、何人かの織女を連れて帰国する途中でそのうちの一人と恋をした。貴公子は帰国後、都の役職に戻ったものの、離ればなれになってしまった織女が忘れられず、彼女のことを思っていると、夢枕に天女が現れて中津宮に行くようにと告げる。貴公子は織女に会いたい一心で職をなげうって中津宮の神に仕える身になる。ある星の美しい夜に、天の川で禊《みそぎ》をしていると、手桶の水に織女が映っているのが見えて、ふたりは時のたつのも忘れて無言で語り合った、という。一年に一度だけ七月七日の夜に織女星が天の川を渡って牽牛星に会いに行くという中国の伝説に基づく物語だ。

『万葉集』には星の恋に寄せる歌は多く、とくに巻十には秋の雑歌として七夕伝説にちなんだ約百首が収められている。これほど多くの七夕の歌が残されたのは、このロマンティックな伝説が日本人の心を捉え、夫が妻の家に通うという日本の妻問いの習俗を星の恋に事寄せて詠んだからであろう。久女の〈うち曇る空のいづこに星の恋〉は、伝説へのあこがれがおだやかに伝わり、心に残る。

久女の大島吟詠を鑑賞するにあたって、私が大島に行ったときのことをすこし述べたい。宗像大社からほど近い玄海町神湊《こうのみなと》の波止場に立つと筑前大島がすぐ正面に見える。その日は、沖津宮、中津宮の女神を迎える秋のみあれ祭りの日で、宗像七浦の漁船が総出で女神のお供をするということで、秋晴れの湾いっぱいに、先端に葉を残した長い竹に大漁旗や幟を立てた船が航行して壮観であった。

昼まえには祭りも終わり、連絡船に乗ると二十五分ほどで筑前大島に到着。中津宮は船着き場の近くの丘の上にある。石段下には皇族下乗とあり、宗像三社のひとつであるこの神社の位の高さが知られる。鳥居の左手に「天ノ川」という標識があり、朱色の柵の下のほうに、川とは名ばかりのほんの一筋のせせらぎが流れている。この川にひとまたぎほどの橋がかかり、向こう側の崖にしがみつくように生えた木の根本に片手で抱えられるほどの織女神社が建っている。牽牛神社は、と見ると、道路を隔てた小高い丘の上に、これまた小さな祠が祀られていた。

鳥居をくぐり、池にかかる太鼓橋を渡り、急な石段を登ってゆくと中津宮の檜皮葺きの立派な社殿がある。その裏手の空が見えないほどうっそうとした深い杜のなかへと踏み込むと、藪蘭の間の自然石の石畳の先のほの暗い崖下に小さな祠があり、滾々《こんこん》と水が湧いていた。これが『古事記』にちなんで命名された天の真名井《あめのまない》である。天照大神が弟の素戔嗚尊《すさのおのみこと》の剣を三段に折り、高天原《たかまのはら》にある神聖な井戸で濯いでから口に含んで吐き出すと、息が霧となり、清らかな三柱の女神、すなわち宗像三女神が生まれたという伝承である。

天の真名井から湧き出る清水は、島の中央の御嶽山の伏流水で年中涸れることがなく、古来から「中津宮御神水」として大切にされてきた。祠の前に柄杓や漏斗が置いてあり、赤い蟹が何匹も這っていた。湧水は天ノ川に注ぎ、神社の脇を通って先ほどの鳥居のところへ流れてい
くのである。

これが大島の久女吟詠地付近のあらましである。

大島の港に降りた久女は七夕の風物をつぎつぎと詠んでいる。

大島の港はくらし夜光虫
夜光虫古鏡の如く漂へる

一句目は、平凡のような気がする。暗さと夜光虫の取り合わせ、また、大島という地名がありふれたものであるからかもしれない。二句目「古鏡の如く」という印象的な比喩は、まったく景は違うものだが、久女より前に松本たかしの〈水仙や古鏡の如く花をかかぐ〉で用いられている。たかしの句は水仙の花の形状とその凛としたたたずまいを古鏡になぞらえたものである。久女のほうは、暗い水面に浮遊する夜光虫のほのかな光の点を描写するための比喩であるが、金属製の古鏡が漂うという発想に無理があるという気もする。

星の衣《きぬ》吊すもあはれ島の娘ら

「星の衣とは、五色の紙を衣の形に切り願事をしるして笹に吊すもの」と久女が註をつけている。「星の衣《きぬ》」は、響きもよく、情感があることばである。ただ「あはれ」は昔からあまり

に広く、深い意味を帯びてきたため、句意を曖昧にしているかもしれない。

海松《みる》かけし蜑の戸ぼそも星祭

「戸ぼそ」とはここでは扉のこと。この句の中七は、「ホトトギス」（昭九・九）、久女の草稿、いずれも「蜑の戸ぼそ」となっている。句集に「蟹の戸ぼそ」とあるのは、蟹《かに》と蜑《あま》という文字の形が似ているために植字段階で生じた間違いではないだろうか。

久女の句は大島の七夕風景の写生である。玄界の小島に生きる海人の素朴な暮らしを見て、久女は『万葉集』に詠まれた海人《あま》小舟《おぶね》や海少女《あまおとめ》のことを思い起こしたのであろう。やはり久女の原句「蜑の戸ぼそ」に戻したい。

神社を訪れた久女のたぎる思いは、「大島星の宮吟詠」として浪漫的な句に結晶する。

下りたちて天の河原に櫛梳り

彦星の祠は愛しなの木蔭

口すゝぐ天の真名井は葛がくれ

第一句の「天の河原」とは、八百万《やおよろず》の神が集う高天原にある河原である。それにちなんで、久女は大島の天ノ川のほとりをそう見立てたのであろう。

さて、「下りたちて」「櫛梳り」の動作の主体である。実際に河原へ下りて来ているのはたしかに作者なのだが、作者の動作を描いただけの句と読んではおもしろくない。久女が自身の姿を織女と重ね合わせて詠んでいるものとして鑑賞したい。天の川の伝説の地に立った作者のなかで伝説と現実は融合し、天から織女星がこの地上に下りて、星合いの夜のためにまず髪の手入れをする、というロマンティックな光景を心に描いているのである。下五は「櫛梳り」と連用形でやわらかく止めて、余韻を残している。久女らしいナルシシズムが濃く漂っているが、それも快い。なんといっても星合いの夜なのである。

二句目の「祠は愛しなの木蔭」という表現は、まず「愛《かな》し」と読んで、それにつづく「な」は名の木の「名《な》」あるいは「何《な》」であろう。「何《な》」ととって、「祠《ほこら》には深く心を惹かれるが、いったいこれは何の木の陰であろうか」の意味と解釈しておく。木陰にある彦星の祠を見つけた作者の気分の高揚が伝わってくる。

三句目の葛の葉に覆われたゆかしい名をもつ湧水を久女は万葉調に「葛がくれ」と言い止めた。清水を口に含んで、彼女は神代をしのんでいるのである。「天の真名井」という固有名詞が効いている。

つぎに、神話の世界から目を転じて、眼前にうねる波を写生する。

玄界灘一望の中にあり

荒れ初めし社前の灘や星祀る

大波のうねりもやみぬ沖膾

乗りすすむ舳にこそ騒げ月の潮

「荒れ初めし」の句の、太刀でばさりと切り取ったような勢いのよさに注目したい。「社前」という硬い表現を用いているが、調子は悪くない。なによりも、社前に開けているのはただの海ではなく、風と波の荒さで知られた玄界灘である。ここで久女は神社を基点にして、目の前に広がる玄界灘、さらに頭上の七夕の空模様を提示する。小さな社と大きな灘と風をはらんだ空を描いて景が雄大で、句は緊張感がみなぎっている。「や」の切字も鮮やかで、下五に「星祀る」と据えた叙法も巧みである。「星祭」などと名詞で止めれば、人の動きが見えてこない。「星祀る」と動詞にすることで、古くから伝わるこの祭りに人びとが集って来る情景へと視点をもってくることができる。自然と人との交歓の風景が一句のなかに描き出されるのである。

さらに、句集に漏れているが草稿には、はるかな沖ノ島を詠んだ句が記されている。

潮涼し船より拝す沖ノ島

玄界灘のこの孤島は朝鮮半島と九州を結ぶ海北道の中程に位置していて、古代から航海安全を祈願する祭祀の場となっていた。この神の島で見聞きしたことを口外してはならないという厳しい掟があり、そのために島は「お言わず様」と呼ばれ、また島からは一木一草たりとも持ち出してはならないという掟もずっと守られて、古代から手つかずのままの状態を保ってきた。沖ノ島には宗像大社の神職がひとりずつ十日交代で派遣され、毎日、海上安全を祈願している。

現在は自家発電装置もあるが、冬場の時化のときなど、交代の船が寄りつけず、ただ独りで一か月も無人の島に留まることもあるという。

権禰宜《ごんねぎ》が守っている無人の絶海の孤島を遠くから拝して、〈雉子鳴くや宇佐の盤境《いはさか》禰宜ひとり〉という句を思い出した。私のなかで神話の世界と現実がかちりと音をたててつながって、古代からの歴史に彩られた九州の風土というものを実感した。するとこの九州の宇佐神宮、大島の地に立って詠まれた久女の句が、不思議なリアリティをもって立ち上がってきたのだった。

山本健吉は宇佐神宮の五句と筑前大島の句をあげて、「いずれも万葉語を駆使した勇壮な調べである」と評し、歌壇におけるアララギ派に倣って、俳句に万葉語を取り入れた秋桜子、誓子、青畝、不器男など俳人のなかで、「誰がいちばん万葉語の駆使にふさわしかったかと言えば、それは久女なのだ」と述べている。それは、久女が「王朝趣味」であり、「ひたむきな万葉的情熱」の持ち主であったからだとしている（『現代俳句』）。

すでに述べたように、大島の牽牛・織女の祠はほんとうにささやかなもので、現在の天ノ川は水深十センチほどの流れで、天の河原は河原というにはあまりにも狭く、二人も立てばいっぱいになってしまう。久女の句から想像をめぐらせて真昼間の現地に立った私は、実際の星の宮のあまりの素朴さに正直言って拍子抜けした。しかし夕闇が迫ってきた港で帰りの船を待ちながら思い直した、伝説の星の恋を祀る祠は立派でないほうがよいのだと。

星の宮は久女の発想の触媒であり、古典を愛する久女の詩嚢《しのう》は、取り立ててどうということもない景に接して豊かにふくらみ、自然にわき上がってくる思いを自在に万葉語を用いて情感あふれる作品として生み出した。ここで得た佳什は久女の詩的想像力という錬金術の賜物である。「美は見る人の目のなかにある」ということばを私は改めてかみしめたのだった。

香春神宮院

久女は俳誌「かりたご」にも句や文章を発表していた。「かりたご」は昭和二年に韓国木浦《もくぽ》で創刊され、清原枴童《かいどう》が主宰を務めていて、久女は一時期の婦人雑詠欄の選者をしていた。ここに載った句として、香春《かわら》神宮院の吟がある。

『万葉集』には、筑紫に任ぜられた抜毛大首《ぬきけのおおびと》が豊前国の娘子、紐児《ひものこ》を娶って作った相聞歌、「豊国《とよくに》の香春《かはる》は我家《わぎへ》紐児《ひものこ》にいつがり居《を》れば香春は我家」（9—一七六七）（豊国の香春はわが家である、紐児につながっているので香春はわが家だ）がある。

日田彦山線で香春へ向かうと、田園風景のなかにいきなり大きな煙突と、石灰石採取のために山頂を削り取られた異様な形の山が目に入ってくる。炭坑節に「ひと山、ふた山、み山越え」「あんまり煙突が高いので」と歌われた風景である。この山が香春岳で、南から一ノ岳、二ノ岳、三ノ岳と呼ばれ、古代には銅を採掘した。宇佐八幡の神鏡はここの銅を使って鋳造されたと伝えられている。
香春の地を昭和九年の紀元節にひとりで訪れた久女は、最澄ゆかりの神宮院に詣でた。ここは山の中腹にある梅の名所で、境内には久女も仰いだであろう樹齢九百年の大銀杏がそびえている。

岩ばしる水の響きや梅探る
背山よりたつ焔《ほ》煙や梅の茶屋
探梅や暮れて嶮しき香春嶽

一句目の「岩ばしる」は滝などにかかる枕詞として使われてきた。すぐに思い浮かぶのは、春の喜びを歌った志貴皇子《しきのみこ》の「石走る《いはばしる》垂水《たるみ》の上のさわらびの萌《も》え出《い》づる春になりにけるかも」(8―一四一八)。これを踏まえた久女の句は、上五、中七の清冽な印象が快い。二句目の「背山よりたつ焔《ほ》煙や」も万葉調が濃い。第三句は、中七、下五のカ行の繰り返しがよいリズムをなしている。三句ともに探梅の吟行句として季節感がよく出ていて、句の調べは高い。久女が積極的に万葉調を試みて成果をあげていることが見てとれる。

帆柱山

三度目の雑詠巻頭となったのは、昭和九年五月のことで、〈雪颪す帆柱山《ほばしら》冥し官舎訪ふ〉〈生ひそめし水草の波梳き来たり〉〈逆潮をのりきる船や瀬戸の春〉〈磯菜つむ行手いそがむいざ子ども〉〈くゞり見る松が根高し春の雪〉の五句であった。

雪 颪 す 帆柱《ほばしら》 山 冥 し 官 舎 訪 ふ

この句は句集には未収録である。帆柱山は北九州市八幡東区にある五百メートルほどの山で、久女の家からも見えた。帆柱山という名前は、神功皇后の船の帆柱にする杉を伐り出したという伝説に由来するとされる。

「ホトトギス」(昭九・六)でこの句の評を担当した山口青邨は、「官舎訪ふ」という下五のもつ斬新さと力強さに注目して、「此句で変つてゐる点は突然に『官舎訪ふ』といふ事を拉し来つたことであつて、かう置かれて見ると官舎でない他の家を訪ねるといふやうな生ぬるい事では斯《こ》うした強い感じは出ない、此場合何故官舎を訪ねるのかなどといふやうな詮索は無用のことである。久女さんの句は何時もかうした力強い句であるが、此句の場合も洵《まこと》に力強い男性的な強い感じを出してゐる」とある。

青邨の指摘通り、官舎というまだ俳句には珍しかった語が、句に斬新さとある種の硬質な響きを与えている。山口誓子は八幡製鉄を見学して〈七月の青嶺まぢかく熔鉱炉〉と鮮烈な印象の句を残したが、「青嶺」とは、この帆柱山である。

久女も現代的な風景を詠むことに挑戦した。帆柱山という地名の響きも、文字も句に情趣を添えている。「帆柱山《ほばしら》冥し」で小休止があって、下五につづく。町に迫るように立つ帆柱山からの雪颪の情景を描写しながら、官舎を訪問する作者の小さな決意を要するような心持ちが伝わってくるのである。橋本多佳子は、この句の官舎とは八幡製鉄所長官用の官舎で、久女は『ダイヤを捨てた』と云ひながら、『中学教師の妻』と云はれるのをとても嫌」がって、『有閑夫人のお相手は出来ない』と絶交して了つた」と記している（＝久女のこと）。意欲の乏しい有閑夫人の句会に出ていくことは、久女には苦痛だったのであろう。

企救の高浜

　くゞり見る松が根高し春の雪

「松が根」とは松の根のことで、この句は根上りの松を詠んだもの。大和の山辺の道、兼六園など、日本の各地に昔から有名な根上りの松がある。松は常緑であることから、古代より神霊の宿る木として扱われ、永遠性の象徴とされてきた。『万葉集』にも松を詠んだ歌が数多く収められている。

　万葉の人びとは松の木だけではなく、崖などにしがみつくように生えた松の根にも目をとめた。盛りあがって入り組みながら地を這っている根を見て、先がどこまで伸びているのかわからないその強靭さに感嘆し、松の根もまた、心や命の永遠性を表すものとして尊んだ。根が深く長く伸びているように、いつまでも深く思う心持ちの象徴になったのだという。

久女の草稿には、この句と〈冬浜の煤枯れ松を惜しみけり〉の間に、「この万葉の根上り松は次第に煤煙と漁夫らのあらすところにあり。今上陛下のよき御屏風の小倉赤坂の名所万葉にうたはれし企救の高浜も次第に枯れ今数本あるのみ。おしむ《ママ》べし」（七七頁）と詞書がある。

万葉の企救の高浜の根上りの松の歌とは、

豊国《とよくに》の企救《きく》の高浜高々《たかはまたかたか》に君待つ夜《よ》らはさ夜更《よふ》けにけり（12―三二二〇）

（豊国の企救の高浜の高々に、まだかまだかと君を待つ夜はもうふけてしまったことだ）

「豊国の企救の高浜」までは、「高々」を起こすための序詞である。

『万葉集』にはこの浜を詠んだ歌がほかに三首ある。これらの歌の「企救の高浜」、「企救の長浜」、「企救の浜」は、呼び方は違うが同じ場所で、現在の小倉北区赤坂から戸畑区の洞海湾口までの響灘に面した国道一九九号線沿いの海岸を指すもので、小倉に残る高浜町、長浜町という町名はその名残りとされている。

鷗外は長浜について『小倉日記』に、「聞く今宵長浜に盆踊ありて夜を徹すと。小倉男女の高く笑ひ高く歌ひて門を過ぐるもの暁に至るまで絶えず」と記している。翌年には、鷗外も踊りを見に行き、〈満潮に踊の足をあらひけり〉と詠んだ。

久女の句は、高く盛りあがった松の根を仰ぎ見ると、春の雪が残っていた、あるいは春の雪が舞ってきたという句意であろう。「春の雪」という季語の感じがよく出ている。松の緑と春の淡雪という色彩の取り合わせから古典的な美の世界が展開し、そこに永遠性とはかなさの対比が浮かびあがる。この句の表現上の手柄は「松が根」という措辞である。松の根を「松が根」と詠むことで、万葉の時代からこの語がまとう情趣が、句に高い格調を与えている。『万葉集』にも詠まれた松を眺めたときに湧いた感動を伝える清々しい写生句で、「松が根高し」と荘重に詠いあげ、「春の雪」と名詞で結んだ句の姿は端正で、調べも重厚である。

元寇防塁跡

磯菜つむ行手いそがむいざ子ども

筑前博多元寇の防塁跡を訪ねた折の吟。防塁とは鎌倉幕府が文永の役のあと、再度の元軍の襲来に備えて、九州各地の御家人に命じて博多湾に沿って造らせた石築地である。現在もところどころに防塁跡が残っている。

この句の下五「いざ子ども」について、久女は「天の川」に文章を載せて、子どものごとく思う門下の女流俳人たち、久女の娘たち、また自分自身に対する呼びかけである、と説明している(「『いざ子ども』のこと」昭九・八)。

俳句には珍しい「いざ子ども」という用語は、実は『万葉集』などにしばしば見られる表現で、目下の者、年少の者たちに対して親しみをこめていうときに用いられる。

大伴旅人の歌に、

いざ子ども香椎《かしひ》の潟《かた》に白たへの袖さへ濡れて朝菜摘みてむ（6―九五七）

（さあみなさん、香椎の潟で白妙の袖までも濡らして朝菜を摘みましょう）

語法といい、モチーフといい久女の句の発想の根源にこの和歌があったと考えて間違いないだろう。久女は防塁跡に立って、仲哀《ちゅうあい》天皇、神功皇后ゆかりの香椎をしのび、旅人の歌の情景を思ったのだ。この句は旅人の本歌を踏まえつつ、久女の溌剌とした精神がこめられた新しい作品となっている。春の渚の波音と潮風が感じられる、勇んだ勢いのある句だ。行く手の春の浜辺へと、さらには洋々たる文芸の未来へと誘う、久女の連衆への呼びかけである。

この句と同時に詠まれた句に、

防人の妻恋ふ歌や磯菜摘む

磯菜を摘みつつ久女は時を遡って防人《さきもり》の時代をしのんだ。筑紫は大和朝廷の国土防衛の最前線であり、ここに派遣された防人たちの哀切な歌が多く残されている。春の浜辺から、防人の妻恋いの歌を想起する久女の詩的想像力は、生き生きと躍動している。句には久女の女ごころが深くこもっていて忘れがたい。台所雑詠時代から「女らしい句」を心がけ、また万葉調を試みてきた久女のひとつの到達点であるように思う。

このほかに防塁で詠まれた作に、

かきわくる砂のぬくみや防風摘む

あだ守る筑紫の破魔矢うけに来し

「あだ」とは仇のことで、久女は「寇」の字をあてたりしているが、ここでは海を渡って筑紫に攻めてくる敵軍の意味である。新年の破魔矢を享けるときの清新な気分がよく出ていると思う。

二　回想の句、連作への意欲

鹿児島・琉球の回想の句

昭和九年三月に「俳句研究」が創刊された。大手出版社である改造社から出た初めての俳句総合誌である。創刊間もない六月号に久女が発表したのは、幼年期の南国風景を詠んだ句である。

子ども時代を回想した句としては、誓子が大正時代に発表した名吟が思い浮かぶ。中学時代を過ごした樺太風景を詠んだ〈流氷や宗谷の門波荒れやまず〉〈凍港や旧露の街はありとのみ〉〈郭公や韃靼の日の没るなべに〉などは、ここで生活した人だからこそ詠み得た異色の素材である。少年期に心に刻まれた極北の地の印象は万葉調で詠まれ、誓子特有の硬質な輝きを放つ作品に結晶した。

久女も砂糖黍から回想の句を詠むことを思いついた。昭和八年の日記の三月十三日に、「きのふ電車の中より田町通の或果物屋の店頭に、台湾の砂糖黍のつかねしを見出で、しきりに幼時台湾琉球と父母にともなはれ、父のつとめのかはるにつれて移り歩きし思出しきり也。その父も姉もはやみまかり、我身も初老の今なれど、なつかしきはふりわけ髪のむかし也」とある。久女は幼児期の南国の回想をまとめて、「瑠璃光如来」として「俳句研究」に発表した。

出生地鹿児島

朱欒咲く五月となれば日の光り

天碧し盧橘《ろきつ》は軒をうづめ咲く

花朱欒こぼれ咲く戸にすむ楽し

南国の五月はたのし花朱欒

琉球をよめる句

常夏の碧き潮あびわがそだつ

爪ぐれに指そめ交はし恋稚く

梅檀の花散る那覇に入学す

満ち足りた子どものころが、まばゆい南の国のエキゾチックな風物をとおして描かれている。甘い花の香に包まれた、はじけるような色彩が久女の原風景である。とりわけ入学を詠んだ句は、勢いもあり、なによりも景が珍しい。久女の入学式にまつわる連想は、普通の日本人のように桜の花ではなく、栴檀の花であり、しかも香り高いこの花が散る情景なのである。

都府楼址

昭和九（一九三四）年の秋、久女は大伴旅人、山上憶良、観世音寺別当の沙弥満誓《さみまんぜい》などが集った筑紫万葉歌壇の舞台、太宰府、都府楼址を訪れた。

かゞみ折る野菊つゆけし都府楼址

佇ち尽す御幸の跡は草紅葉

天智天皇が、母の斉明天皇追悼のために発願した観世音寺では、

菊の香のくらき仏に灯を献ず

月光にこだます鐘をつきにけり

久女の頭に芭蕉の〈菊の香や奈良には古き仏達〉があったであろう。あるいは素十の〈くらがりに供養の菊を売りにけり〉も思い浮かべたかもしれない。この寺の梵鐘は日本でもっとも古いもののひとつで、左遷された菅原道真は『菅家後集』で「観音寺はただ鐘の声を聴く」と

詠んでいるが、虚子の句集序文を待ち焦がれていた久女はどのような思いで鐘を聞いたのであろうか。二句とも久女の敬虔な思いが込められ、気品がある。

これらの作品は「ホトトギス」十二月号に掲載された。ちょうど後述の「国子の手紙」に収められた手紙を久女が虚子に書き送っていたころのことである。

野鶴飛翔の句

久女は山口県熊毛《くまげ》郡八代《やしろ》盆地に飛来するナベヅルを見に出かけた。この吟行は昭和九年の随筆「野鶴飛翔の図」に詳しい。

> 大地も稲城も霜白く、太陽は今東の山から朝霧を破つて日の征矢を盆地にそゝぎはじめ、田の面の稲城はくつきりと紫影を曳いて霜煙をあげてゐた。
>
> 田鶴は尚幾むれも幾むれも舞ひ来り、飛翔しては遠近の刈田にまひ下り、或は日輪のまぶしい光芒の中でさかんに飛翔した。（中略）
>
> 鶴は山田の辺りに舞ひ下りては徊しつゝなき交す。殊に青空高く翼をのべ脚をそろへて円を描きつつ舞ひすむ時の群鶴の姿はたしかに聖代の瑞相であつた。

久女は夜明けとともに起きだし、終日、恍として鶴を見て過ごしたのである。鶴を詠んだ作品群は圧巻である。

鶴舞ふや日は金色の雲を得て

鶴と金色に輝く雲という華麗な美が描かれている。「日は金色の雲を得て」の叙法、とくに「得て」という表現は独創的である。雲が金色に染まったことを、太陽が金色の雲を得たというのである。瑞相そのものの光景が高く張った調子で詠まれている。

ふり仰ぐ空の青さや鶴渡る

鳥を見るために空を見上げるという動作そのものに新しさはないが、この場合それが大きく優美な鶴であり、また背景が澄み渡る冬空であるために、平凡ではないのである。青空を舞う鶴を目のあたりにした作者の感動が響いている。

これら二句には動詞が複数用いられているが、けっしてうるさくはない。久女は〈朝顔や濁り初めたる市の空〉〈紫陽花に秋冷いたる信濃かな〉など、体言止め、また切字「かな」を用いた、微動だにしない力強い詠み方が得意なのだが、ここではゆるやかにリフレインするような流動的な調子となっている。それが作者のこのときの胸の高鳴りを表していて余韻が長いのである。

鶴の影舞ひ下りる時大いなる

群舞する鶴の真下に立った久女は、じっくりと鶴の生態を観察する。鶴の大きな羽ばたきを、鳥そのものではなく、その影に焦点を当てて描くという切り口が鋭い。浮かんでくる映像は鮮明、かつ斬新である。

舞ひ下りてこのかのもの鶴啼けり

「このかのもの」という中七の音の響きが、独特の効果をあげている。たくさんの鶴が右往左往しながらあげるにぎやかな鳴き声を、そのまま表しているようだ。

鶴舞ふや稲城があぐる霜けむり
鶴鳴いて郵便局も菊日和
山冷にはや炬燵して鶴の宿
暁の田鶴啼きわたる軒端かな
鶴の里菊咲かぬ戸はあらざりし

鶴が来る村のたたずまいをさまざまな角度から写生している。いずれも景がはっきりと浮かび、気持よく心に入ってくる。

盆地に群をなす鶴の姿、鶴の村を写生する久女の筆は縦横無尽である。一度の吟行でこれだけの秀句をものにしたのは驚嘆に値する。「ホトトギス」昭和十年二月号に、この折の句が入選している。

鶴については、久女は随筆「鶴料理《つく》る」を昭和九年に「かりたご」に発表した。おめでたい鶴の肉のおすそ分けにあずかったときのことが記されている。

翌日私は、草庵のまはりを歩きまはつて、まだ莟の固い紫色の蕗の薹や、芹、嫁菜をつんで来、市場へいつて、赤い小蕪や春のお菜を五六種買つて来た。それらをきれいに洗ひ、塗盆にのせて、居間の畳の上に置いた。へやの中はきれいに取かたづけられ、名香の煙がしづかに流れてゐた。

灯下の屛風の前に、まないたをすゑて座つた私は、一塊の鶴の肉や、庖丁、摘草籠に入れた芹よめな、盆に瑞々ともられた春菜の彩どりをめでながら、白布をしいた俎板の上で、しづかに鶴を庖丁しはじめた。（「鶴料理る」）

背景も、小道具も気に入ったように整えて、久女は儀式でも行うように、真剣な面もちで鶴の料理に取りかかる。さばいた鶴の肉を入院中の子どもに付き添っている句友に届け、残りを宇内、久女の母と一緒に食べた。久女は一片の鶴の肉を親しい人びとと分かち合い、千年の長寿を願いながらこの上ない贅沢な気分を味わった。このとき得られた句は、

盆に盛る春菜淡し鶴料理る

鶴料理るまな箸浄くもちひけり

このころの佳什としては、

茸やく松葉くゆらせ山日和

耶馬渓の岩に干しある晩稲かな

手折らんとすれば萱吊ぬけて来し

流れ去る雲のゆくへや青芭蕉

燈を入れて今宵もたのし走馬燈

領布《ひれ》振ればは隔たる船や秋曇

月涼しいそしみ綴る蜘蛛の糸

連作「稲佐の浜」

「ホトトギス」昭和十年四月号には、

燈台のまたたき滋し壺焼屋

佇めば春の潮鳴る舳先かな

などの出雲の四句が入選した。句集にはこれらを含めて「出雲旅行」として四十三句が収められている。

そのうち注目したいのは「出雲神話をよめる、稲佐の浜」とくくられた句群である。〈虚偽の兎神も援けず東風つよし〉〈春潮の渚に神の国譲り〉〈春潮に真砂ま白し神ぞ逢ふ〉〈春潮からし虚偽のむくいに泣く兎〉〈潮浴びて泣き出す兎赤裸〉〈兎かなし蒲の穂架の甲斐もなく〉〈春潮に神も怒れり虚偽兎〉〈春寒し見離されたる雪兎〉などの十二句が途中に神話の解説をはさんで並んでいる。

一見して鶴の写生句と比べると、「稲佐の浜」の句は詠み方そのものが違っている。それは久女が『古事記』の大国主命の神話をテーマとした連作に挑戦してみたからだと思われる。

連作とは、より広く、複雑な新しい世界を描き出す目的で、複数の句をひとつの作品群として発表する方法である。連作の先駆的作品として、秋桜子の「筑波山縁起」がある。筑波山の男峰と女峰が昔は海に浮かぶ二つの島であったということに想を得て、島が山になるという情景を五句で描く絵巻である。和歌の世界にはすでにあった絵巻風の連作を、俳句で試みた秋桜子は、嘱目吟ではないこれらの五句を、ひとつの季節に限定せずに四季すべての季語を用いて詠んだ。

「筑波山縁起」

わだなかや鵜の鳥群るゝ島二つ　　秋桜子

天霧らひ男峰は立てり望の夜を

泉湧く女峰の萱の小春かな
国原や野火の走り火よもすがら
蚕《こ》の宮居端山霞に立てり見ゆ

秋桜子の意欲的な連作は、「ホトトギス」の昭和三年一月号に発表された。虚子はこのような作品は、全部採るか、全部捨てるかしかなく、選がしにくい、と素十をとおして秋桜子に注意したという。安易に連作形式を試みる者が続出しないように、虚子は素十の句を巻頭にして、秋桜子の連作を準巻頭にしたのであった。秋桜子は「ホトトギス」離脱後の昭和七年から、「馬酔木」で「連作講座」の連載を始めて連作に意欲を燃やした。誓子もまた「かつらぎ」に「『連作句廊』雑言」を連載し、「ホトトギス」には走馬燈の連作〈走馬燈青水無月のとある夜の〉などを発表して評価を得ていた。

久女は昭和九年の随筆「万葉の手古奈とうなひ処女」で、高橋虫麻呂の長歌に興味を示し、「かゝる複雑な戯曲的かつとう〔葛藤〕を、誰か優れた連作の形式でどしどし試みたら、ずゐぶん面白いものが出来はしないかと思ふ」と述べて、連作への意欲をみせている。「戯曲的」ということばが示しているように、久女が試みたのは一つの句材をさまざまな角度から詠む形式の連作ではなく、筋の展開がある物語形式の連作である。久女が出雲神話に取材した絵巻物風の連作に取り組んだことは、草稿にこの神話について詳しく記している内容からも明らかである。

「稲佐の浜」の〈春潮の渚に神の国譲り〉〈春潮に真砂ま白し神ぞ逢ふ〉の二句は、眼前の春潮から、転じて読者の思いを大国主命の国譲りの神話の世界へと無理なく運んでくれる。

それ以外の句は、大国主命と因幡《いなば》の素兎《しろうさぎ》の話に基づくものだが、まず季語が浮き上がってしまっている。たとえば、〈潮浴びて泣き出す兎赤裸〉では、「潮浴び」あるいは「裸」を季語としているのであろう。しかし季題感に乏しく、とってつけたようで強引な感じがする。また神話の内容を圧縮して伝えようとするあまり、「虚偽」という語が用いられているのだが、物語にはしっくりしない。これらは全体として、神話といういわば虚の世界を力づくで有季定型の型に押し込んでいるように思われる。〈春潮に神も怒れり虚偽兎〉などには、神話を借りて当時の俳壇に対する久女自身の不満と怒りが込められていたのかもしれない。久女の出雲神話の連作は、作品としてはいまだ習作の状態にあったといえよう。

久女の出雲の句が詠まれた年に、虚子は連作について、「連作俳句なるものが有る。之も「連作」の二字は返却して個々の句を点検して、一句一句として可なるものは採る。連作俳句を唱導する者は多分の野心を抱蔵して居るが、其野心は俳句を騙つて俳句らしからざるものに赴かしめようとしてをる」（「東風漫語」、「ホトトギス」昭十・五）と述べている。あくまで独立した一句としての芸術的価値を判断すべきという立場は、以前と同じであるが、虚子が一歩進めて、連作の方向を俳句の正道ではないとする姿勢を明確に打ちだしている点は留意すべきであろう。これは日野草城が新婚の夜を才気にまかせて創作風に詠んだ連作「ミヤコ・ホテル」(「俳句研究」昭九・四)などに対する警鐘と考えられる。守旧派虚子が「野心」という語で否定している連作という新しい試みにも、久女は挑戦していたのである。

第5章　句集出版の難航——昭和八年から

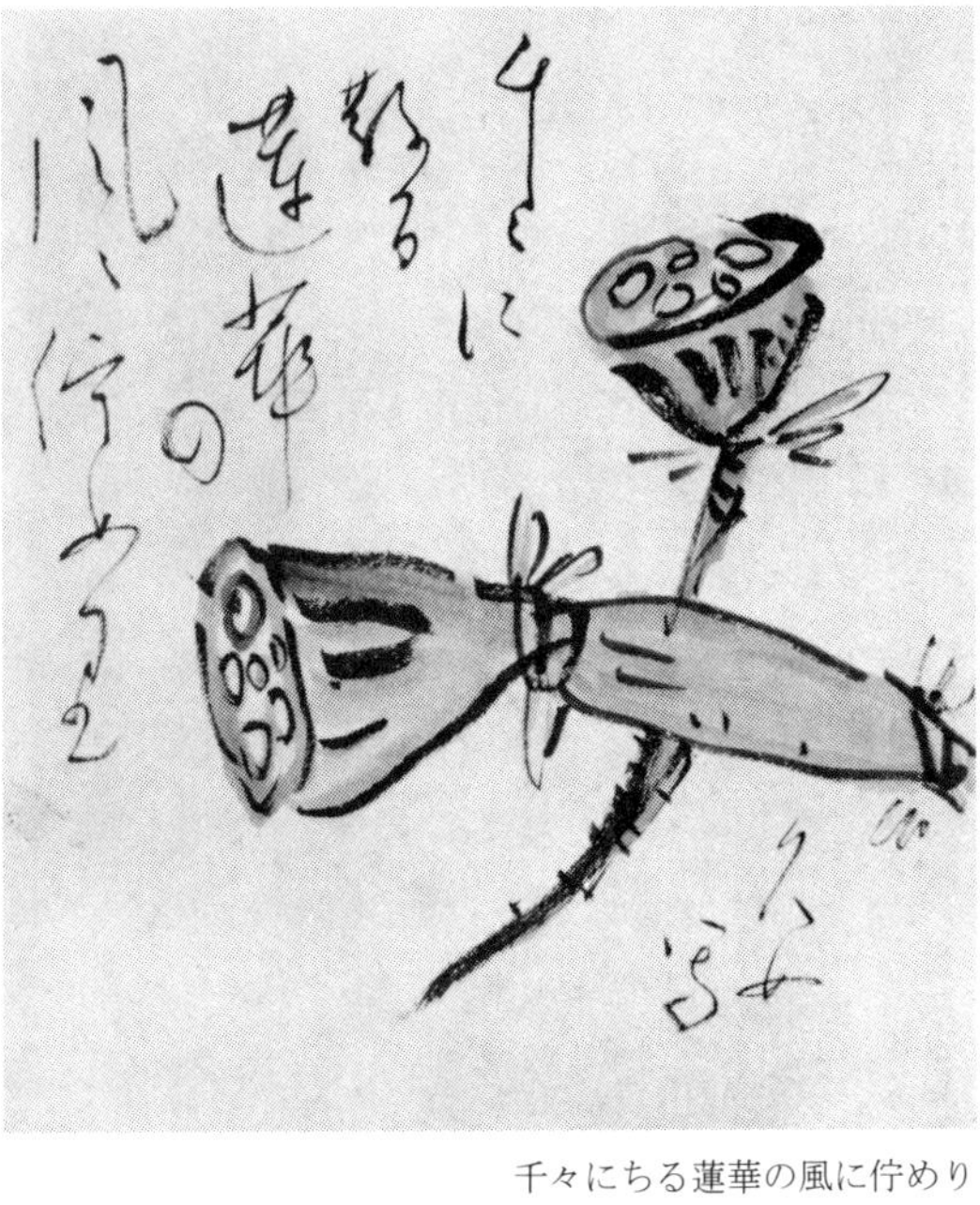

千々にちる蓮華の風に佇めり

一　まぼろしの句集『磯菜』

序文懇請

久女は昭和六年に「衍して」で帝国風景院賞を受賞し、翌七年三月には主宰誌「花衣」を創刊、七月号ではじめて「ホトトギス」雑詠の巻頭となり、十月に同人に推挙された。久女俳句の頂点はこの昭和六年から九年ごろで、作句意欲はみなぎり、各地に吟行しては彼女の代表作となる句を詠んでいる。久女が句集という形で自身の作品を世に問いたいと思ったのは、ごく自然のことであり、また句集を出すのに充分な実力を示していたことはすでに見てきたとおりである。「花衣」を廃刊した久女は、句集出版に俳人としての命を懸けていたであろうが、この句集出版の宿願は、久女のその後の運命を大きく左右することになる。

久女も嘆いているように、当時は女性の句集刊行はまだ数えるほどしかなかった。古いものとしては、二十四歳で早世した飯島みさ子の『擬宝珠』が大正十三年に出された。

梶の葉の文字うすうすと乾きけり　　みさ子

柿のせて唐子かくれし絵皿かな

虚子は二十五頁におよぶ長い序文で、体が不自由だった愛弟子を哀惜している。

久保より江の『より江句文集』は昭和三年に上梓された。

猫に来る賀状や猫のくすしより　　より江

そのかみの絵巻はいづこ濃紫陽花

虚子は序文で和歌で養われたより江の「心のやさしさ、美しさ」が特徴であるとしている。より江はそれより前に文集『嫁ぬすみ』を出していて、この序文も虚子が書き、「我郷里松山の生んだ文学者の一人である」と賛辞を贈っている。

昭和四年には、長谷川かな女の『龍膽《りんどう》』が上梓された。しづの女は、昭和四年に句集出版の話があり、「虚子先生を始め数多くの序文を頂いたにもかかはらず故障続出して中絶」と『颱《はやて》』の後記に記している。

当時の女性の句集はおよそこのようなものであった。

久女の句集出版にむけての活動は、虚子の序文を得て出版しようとした昭和八年から九年ごろまで、徳富蘇峰《そほう》の序文で出そうとした昭和十年から十一年にかけて、と大きく二つに分けられる。結局、どちらの場合もうまく運ばなかった。

ここで昭和九年までの経過を資料を整理しながらたどることにする。

久女の句集出版に深いかかわりのあった人物として、まずあげなければならないのは池上浩山人である。彼は神田小川町で和綴じ製本の家業を継ぎ、重要文化財の修復や装幀も手がけていたホトトギスの俳人である。〈書痴われに本の神田の祭かな　浩山人〉とあるように、篤学の士であった。久女は句集の件で上京して彼の家に滞在した。

浩山人夫人の池上不二子《ふじこ》は、「杉田久女さんから上京すると言ふ知らせを受取つたのは、昭和八年の初夏の頃と思ふ。（中略）久女さんが今度上京されるのは自分の句集出版の用が大部分であつた。主人は前年その父である『蛇湖句集』を出版してから、久女さんとはとくに親しくなつた。今度久女さんが主人に逢ふのも、世に出る『久女句集』の装幀を夫に頼むためであつた」（「焔の女」）と述べている。そして久女の天才にありがちな常識はずれの行動に悩まされた、ということも記している。

池上浩山人の実父田中蛇湖《だこ》の『蛇湖句集』が徳富蘇峰、虚子などの序文で出版されたのは昭和七年で、久女の日記には、昭和八年四月七日に「田中蛇湖氏句集礼状」とあるから、不二子の文章のとおり、昭和八年に久女は句集のために上京したのである。

不二子によると、久女はその翌年も上京して池上家に泊まった。石昌子編の久女の年譜は各種あるが、いちばん新しい『杉田久女遺墨〈続〉』の「杉田久女略年譜」では、昭和九年の項に、「句集上梓の希望をもち虚子の序文を願うも容れられない」とある。残された資料から久女の動きを探ろう。

まず久女の草稿に、「花の旅」としてつぎのように記してある。これは昭和四十四年版の『杉田久女句集』では昭和八年に分類されているが、草稿では九年と記されている。

　昭和九年四月十七日東上　　久女四十五

横浜の長女昌子の寮なる山王寮に滞在。

四月十八日発行所に虚子先生を御訪問（昌子同道）

　まだ散らぬ帝都の花を見に来たり

二十三日　丸ビル句会　つばめ来る軒のふかさにすみなれし

二十五日　茅舎庵　訪れて暮春の縁にあるこゝろ

二十六日　鎌倉訪問　虚子留守の鎌倉に来て春惜しむ

由井ヶ浜

身の上の相似てうれし桜貝

種浸す大盥にも花数片

二十六日　秋桜子面会

二十七日　茅舎庵（昌子と）

水そゝぐ姫りんどう《ママ》にいとま乞ひ

二十七日　夜草樹会出席

二十八日　東京出立〔この箇所の余白に朱筆で、「この時久女の句集出版の邪マせし者は何人か。大がいワカってゐる。」と書き込み〕（六四頁）

久女は四月の半ばから十日ほど東京に滞在したことになる。「句集出版の邪マせし者」という朱筆の部分は、上京の際の苦々しい思い出を書き加えたものであろう。

詳しい日程が記してあるので、久女はこのときの日記かメモを見ながら書いたと思われるが、久女の草稿の記述が正しいことは、「ホトトギス」の「且作且評—草樹会」（昭九・六）で確認できる。「時・四月二十七日夜、所・学士会館例会席上」とあり、その日の高点句について風生、青邨、草田男などが活発に議論している。ここに久女も出席して、積極的に発言した記録が掲載されているのである。また、つぎの山口青邨の文章でも裏付けられる。〈雪颪す帆柱《ほばしら》山冥し官舎訪ふ〉の句評を担当した青邨は、偶然にホトトギスの発行所で久女に会って話をした、「此句が僕に当るといふのならばもう少し帆柱山の話でも伺っておけばもつと聢《しつか》りした句評が出来たのであつたらうにと残念に思ふ」と句評に記している（「ホトトギス」昭九・六）。久女が九年春に東京のホトトギス発行所を訪れたことは間違いない。

青邨は、句集出版の件で久女とお茶の水橋で会ったことを後年つづっている。

それは久女が句集を出したいといふことで相談をかけられたのである。わざわざ小倉から出て来てのこと、もちろん他にも用があつたかも知れないがそれはわからない、とにかく句集を出すといふことは当時久女の命をかけての重要なことであつた。（中略）昭和九年か十年頃だと思ふ、（中略）久女は句集を出したい、何とか出版社の龍星閣《りゅうせいかく》に紹介してくれないかといふことであつた。私はその頃龍星閣から私の第一句集『雑草園』を出した〔坂本註　昭和九年六月刊〕、それには虚子先生の長い序文が載せてある。龍星閣沢田伊四郎君も変り種で無名の私たちの句集を豪華本として出した、風生の第一句集『草の花』も出した。そんな時であつた。久女は虚子先生の機嫌をそこねてゐた。手紙を何度出しても先生は取りあはずホトトギス発行所の東子房〔坂本註　市川東子房《とうしぼう》　昭和五年からホトトギス発行所に勤務〕の話によれば久女から手紙が来れば先生は封も切らずに紙屑籠に投げ捨てた、そんな時である。藁をもつかむ思ひで私に頼みに来たのだ。私は非常に大事なことを頼まれたのであるが虚子先生が拒否してゐるものを私が口添へで龍星閣から出させるといふことは出来なかつた。（中略）思ひあぐねてのこと、心情まことに哀れで涙がこぼれる。

（「杉田久女のこと」）

この文から句集が進展せずに困り果てた久女の状況がよくわかる。内密の用事で会うのに、人目につきやすいお茶の水橋で待ち合わせたというのは不思議な気がするが、もしかすると東京帝大工学部助教授であった青邨が通勤途中にここを通るのを、久女は待っていたのかもしれない。

久女の没後に虚子が創作として発表した「国子の手紙」についてはあとで詳述するが、ここには昭和九年に国子すなわち久女が書いた十九通の虚子宛の手紙が収められている。

そのなかの句集に関連する箇所だけ抜き書きしよう。

五月五日「句集〝月光〟が万一出版の運びになりますなら、私は序文をいたゞくか、序文は頂けずとも、せめて題目〝月光〟といふ字だけは御染筆願ひたいと思ひます」

五月二十二日「月光の句集も暫く出版は見合せます」

八月九日「もう自分の句集などといふことは一切考へず、田舎住居ながら婦人俳句のため捨石となつて御奉公したいと思ひます」

十二月一日「句集出版のことはもう後へ引くことは出来ません。先生の御序文を頂戴いたしたく存じます」

十二月八日「句集出版も中止。何より先に女流俳句の仕事を完成します」(『高浜虚子全集』第七巻)

五月五日の手紙は「花の旅」で上京したが虚子に会えなかった久女が、帰宅後に序文を依頼したものと考えられる。句集の出版を中止すると何度も書いているのは、虚子から序文承諾の返事がなかったためであろう。本気で中止を考えているというよりは逆に句集への執着を示すものと読める。その執着が虚子を不快にさせ、感情的な溝を埋めがたくしていったことに、久女は気がつかなかった。

池上浩山人は、『久女句集』を刊行しようと思つて久女と色々相談して装から、組みやらまで話が進んでゐたのだけれども、到頭《とうとう》話が纏らなかつた」（「杉田久女さん」）と記している。

増田連氏は浩山人から直接聞いた話として、「まぼろしの句集となった本の題名は『磯菜』で、装幀（池上浩山人）も出版社（龍星閣）も決っていて、出版予告まで出たが、虚子の序文（または染筆）がもらえないため、久女の意志で、結局、とり止めになった」（『杉田久女ノート』）と伝えている。これらは上京した久女を何日も家に泊め、出版に協力した浩山人が知り得た、信憑性のある証言と思われる。久女が予定していた句集の『磯菜』という題は、昭和九年五月号「ホトトギス」巻頭になった〈磯菜つむ行手いそがむいざ子ども〉、三月号の〈防人の妻恋ふ歌や磯菜摘む〉にちなんだものであろう。万葉を愛し、熱心に筑紫の風土を詠んだ久女にふさわしいよい集名だったと思う。

これまで見てきた浩山人、不二子、青邨、久女が書いたものから判断して、久女は昭和八年と九年に上京し、昭和九年には久女の句集出版はかなり具体化していたと考えて間違いない。久女はなんとしても句集を持ちたかった。そのためには師の序文、せめて序句がほしかった。

処女句集と序文

句集出版に縁がない人には、これほど序文にこだわる久女の執着ぶりは理解にあまるだろう。虚子の威光をかさに着ようとする権威主義と映るかもしれない。しかし俳句の世界では、処女句集を飾る師の序文はいわばお墨付きともいうべきもので、選者、主宰者の場合は別として、ほとんどが師の序文を仰いでいる。句と序文は通常セットとして扱われ、句集の紹介、俳句事典でも、句の作者とならんで序文の執筆者名が明記され、その後、句集が全集に収められる場合もたいていは序文も一緒に収録される。俳句文学館の図書室には序文、跋文の索引も揃っているし、今日でも伝統的な俳句を志す結社に属する俳人の処女句集の多くは、師と仰ぐ人の序文がついている。句集を出版したいがどうしたら先生に序文を書いてもらえるだろうか、と思い悩んで師の側近にそっと相談する話は現在もときおり耳にする。

俳句界で圧倒的なシェアを占めていたホトトギスの主宰、虚子は多くの序文を書き与えている。昭和初期の主な処女句集として、［昭和二年］日野草城『草城句集（花氷）』［昭和四年］

宮部寸七翁《すなお》『寸七翁句集』〔昭和六年〕阿波野青畝『万両』〔昭和七年〕山口誓子『凍港』、野村泊月『比叡』〔昭和八年〕富安風生『草の花』〔昭和九年〕山口青邨『雑草園』、西山泊雲『泊雲句集』、川端茅舎『川端茅舎句集』などがある。虚子の序文は、十数頁にわたる長いものも、ただ一行だけの短いものもあるが、いずれも作家とその作品の本質を的確に掌握しており、行き届いた、慈愛に充ちたものである。虚子全集に収められた序文集は独立した読み物としてもおもしろく、虚子が希代の序文の名手であったことを示している。

周辺の作家たちのこのような句集出版の状況からして、ホトトギスで育った久女が是非とも虚子の序文で句集を飾りたいと思うのは当然のことである。虚子編の歳時記の調べものを誰よりも精力的にこなし、『ホトトギス雑詠選集』の北九州での売りさばきに尽力し、しかも巻頭にまでなった久女である。みさ子、より江、しづの女も序文を与えられた。彼女にしてみれば、虚子がよろこんで筆を執ってくれると思っていただろう。

しかし序文はなかなか得られなかった。虚子を崇敬している久女には序文なしの句集出版は考えられなかった。そのような形で出版しても当時の俳壇では、結社の人びとからはなりふり構わぬわがまま勝手な句集と扱われるだけであり、結社以外の俳人からは、弟子でありながら序文ももらえない立場を好奇の目で見られると考えたであろう。久女にとって序文が得られないということは、出版そのものができないという事態を意味したのである。

『葛飾』上梓のころの秋桜子

当時の句集出版と序文という問題についてさらに詳しく知るために、昭和五年に虚子の序文なしで『葛飾』を上梓したときの水原秋桜子の状況を『高浜虚子』から探ろう。この本は秋桜子が、虚子との出会いと訣別に至る事情を述べたもので、当時のホトトギスの俳人たちや、句会のようすがみごとに描写された名著である。

そのころの虚子は理想追求の秋桜子の句よりも、客観写生に忠実な素十の傾向のほうを推賞していた。虚子の提唱する客観写生に限界を感じ始めていた秋桜子は、虚子の序文は自身の句の目指す方向に合わないだろうと思い、あえて序文なしに踏みきった。

問題は序文のことである。これもその頃は虚子の序文を乞ふのが慣ひであつた。私もさうすべきだとは思つたが、どうしても気が進まなかつた。前に句文集「南風」が京鹿子発行所から出版されたときも、虚子の序文は貰はなかつたが、今度はよほど事情が異つてをり、序文なしに上梓すれば、またホトトギスの盲信者達から妙な眼で見られることは確かであつた。しかしいくたびか考へたうへ、私はどうしても序文を乞ふ気にならなかつたので、そのことを綾華［坂本註　佐々木綾華《りようか》、「馬酔木」編集発行者］に話した。綾華もそれに賛成であつた。

私は自分でかなり長い序文を書いた。それには自分の作句の信条を書き、たゞ無心に自然を描く態度でなく、自然を描きつゝも心をその中に移すことに苦心してゐると述べた。

（『高浜虚子』）

秋桜子の大正十五年刊の『南風』は句文集なので、純粋な句集としては『葛飾』が処女句集になる。『葛飾』を編むにあたって秋桜子は、当時の句集は虚子選に入ったものだけを集めるのが普通であったが、虚子選の句を中心にしながら、選を経なかったものも加え、従来の季題別の句の配列をやめて四季に大別し、巻末に「連作」として「筑波山縁起」を載せるなど、独自の工夫を凝らした。

『葛飾』は秋桜子が予想した以上に好評で、五百部刷ったがたちまち売り切れて再版した。秋桜子は虚子の反応を、「『葛飾の春の部だけをきのふ読みました。その感想をいひますと……』こゝで一寸言葉をきつたのち『たつたあれだけのものかと思ひました』と言った」（『高浜虚子』）と記している。秋桜子は序文についても、選句、句の配列についても、慣例に縛られずに思うとおりに句集を編んだ。そのような出版に対して虚子の対応はいたって冷淡だったのである。

やがて秋桜子はホトトギスにいては自身の句を発展させることができないと考えるに至った。これまで導いてくれたのは虚子であることを認めつつも、また、ホトトギスには多くの信頼すべき得難い句友がいたにもかかわらず、去る決意をした。昭和六年十月号の「馬酔木《あしび》」に『自然の真』と『文芸上の真』を発表して、ホトトギスを離れたのである。

秋桜子にとって俳句結社とは「宗教に対する盲信のやうなもの」ではなく、「作者の集団」であるべきであった。文芸に志す者として秋桜子は、自身の理想とする「心がいつも脈々とつたはる俳句」を目指す俳句作家としての意志を貫いた。

このときすでに秋桜子は俳誌「馬酔木」の選者であった。秋桜子は昭和三年に「破魔弓《はまゆみ》」という俳誌を〈馬酔木咲く金堂の扉にわが触れぬ〉という自身の句にちなんで「馬酔木」に改名していた。彼は「破魔弓」という誌名が古くさくて嫌いだったのである。改名以来、秋桜子はこの俳誌に心血を注いでいた。秋桜子には「馬酔木」という活動の場が確保されており、加えて東京帝大出身の医学博士で産婦人科病院長としての社会的な地位も、経済的な基盤もあったし（のちに医業をやめて俳句に専心するのだが）、「ホトトギス」の編集を手伝いながら虚子の身近にいて周囲の事情もよく知り、俳壇全体を見渡すことができる視野を備えていた。そのうえで、俳句革新への情熱に燃えた秋桜子がなし得た不退転の決断であった。

秋桜子の離脱した二か月後、虚子は「厭な顔」（「ホトトギス」昭六・十二）という短い文を発表した。その内容は、信長は家来の栗田左近がだれかのことを耳打ちしようとしたとき、耳を貸さなかったが、そのとき左近が厭な顔をしたことだけが記憶に残っていた。やがて左近は信長の悪口を言いふらし、門徒一揆を扇動するようになる。信長は謀反人左近を生け捕りにさせる。引き出されてきた左近を見て信長は例の厭な顔を思い出して噴き出して笑い、「左近を斬つてしまへ」と命ずる、というものであった。短気と残虐で知られた信長の「鳴かぬなら殺してしまえホトトギス」そのままである。

これより半年まえの昭和六年五月に、虚子は『ホトトギス雑詠全集』第五巻の序で、ホトトギスの会員ですでに離脱して一家をなした者もいる、これはホトトギスからいえば「謀反人ともいふべきであるが、然し私はそんな考へは持つてゐない。私は去るものは追はずといふ主義を取つてをる」と述べている。「去るものは追はず」と言いながら、文芸を志す者たちの集団にはなじまない「謀反人」という発想がここに記されている。「厭な顔」をその延長上にとらえれば、虚子が自身を天下を統べる信長に、離脱した秋桜子を謀反人の栗田左近になぞらえて書いたものという解釈ができる。

「馬酔木」陣営は即座に昭和七年一月号につけられた付録の小冊子に「織田信長公へ」を載せ、「如何に大衆文芸なりとは申せ、全然空想の作物は近頃流行仕らず、こゝは矢張り写生的に御取材遊ばさるゝ方、拙者退進の史実も明らかとなりてよろしからんか」と、虚子が提唱する写生という語にたっぷりと皮肉を込めて、当意即妙に切り返した。

秋桜子の勇猛果敢な行動を、九州の久女はどのように眺めていただろうか。久女は秋桜子のように自立の道を選ぶことはしなかった。もしもこの時点で虚子の序文をあきらめて「ホトトギス」を離れ、「馬酔木」に移るという行動に踏み切れば、久女は念願の句集を出すことができたはずである。秋桜子は、「次の時代の理想」と題して、俳句界革新のために自選句集がどんどん出版されることを提言しているのである（「馬酔木」昭七・一）。池上不二子は、「句集が出るやうになつたら之を秋桜子さんにやつて下さい」、と久女から一丈ほどの長い手紙を託されたと記している（「焔の女」）。その手紙は戦災で焼失したので内容はわからないが、「句集が出るやうになつたら」とあるからには、久女の苦境を見かねた秋桜子から句集出版についてなんらかの働きかけがあったのかもしれない。

久女はひたすら虚子の序文を求めることをやめなかった。久女には「ホトトギス」の草分けの女流作家としての矜持もあったし、なによりも指導者、虚子に対する絶対的な崇敬でがんじがらめになっていたのである。昭和七年にホトトギス同人という名誉を与えられたよろこびが、久女をますます虚子一辺倒の視野狭窄に陥らせていた。久女はどうしても虚子の序文がほしかったし、序文を書いてくれるはずだ、と思いこんでいた。しかし得られなかった。不二子は、気をくさらせた久女のようすを、「はたで見る目もいぢらしかつた」（「焔の女」）と記している。

浩山人が述べているように、序文がネックになって出版を断念せざるを得なかった。

久女忌避の動き

久女は昭和十年八月までは順調に「ホトトギス」雑詠欄に入選している。しかし十年に入るあたりから「ホトトギス」に掲載された久女の句は次第に勢いを失っていく。「国子の手紙」から推測するに、久女は序文を得られないことから焦燥感がつのってきて、作句に集中できず、自選に迷いが生じたのではないか、と思う。

昭和十年の入選句は、一月号は耶馬渓の句など三句、二月号は野鶴の句など三句、三月号は二句、四月号は出雲の吟行の四句。五月号は二句（御廟所へ向ふ径も笹鳴けり／陽炎へる老の歩みにそむくまじ）、六月号は二句（旅住の淋しき娘かな雛祭る／母恋しつくりためたる押絵雛）、七月号は三句（水疾し岩にはりつき啼く河鹿／旅衣春ゆく雨にぬるゝまゝ／花過ぎし斑鳩《いかるが》みちの草刈女）、八月号は一句（岩惣の傘ほしならべ若楓）が載った。この八月号を境に久女の句は、なぜかぱたりと入選しなくなる。以後約三年間、「ホトトギス」にはほとんど載らなくなった。このように「ホトトギス」の入選の成績が急に振るわなくなる、という事態は、たとえば大正十三年に客観写生を批判する「純客観写生に低回する勿れ」を「ホトトギス」に書いた原田浜人《ひんじん》にみられるように、久女がはじめてのケースではない。

雑詠に載らなくなったことについて、石昌子氏は「投句の落選、落選といふことがつづきまして、先生に対し自分が、悪意を抱いた覚えも無いことから、母はこの点につき、自分の去就、離反について試練を受けてゐるのだといふ風に考へて居りました」（『久女文集』解説）と述べている。「去就、離反」とは、冷遇された久女が、「ホトトギス」から離反した「馬酔木」、あるいは新興俳句の九州の拠点「天の川」に移るかどうか、試されているということである。久女は「ホトトギス」に留まり、序文を懇願しつづける。

須磨寺の俳句大会

このころの虚子と久女の関係について五十嵐播水が「『底のぬけた柄杓』を読む」に伝えている。昭和十年の四月二十八日、二十九日に、神戸の須磨寺で虚子の歓迎俳句大会が開かれたときのことである。久女から句会があるそうだが、と問い合わせがあったので、播水は情報を提供した。久女が句会に出席すると、「座をはずして遠慮して下さい」と言い渡され、句会後、西山泊雲《はくうん》に別室に呼ばれて、「先生を困らせてはいけない」と訓戒されたようであった、と播水は記している。久女の手紙のことは弟子たちのあいだでも知られていて、久女を遠ざける動きがあったことを物語るものだろう。

西山泊雲は若いころ人生の挫折を味わい自殺まで考えたが、俳句によって救われて虚子を崇敬するようになった。虚子が教えたとおりに四季の自然を写生する作品で、大正期にはしばしば「ホトトギス」巻頭を占めた。〈玉苗にマッチの煙《けむ》や誘蛾灯　泊雲〉など、地味な客観写生に徹した作風である。

虚子は泊雲を、「念仏宗のものが只一途に阿弥陀様を信仰するやうに、泊雲君は只一途に私の選に信頼しつゝある。（中略）泊雲くんにあつては全然没理想、没主義、没主張であつて、何でもかまはない私が採りさへすれば其句はいゝ句であつて、私が沢山とりさへすれば、其句作は成功したものと考へてゐるのである。さういふ点に於て君は誠に我俳壇の好々爺である」（「進むべき俳句の道」、「ホトトギス」大五・十）と評している。

泊雲の姿勢を虚子が、「念仏宗のものが只一途に阿弥陀様を信仰するやうに」と宗教の比喩で語っていることは、さきに引用した秋桜子の「宗教に対する盲信のやうなもの」と奇妙に符合している。「没理想、没主義、没主張」は、自己の理想とする俳句を貫く秋桜子とは、正反対であることがわかる。そのような西山泊雲が関西俳句界の重鎮だったのである。虚子の忠実な信奉者であった泊雲は、側近の立場から久女の手紙攻勢を諫めた。師の不興を買った久女は、周辺の俳人からも排斥される四面楚歌の状況になった。

「俳句研究」に発表された須磨寺の句〈とほくより桜の蔭の師を拝す〉から虚子のそばに近づくことができなかった久女のようすが浮かび、また〈叱られてねむれぬ夜半の春時雨〉は泊雲に訓戒されたことを詠んだものと推測できる。大正十四年に虚子の隣りの席を与えられた松山の大会とは打って変った扱いで、久女にとってつらい吟行会であったことがうかがわれる。

このときのエピソードは『久女無憂華』にも記されている。昌子氏は、立子をとおして吉屋信子から取材を申し込まれた。これが後に『底のぬけた柄杓』に収められた久女の評伝「私の見なかった人」となった。立子に伴われて吉屋信子邸に行った彼女は、立子の口から、久女が関西の長老ばかりの句会に押し掛けたという話を聞いた。立子は、吟行中の虚子のあとを久女がついてまわり、「虚子が歩けば歩き、虚子が停まれば停まる。ぴったりとまるで監視でもされているようで、虚子先生はそれがうるさかったのよ」と語ったという。

立子の話では、久女が虚子から遠ざけられたのは、虚子にとって「人のことを言う」久女が「うるさかった」からであり、虚子は「俳句は一にも久女、二にも久女」と評価していたという。昌子氏は記憶に残った立子のことばを三十年ほどたってから記しているので、語句の正確さは措くとして、これが虚子のすぐそばにいた立子から見た久女忌避の理由である。

虚子は久女の才能を認めながらも、久女の行動をうとましく感じた。うるさがられた久女は、虚子の関心を独占しようと、活躍がめざましい人びとに嫉妬羨望の気持を募らせていったことは「国子の手紙」から知ることができる。そして嫉妬心から生じた久女の俳句界での言動が、嫉妬される側からは「常軌を逸」したものと映り、虚子も虚子の周辺の俳人も久女を遠ざけようとした、というのがこのころの久女の状況であった。

久女の句が「ホトトギス」にまったく入選しなくなったのは、この須磨寺の折の句が載った七月号の二か月後、昭和十年九月号からである。以上が昭和九年から十年にかけて、久女忌避の事情である。

「俳句研究」掲載句

「ホトトギス」に入選しなくなってはいたが、久女は句や文章をやめたわけではなく、「俳句研究」「かりたご」などには作品が発表されている。

「俳句研究」に発表された句は、昭和十年四月号の「雛十句」、

函を出てより添ふ雛の御契り

十一年は、一月号の「冬晴」十句、

まちあはす冬日の町の時計台

九月号「富士と旅人」十句は、

栗の花そよげば峰は天霧らひ
かなぐに醒めて涼し午前四時

これは蘇峰の山中湖畔の別荘を訪れた折の吟であろう。

当時の久女のようすについて、日野草城の文章が参考になる。

杉田久女は才女である。感受力のすぐれてゐることは作家として恵まれたる条件に違ひない。それと共に、あまりにも鋭敏なる感受は、彼女を多かれ少かれ神経質にする。進んでは比斯的里《ヒステリ》的傾向を帯びしめさへする。自己の俳壇的地位や結社首領の待遇に関心を持ち過ぎることは、或る場合不幸を齎《もたら》しさへする。作家としての本当の幸福は、それらの外在的条件にはなくして、寧ろ内の内なるものに、自ら蔵して自ら認識するところのものに在りはせぬか。自ら知る悦びは、他《ひと》に識らるゝ喜びとは較べものにならぬこと位、この聡明なる閨秀作家が知らぬ筈はないのだが――。

（「俳壇人物評論二」）

草城自身が大正十四年ごろにほとんど「ホトトギス」に入選しなくなるという事態を経験していた。そしてこの文を書いた昭和十一年に草城は、虚子の提唱する花鳥諷詠に飽きたらず、「ホトトギス」に反旗をひるがえそうとしていた。彼は「ホトトギス」から距離を置いて久女の言動を客観的に眺めていたと思われる。草城の「自己の俳壇的地位や結社首領の待遇に関心を持ち過ぎること」という一節から、当時の久女の行動がよくわかる。いくら投句しても入選しない久女は、なぜ自分の句を採ってもらえないのか、どうしてこんな句が入選しているのか、と気になって仕方がなかったのだろう。

句妹であった汀女は、押しも押されぬ作家となり、多佳子はすでに誓子とともに「馬酔木」に去っていた。久女は遠い九州から東京の俳人たちの動静を探り、切歯扼腕の思いで眺めていたことであろう。小倉と東京の隔たりは、時間的にも経済的にも現在とは比較にならないほど大きなものであった。そして地元九州の俳句界では、久女は浮き上がった存在となっていた。久女は虚子を絶対者のように信奉して一方的な哀訴、あるいは恨みの手紙、電報を繰り出すことになる。

二　徳富蘇峰の助力

蘇峰からの手紙

虚子に手紙を書いても梨の礫で、「ホトトギス」に句がまったく入選しなくなったあたりで、久女は虚子の序文を得ることが困難であると悟った。そこで別のルートからの出版を考えた。

そのことを裏付ける非常に重要な資料が、最近になって発見された。それは徳富蘇峰が久女に宛てた手紙である。この手紙を石昌子氏は平成七年に久女の五十回忌を修したあと、遺されたノート類を整理しているうちに見つけ、ほんとうに蘇峰のものであるかどうか確認するために、蘇峰記念館に問い合わせたところ、本物であることがわかった。
徳富蘇峰記念館の学芸員、高野静子氏は、「便箋二枚に書かれた書簡は秘書八重樫祈美子の字であるが、代筆とことわりがないので、口述筆記の手紙であろう」（『続　蘇峰とその時代』）としている。今日までの久女研究で、この手紙に言及したものは私の知るかぎりないのだが、久女の同人除名の謎を解く鍵であるように思う。没後五十年を経てこのようなものが発見されたものは、まさに僥倖としか言いようがない。昌子氏の『いのち曼陀羅』に写真版で収められた全文を引用しよう。

拝啓　愈々御清栄奉賀候
昨年　貴女より原稿出版に関し御話有之　原稿御送付相成候旨御申越有之候処、其後更らに玉稿到着の儀無之、如何したるかと存居候処、昨二月六日夜　同封致候　松野一夫氏の御手紙と共に到着仕候
延着の理由は松野氏の御手紙を御覧になれば明白なる如く　当方の怠慢には非ること御了解被成下度候
本日早速　書物展望社なる出版社に玉稿と共に出版依頼状差出しおき申候間　遠からず同社より何等かの返事有之べしと存候につき御含みおき被下度候

先は右不取敢申上度如斯御座候　敬具

昭和十一年二月七日

徳富猪一郎

杉田久子様

手紙に書かれた内容を順番に整理していこう。蘇峰は松野一夫氏の手紙を同封したとあるが、残っているのは蘇峰の手紙だけである。蘇峰に関連する事柄については、高野静子氏の有益なご助言と神奈川県二宮の徳富蘇峰記念館の資料に負うところが多い。ここには池上浩山人の多数の手紙、久女の書簡四通が保管されている。久女を蘇峰に紹介したのは蘇峰の元秘書であった池上浩山人である。

まず蘇峰の文面では、「玉稿」となっているだけなので、百パーセント句集の原稿とは断定できないが、久女はこの数年間、なによりも一冊の句集が出したくて奔走していたのであるから、句稿と考えるのが妥当であろう。

松野一夫氏は宇内の小倉中学での教え子で、上京して帝展入選を果たし、「新青年」の代表的な挿絵画家となった。久女は洋行帰りで華々しく活躍していた松野氏に、表紙の絵を頼んだのであろうか。仲の悪い夫婦と言われた久女と宇内であっても、この句集出版に関しては夫の助力があったと考えてよいだろう。松野氏は夫宇内の教え子であるから、久女が夫に相談なく松野氏に直接頼むはずがない。宇内は学校のため、生徒のためには何をおいても尽力する教師であったから、松野氏も宇内の頼みとあれば忙しくても協力を惜しまなかったであろう。

蘇峰の文面では、久女の原稿が松野氏のところで滞っていたことが記されている。その理由として考えられるのは、松野氏が創刊した「美」という豪華な総合美術雑誌である。これは昭和十一年十一月に平凡社から刊行されたが、日中戦争へと進んでゆく社会情勢に合わなかったのであろうか、創刊号しか出なかった。松野一夫氏の長男、松野安男東洋大学名誉教授によれば、当時松野家はこの雑誌の編集室のようになり、大勢の人が出入りしていたという。「美」の後記には、「遅くも本年初頭に於て、発刊の予定でありましたが、不慮の事情の為め斯く出版の遅延致しました事を陳謝致します」と記されている。昭和十一年初頭に発刊予定ならば、十年末は準備で松野氏が多忙であったことは明らかで、そのため久女の原稿を蘇峰に送るのが遅れたということは充分に説明がつく。

書物展望社

では、書物展望社とはどのような出版社であったか。社長で書誌学者の斎藤昌三は蘇峰の門弟で、その著書『書痴の散歩』『書淫行状記』などの題が示すように、愛書家で凝りに凝った装幀をする人物であった。彼が装幀した蘇峰の『成簣堂閑記《せいきどうかんき》』の特装版は、表紙に李朝の詩経の書、寛永期の和本、ポルトガルの稀覯本、という三種類の古書を切って貼り合わせ、背表紙から裏にかけては縹《はなだ》色の手織の支那木綿を貼り、天金をほどこした、ため息が出るような美本である。そのほかにも蚊帳の網、番傘の生地を使った装幀など、彼の稀覯本は今も古書店の目録にしばしば載っている。この斎藤昌三を見込んで久女の原稿を依頼したのは、蘇峰が久女を評価して、美しい本になるように願っていたことを示すであろう。蘇峰は与謝野晶子、吉屋信子など「個性的な才女を好み援助をおしまなかった」と孫の名和長昌氏は記している（「双宜荘の杉田久女」）。

それでは斎藤昌三と蘇峰の関係はどうであったか。斎藤昌三が昭和十年十一月に、蘇峰の紹介で書物展望社から深尾須磨子が本を出したときの状況が参考になる。深尾は歌人でフランス帰りの詩人、作家、翻訳家でもあり、中田喜直の作曲でいまも歌い継がれている「忘れなぐさ」の作詞者である。

同記念館には斎藤昌三が、蘇峰から紹介された深尾の本を無理に予定のなかに割り込んで出版したことを述べ、蘇峰に本の紹介文を書いてくれるように依頼している手紙が残っている。文面から蘇峰が書物展望社に対して大きな影響力を持っていたと考えられる。

深尾自身も、「斎藤昌三氏の厚意により右から左に美装を凝らして世に見えました。全く先生に御紹介頂きました結果のこの奇蹟的現はれでございまして何と申して感謝のまことを表すべきか私には到底その言葉はございません」と礼状を蘇峰に送っている。深尾須磨子の本は蘇峰の支援で出版された。さらに蘇峰は書評を書いて本を世に出す力も持っていた。

最後に蘇峰と虚子の関係はどうであったか。虚子は蘇峰が創刊した「国民新聞」の俳句欄の選者であった。明治四十一年には国民新聞社に入社して、「国民文学欄」を担当したが、「ホトトギス」に専心するため四十三年に退社している。

虚子が退社後も蘇峰との交友を続けていたことは、蘇峰記念館所蔵の虚子からの十八通の手紙でわかる。そのなかには虚子が立子を連れて、蘇峰のところに挨拶に行ったが留守であったために残した置き手紙もある。さらに昭和九年九月十八日付けの手紙で虚子は、蘇峰が改造社刊の『高浜虚子全集』を世に紹介する文章を書いたことへ、「佳報に接し驚喜仕。全く予期せざりしことにて文字通り驚喜仕り、厚く御礼申し」と感謝の意を表している。虚子がこのように驚喜したのは、蘇峰の書評が持つ大きな社会的な効果を示すものであろう。また、高浜虚子編『日本新名勝俳句』は大阪毎日・東京日日新聞社から刊行されたが、その序文を執筆したのは蘇峰であった。

長くなってしまったが整理すると、昭和十年に蘇峰は、美しい本を出す斎藤昌三の書物展望社から出版するように手はずをつけて、久女の原稿を待っていた。宇内の教え子である松野氏経由で届くはずの原稿は、松野氏が多忙で到着が遅くなったが、蘇峰は届いた原稿を昭和十一年二月七日に、出版依頼状を付けて書物展望社に送ったということである。深尾須磨子の場合のように久女の本が出版されてもおかしくない状況といえよう。

当時一冊の本が出るまでにどれほどの時間が必要であったかはわからないのだが、このすぐあとに二・二六事件が起きて東京が一時混乱状態に陥ったことも影響があるかもしれない。原稿もそろい、文壇の大御所である蘇峰の支援があった。けれども、蘇峰の助力をしても、このときも出版には至らなかった。

久女が出版を断念せざるを得ないなんらかの事情が発生したのであろう。その事情を解明する資料は現在、見あたらない。ただ一つたしかなことは、久女が句集出版を死ぬまで切望していたということである。蘇峰の一通の手紙が戦争を経て残っていたという事実は、久女にとってこれが大切なものであり、大事に保管していた証拠といえよう。

これが蘇峰を介しての句集出版についてわかる限りの事情である。

虚子の渡仏

一方、虚子は、蘇峰の手紙の九日後、つまり昭和十一年の二月十六日から生涯一度のヨーロッパへの船の旅に出ることになる。留守中の仕事の手配、長旅の支度で虚子は忙殺されていたはずだから、出発前のわずかな期間には久女の出版計画については知る機会がなかったであろう。それから四か月間、虚子は渡仏中で留守となる。今日ほど通信手段が発達していない当時、欧州旅行中に久女の出版のことを知ることはなかったと思う。久女の蘇峰を通しての出版計画は十年に始まったことであり、久女は虚子の留守を見計らったわけではないのだが、はからずも非常に微妙なタイミングでことが進むという結果になってしまったのである。

虚子は六月十五日に東京に戻った。久女の出版のことは当然耳に入ったことだろう。「国子の手紙」で、虚子は久女が多くの人に手紙を出していて「その頃文壇で有名であつた人にも出してゐるらしかつた」と述べている。「文壇で有名」と考えると、久女は虚子を門司港で見送ったときに、同船していた横光利一に会った。〈鰐怒る上には紅の花鬘　利一〉の色紙をもらっている。しかし虚子があえて「文壇で有名」を持ち出したこの箇所は、虚子にとって忘れがたい不愉快な出来事、つまり久女が蘇峰の力を頼んだことを指すのではないだろうか。虚子からすれば、留守中に蘇峰の助力を求めて、虚子が序文を書くことをしない、つまり出版を許していない本を出そうとしたように映ったことは想像に難くない。

ホトトギス同人削除

虚子の帰朝後ほどなく、「ホトトギス」昭和十一年十月号に、同人変更として「従来の同人のうち、日野草城、吉岡禅寺洞、杉田久女三君を削除し、浅井啼魚、滝本水鳴両君を加ふ」という一頁大の社告が出された。「ホトトギス」は十月号から翌年の九月号までが一巻となっていて、十月は巻の改まる時である。毎年新機軸が出されるのだが、このような社告が出ることは誰も予測していなかったであろう。そのとき「俳句研究」の編集をしていた山本健吉（石橋貞吉）も「あっと驚いた」という突然の除名であった。久女にとって青天の霹靂の処置であった。久女はこのとき四十六歳。

この社告の「除名」ではなく「削除」という語は、虚子の小説「柿二つ」のなかの一文を思い出させる。すなわち、Kこと虚子が母の病気のために当時在籍していた新聞社（万朝報）に「当分休む」とだけ手紙を書いて帰郷してしまった。やがて新聞社から、「記者席削除」の手紙を受け取った。虚子は退社させられたことに「余りいゝ気はしない」と感想をもらし、「退社を命ず」の代わりに「記者席削除」と通告されたことにこだわりを示し、「一寸変な気がした」と書いている。このときの不快感が虚子の心の奥底に潜んでいて、今度は虚子が三名をホトトギス同人から除名するにあたり、「削除」という文字の与える衝撃を意識しながら、この語を用いたのであろう。

吉岡禅寺洞と日野草城の同人削除は、新興俳句の推進者であったことが理由とされている。禅寺洞が清原枴童らと創刊した「天の川」は、昭和初期まではホトトギス派の九州探題などといわれていたが、やがて禅寺洞は新興俳句運動に関心を示すようになり、昭和九年には「天の川」で無季俳句を容認することを表明した。草城は「俳句研究」昭和九年四月号で連作「ミヤコ・ホテル」で物議をかもし、昭和十年一月には「旗艦」を主宰して、無季俳句を試みた。

ふたりは「ホトトギス」の同人でありながら、虚子の提唱する花鳥諷詠とは対立する無季俳句を推進する革新派の旗手であった。「ホトトギス」は秋桜子の離脱で打撃を受け、さらに昭和十年五月には誓子も「ホトトギス」と袂を分かち「馬酔木」に移っていた。このような情勢のなかで虚子は、新興俳句に走る禅寺洞と草城を除名した、というのが大方の見方である。

では虚子一筋に進んできた久女の除名の理由は、なんであったのか。虚子はその理由を明らかにしていないが、虚子の側から見た久女の自己顕示欲の強さ、虚子へのうるさいまでの傾倒、句集出版への執着、そこから発した「常軌を逸」した行動、さらには虚子から離反した秋桜子との交流などがまずあるだろう。また「花衣」の独創的な内容もあったかもしれない。そのような材料がそろって、久女は昭和十年九月から「ホトトギス」にまったく入選しないという状態になっていたことはすでに述べた。わざわざ同人削除までしなくても、久女はすでに事実上「ホトトギス」から締め出されていたのである。

それにもかかわらず、あえて虚子は久女に最後通牒ともいうべき削除という衝撃を与えた。削除の決定的なきっかけは、そのタイミングからして蘇峰を介しての出版計画とかかわりがある、と私は考えずにはいられない。

すでに見たように、虚子はかつて蘇峰の新聞社の社員であり、立子のことを頼みに行ってもいるのである。虚子の外遊中にいわば虚子の頭越しの出版を試みた久女は、まさに「斬ってしまへ」ということではなかったか。秋桜子の『葛飾』出版、「ホトトギス」離脱に対して示した虚子の不機嫌な態度からして、蘇峰を通しての句集出版の企てを知ったことが、久女除名をこの時期に断行した要因であったと私は思う。虚子のなかで積もりに積もった反感はここで沸点に達したのである。

「墓に詣り度いと思つてをる」

久女の没後、虚子は「墓に詣り度いと思つてをる」（「ホトトギス」昭二十一・十二）という文章で、除名当時の久女の「をかしい」精神状態について書いている。そこから久女の同人除名は、箱根丸での久女の「気違ひ」じみた行動が原因だという推測がなされてきた。箱根丸事件と呼ばれるものである。

箱根丸事件の概要を記そう。すでに述べたように昭和十一年二月に虚子は日本郵船の箱根丸でヨーロッパに渡航する。「墓に詣り度い…」によると、箱根丸が立ち寄った門司港で、往路では、久女は虚子の誕生祝いに立派な鯛を届けた。離れてゆく箱根丸を小倉の俳句会の一団が

「虚子渡仏云々」という旗を立てたランチに乗って追いかけ、その先頭に立った久女は周囲の人びとが異様に思うほどハンケチを振りつづけた、「もういゝ加減に離れてくれゝばと思つてゐるのにいつ迄もついて来た。私は初めの間は手を上げて答礼してゐたが其気違ひじみてゐる行動に聊《いささ》か興がさめて来たので其まま船室に引つ込んだ」とある。

帰路では虚子の上陸中に久女が船室を何度も訪れ、機関長の上ノ畑楠窓に「何故に私に逢はしてくれぬのかと言つて泣き叫んで手のつけられぬようすであつたといふ。其時、久女さんが筆を執つて色紙に書いたものだといふものを楠窓氏は私に見せた。其は乱暴な字が書きなぐつてあつて一字も読めなかつた」と虚子は記している。

箱根丸事件に関しては、北九州在住の増田連氏の詳しい調査がある。増田氏は資料を渉猟し、当時のことを知っている人を熱心に探した。『杉田久女ノート』によると、氏の結論はつぎのようである。

往路には、久女一行がランチで出帆を見送ったという事実はない、と同行した久女が指導する小倉白菊会の縫野いく代さんが証言している。また帰路は箱根丸は門司には寄港していないことを突き止めた。「一字も読めなかつた」という色紙については、久女が贈った花籠に、〈虚子たのし花の巴里へ膝栗毛〉という短冊(虚子は色紙としているが)が添えられていたことがわかっている。つまり、虚子が「墓に詣り度い…」で述べている内容は事実と違うのである。

村山古郷《こきょう》は、帰路には門司に寄港していないことから、「門司の久女事件にはかなり虚子の記憶ちがいがあったか、あるいは久女を異常な性格の女人と仕立てる底意があったのではないかと邪推されるふしがある」(『昭和俳壇史』)と記している。私も虚子のこの文章は、久女の「異常な性格」を読者にほのめかすために書かれたものであると思う。

「墓に詣り度い…」は二つの部分から構成され、前半は久女、後半は尾形余十老という俳人の死が記してある。余十老は異常に俳句熱心だが成績の振るわないホトトギス会員で、富豪であった。零落し、ついには「道端に倒れて死んだ」ということが語られている。

昭和二十一年といえば敗戦直後で紙不足の時代であり、「ホトトギス」もわずか三十五頁である。そのなかで虚子は三頁を費やしてわざわざ不幸なふたりの最期を記しているのだが、とても鎮魂の一文とは読みにくいのである。

虚子は、同人除名後に久女が「ホトトギス」を抜けて、「馬酔木」か「天の川」に移ると思っていたかもしれない。そうすれば除名の理由説明は必要がなかったのだが、久女は「ホトトギス」を離れなかった。そこで虚子は、「手のつけられぬ」久女を印象づけるために、もうひとりの風変わりな俳人と並べて「墓に詣り度い…」を書いたのではなかったか。それによって同人削除の問題を久女の狂気にからめて葬ろうとする意図があったのではないか、と思われる。

この文章は、当初は虚子の目論みどおり久女の側に一方的に非があるように納得させるのに充分であったが、時を経てそれが事実ではないことを示す証言や資料が現れると、逆に虚子の側の問題点を浮き彫りにすることになった。

いずれにせよ、箱根丸事件そのものが事件というほどのものではなく、事実が大きく歪められていることが立証された以上、これが久女の同人除名の真の理由ではあり得ない。

「ホトトギス」誌で大きく同人除名の公告が出されたのは前代未聞のことである。久女はさらし首になったも同然であった。知らずして虚子の逆鱗に触れた久女は、この公告によって俳句の命を絶たれたのである。

第6章 同人削除以後——昭和十一年から

昭和17（1942）年
左から久女、石一郎（昌子の夫）、太郎（初孫）、昌子（長女）

一　失意の日々

ユダともならず

昭和十一年に同人除名の公告が出された後も、久女はいつの日にか虚子の勘気が解けて、同人に返り咲くことがあると思っていたのであろう。別の結社に移るということはしなかった。除名後に「俳句研究」に発表された作品をみよう。昭和十一年十二月号の自選十句のうち、

　　ユダともならず
春やむかしむらさきあせぬ袷見よ

前書には、除名されてもホトトギスを裏切る者ではないという思いがこめられている。この句は言うまでもなく在原業平の、「月やあらぬ春やむかしの春ならぬ我身ひとつはもとの身にして」の本歌取りである。業平は月が美しい春の夜に、自分ひとりは元のままであるのに、自身をとりまく状況はすっかり変わってしまったと嘆いている。久女の句からにじむ思いは、業平と同じく「我身ひとつはもとの身にして」という深い詠嘆である。

紫という色は万葉の時代から情感をこめて詠まれてきた。大海人皇子《おおあまのおうじ》は額田王《ぬかたのおおきみ》の歌に応えて、「紫草《むらさき》のにほへる妹《いも》を憎くあらば人妻故《ひとづまゆゑ》に我《あれ》恋ひめやも」（1―二一）（紫の色が美しく匂う

ように美しいあなたを、もし憎く思っていたなら、人妻と知りながら、どうして恋い慕うことなどあろうか）。また、麻田陽春《あさだのやす》は大伴旅人を送る別れの宴で、「韓人《からひと》の衣《ころも》染《そ》むとふ紫の心に染《し》みて思ほゆるかも」（4―五六九）（韓国の人が衣を染めるという紫のように、心にしみてあなたのことは忘れがたいことだ）と詠んだ。

久女は紫色を純情のメタファーとして用いている。「むらさきあせぬ」の中七で万葉ゆかりの紫色に託して、俳句に、また虚子に対する彼女の変わらぬ思いを訴えている。

同人除名が久女に与えた打撃は計り知れないものであった。蘇峰の孫、名和長昌氏はつぎのような少年時代の夏の出来事を伝えている。昭和十一年の七月に、久女は蘇峰の山中湖畔の別荘、双宜荘で家族のように温かくもてなされた。翌年、除名された傷心を抱えて彼女は蘇峰を慕って、ふたたび双宜荘を訪れた。その年は暑い夏で別荘は千客万来でどの部屋もいっぱいであったため、別の旅館に案内された。蘇峰にも冷たく扱われたと思いこんだ久女は旅館に上がらず、次第に激昂して、大声で叫び出し、駅員や駐在の巡査も出てくる騒ぎになった。結局久女は駅のベンチで一夜を明かして帰って行ったという（「双宜荘の杉田久女」）。突然の除名以来、久女は周囲から好奇の視線をあび、冷たい扱いをされ、もう誰も信じることができなくなっていたのであろう。なんとも痛ましい話である。

「俳句研究」昭和十二年十月号の「青田風十句」のうち、つぎの四句の大胆さが耳目をひいた。

たてとほす男嫌ひの単帯
張りとほす女の意地や藍ゆかた
押しとほす俳句嫌ひの青田風
虚子ぎらひかな女嫌ひのひとへ帯

久女のこのときの心境を吐露した主情の作として興味深いことはもちろんだが、そのような背景を離れても、季語の働きもよく、切れがよい。きりりとした魅力があると思う。

とくに最後の句は、久女の性格の激しさを語るものとしてしばしば引き合いに出されてきた。吉屋信子は、「かな女嫌ひ」と詠まれた当のかな女はさらりと受け流して、〈呪ふ人は好きな人なり紅芙蓉〉と返したとしている。これについて、かな女の句は久女の句より前の大正九年の作であることは、すでに多くの人が指摘しているとおりである。ただし、詠まれた順番は違うが、二句が無関係であったわけではなく、かな女の「呪ふ人」とは久女のことである。かな女は自句を、「これを詠んだときは、実際此の通りの心持ちで、才媛久女さんを眺めていたのだが、今見てみると、呪いを持ちながら好きな人でもあると、断つた点に弱身《ママ》があるやうで恥かしい」（「天使」）と解説している。

「俳句嫌ひ」「虚子ぎらひ」「かな女嫌ひ」と言い放つ久女の心の奥には、当然句集出版、除名へのこだわり、俳壇的な地位へのこだわりが潜んでいたであろう。長年ホトトギス一筋できた弟子に句集の序文を与えず、娘立子の句集出版には助力を惜しまない虚子を久女が恨んだとしても無理はない。

『立子句集』の上梓

「青田風」が発表されたすぐ翌月の、昭和十二年十一月に星野立子の『立子句集』が玉藻社から上梓された。

大仏の冬日は山に移りけり　立子

暁は宵より淋し鉦叩

無垢の目で捉えた情景がのびのびと明るく詠まれている。立子の直観的な把握力は天賦のものであろう。虚子はその序文で、「自然の姿をやはらかい心持で受取つたまゝに諷詠するといふことは立子の句に接してはじめて之ある哉といふ感じがした。写生といふ道を辿つて来た私はさらに写生の道を立子の句から教はつたと感ずることもあつたのである。それは写生の目といふことではなくて写生の心といふ点であつた。其柔かい素直な心はやゝもすると硬くならうとする老の心に反省をあたへるのであつた。女流の俳句はかくの如くなくてはならぬとさへ思つた」と、立子の「柔かい素直な心」を手放しで賞賛して、女性の俳句の進むべき方向がここにあるとしている。

最後の発表句

久女の句が約二年ぶりで「ホトトギス」に入選したのは、昭和十三年五月号の長女の結婚を祝った句である。

母として新居訪ふなり菊の晴

新婚の昌子美しさんま焼く

つつましくも幸せな新妻となった娘を見守る母のよろこびがあふれている。

翌六月号の〈着馴れたる紫袷解きしまゝ〉は、さきに引いた、〈春やむかしむらさきあせぬ袷見よ〉のつづきとして読めばよいだろう。変わらぬ純情の象徴であった紫の袷を解いたまま、久女はもう縫う気力がなくなってしまった。そして翌十四年には、紫色は〈あせやすきにせむらさきの薺うち〉と詠んでいる。

昭和十三年七月号の〈苺摘む盗癖の子らをあはれとも〉〈百合を掘り蕨を干して生活す〉の二句が「ホトトギス」に載った久女の最後の作品である。これ以後「ホトトギス」という発表の場を完全に失ったのであった。

「俳句研究」の十二月号には、主要な俳人のその年の自選句が掲載されている。ただし虚子は「俳句研究」には参加していない。当時は男性の俳人が大多数を占めているが、そのなかの

数少ない女流俳人は、

昭和十年　かな女、久女、みどり女、立子、しづの女、汀女（全八十六名中）

十一年　かな女、汀女、久女、しづの女（全八十七名中）

十二年　かな女、汀女、みどり女、しづの女（全百二名中）

十三年　かな女、みどり女、汀女、三橋（東）鷹女、しづの女、多佳子（全百十三名中）

十四年　かな女、みどり女、多佳子、鷹女、汀女（全百一名中）

久女の名前は十一年で消えて、代わりに多佳子、鷹女が加わり、俳壇の状況も変わってきていることがわかる。

最後に久女の作品が発表されたのは、「俳句研究」十四年七月号の「プラタナスと苺」四十二句である。全体に低調であるが、そのなかで見るべき句は、

土濡れて久女の庭に芽ぐむもの

しっとりとした響きが心を打つ。久女は一月間の旅を終えて帰宅して庭を眺めているところである。ここでは「我が庭」ではなく「久女の庭」と詠まれているが、同人を除名されようとも久女は俳人久女であり、花や野菜を育てて句に詠んできた庭は、その創作の苗床なのである。淋しい久女の庭にも春はめぐってきて、黒く濡れた土を押し上げてものの芽が芽吹いている。命の哀しみを久女はしみじみとかみしめていただろう。

龍胆も鯨も摑むわが双手

久女が手にしたのは鯨の肉片であっただろうが、このように「龍胆も鯨も摑む」と大きく言い切ったあたりに躍動感がある。そして風雅も、日々の生活も、がっしりと支える自身の手を「わが双手」と力強く止めている。

紫の雲の上なる手毬唄

句集には、〈梅檀の花散る那覇に入学す〉などと並んで「琉球をよめる十三句」としてまとめて掲載されている。琉球で過ごした幼年期をつづった「南の島の思ひ出」がこの句の背景を知るのに役に立つ。久女の一家は高い石垣をめぐらせて、外部と隔てられて暮らしていた。石垣の道に面したところにガジュマルの大木が茂り、その下がお台場のようになっていた。幼い久女たちはここに上がっては、眼下の琉球の人びとの生活ぶりを眺めたという。そして隣家には「大きな梅檀の樹がうす紫の花をドツサリつけて、下を通る牛の背や、反物を頭にのせた琉球の女達の上に、そのうす紫色をこぼしてゐるのも見えた」とある。

この句は、やさしくもの悲しい手毬唄とともに、久女の胸に蘇ってきたはるかな子ども時代の心象風景であり、紫色の雲のような梅檀の花に包まれて遊んだ幸せな日々の追憶である。

四十二句の最後は富安風生の〈よろこべばしきりに落つる木の実かな〉を踏まえた〈喜べど木の実もおちず鐘涼し〉であるが、ウィットのパンチが効いていない。

未発表の句

久女の句集に昭和十年以降の未発表作品（このまえに十年の項があるので正確には十一年以降）として収められた句をみよう。このなかには古い句も多数まざっているが、佳吟としては、

　空襲の灯を消しおくれ花の寺

戦争の暗雲ただよう時代相が静かな情感をたたえて描かれている。軍都小倉はことに灯火管制が厳しかった。まっ暗な町のなかにひとつ、桜の咲いた寺の明りが漏れている。滅びの寸前の美といったらよいだろうか、久女の浪漫趣味は香気を放っている。

　大いなる春の月あり山の肩

　蟬涼し汝の殻をぬぎしより

「涼し」は久女の好んだ季語であったようで、その用例はいくつもある。そのなかで羽化直後のセミを描く「蟬涼し」の直截な表現はいかにも新鮮である。

　ゆるやかにさそふ水あり茄子の馬

　母屋から運ぶ夕餉や栗の花

墓参に行ったときの吟。前句は、霊棚に供えた茄子の馬を、近くの川に流すという送り盆の光景である。精霊がこの馬に乗って帰って行くのである。かの世へと「ゆるやかにさそふ水」

を見つめる久女の深い感慨がこめられている。後句は、単純な内容であるが、母屋、離れのある大きな古い家の雰囲気があり、季語も動かない。
ひとりで英彦山に籠もった久女は、

　蕎麦蒔くと英彦の外山を焼く火見ゆ
　咲き移る外山の花を愛で住めり

前句は、近景に蕎麦を蒔く人、遠景に山焼きの火を配して、絵画的な美しさをもっている。動詞が多く用いられてはいるが豊かな詠嘆の響きがある。句の調子からして、もっと早い時期に詠まれたものかもしれない。後句は、低地から高地へと咲き移る山桜を眺めての暮らしを詠んで、ゆったりとした時間の流れが感じられる。移り変わる季節を観察し写生するこれら外山を詠んだ二句は、清く澄んだ句境を示している。

　　英彦山九大研究所
　蝶の名をきゝつゝ午後の研究所
　田楽の焼けてゐるなる炉のほとり
　幣《ぬさ》たてて彦山踊月の出に

英彦山での静かな暮らしがうかがわれる作品である。三句目は、よく似た作として、〈幣立てゝ彦山踊り鳥居前〉〈踊り見に月も出そめぬ英彦山〉が昭和五年の随筆「英彦山雑記」に収められている。「鳥居前」は説明的で、後句にはやや俗な響きがある。掲句のほうが山の踊りが始まるときの勢いが感じられるし、調べが高い。

同じく英彦山での、

蝶追うて春山深く迷ひけり
道をしへ一筋道の迷ひなく

「蝶追うて」は大正六年、俳句を始めたばかりのころの句である。二句は霊山を彷徨する久女の魂の寓喩と読むこともできよう。どちらも深い思索に充ちて忘れがたい。

ほろ苦き恋の味なり藷の蔓
平凡の長寿願はずまむし酒

わかりやすい愛唱性のある句であるが、少し軽いかもしれない。

当時の久女の気分を反映しているのであろう、十一年以降の作品には否定形を用いたものが頻出する。〈一人静か二人静かも摘む気なし〉〈美しき胡蝶も追はずこの山路〉では、かつて久女の心を奪った花も蝶も、もはや輝きを失っている。

どうにもならない力で俳句を奪われた久女はその不条理に苦悶した。〈目につきし毛虫援けずころしやる〉〈をびき出す砂糖の蟻の黒だかり〉では、今度は立場を逆転させて、自分より力弱いものに向かって自分の力を見せつけている。句の詠みかたの巧拙という問題ではない。

どのようなモチーフを詠むにせよ、詠むということの根幹には作者がなにかに対して、おもしろい、美しい、楽しい、悲しいなどと感じる、心の脈動があるはずである。この時期の作品の多くが生彩を欠くのは、作者がものを見ても感動していないからである。久女の気分は〈物言ふも逢ふもいやなり坂若葉〉によく表れている。

久女の詩が涸れたように見えるのは、才能が涸れたというよりは、心が涸れて、生きることの意欲がないからなのだ。かつての久女の名吟は、ものを凝視してそれを一句として切り取るときの集中力から生まれたものだ。しかし、除名後は俳句を詠むことはよろこびではなく、俳句のことを考えれば、「なぜ私が――」という疑問が湧いてきて、対象に集中することができなくなっているのだろう。久女の全盛期に見られたぴんと張った調子はなくなっている。

筆を折る

『杉田久女句集』の最後に置かれたのは、つぎの句である。

昭和十七年光子結婚式に上京　三句

歌舞伎座は雨に灯流し春ゆく夜

蒸し寿司のたのしきまどゐ始まれり

鳥雲にわれは明日たつ筑紫かな

久女の感覚の鋭敏さを示す〈春寒や刻み鋭き小菊の芽〉から始まる句集の掉尾にこれら三句を置くことで、久女の俳句世界は完結する。

とくに最後の「鳥雲に」の句は、しみじみとした哀感をそそる。「鳥雲に」という季語のもつ、春になって帰ってゆく渡り鳥が雲間にかくれてゆくもの淋しさが、はるかな筑紫の、あの排他的な地方都市へ、心の通わない夫のもとへと旅立つ日をひかえた久女の思いを伝えている。その後に久女が迎える悲しむべき最期を知っている読者には、ことさらにあわれが深いのである。この句を久女が遺した唯一の句集の最後に配置した句の選択は、卓見であると言わねばならない。そして従来の久女に関する評論の多くは、これらの句を評することで久女の句業を締めくくっている。

しかし、伝記的事実としては、光子の結婚は昭和十六年十月で、年譜には久女は「結婚式に上京」「若夫婦は台北の任地に赴く」とある。すると秋の結婚式とこれらの句は季節が合わなくなる。なぜだろう。

その理由は簡単で、これら三句はいずれも次女の結婚の折に詠まれたものではないからだ。「歌舞伎座は」は草稿には、「昭和十四年五月四日上京」という前書がついている（六三頁）。「蒸し寿司の」は、昭和八年二月四日の日記に〈むしずしのたのしきまどゐ始まれり〉と表記が違うものの記載があり、八幡婦人句会の句である。「鳥雲に」も、昭和十四年の草稿に清記してある（一九頁）。つまりこの三句は十四年以前に詠まれたものである。

この点にこだわるのは、久女が除名後、いつごろまで作句活動をしていたか、ということと関連するからである。

久女の句集はいずれも、昭和十年以降の作品として収められた句の最後にこれら三句が置かれて、昭和十七年と前書がある。そのために、読者はなんとなく除名後も久女が、少なくとも昭和十七年までは句を詠んでいたような印象を受けるのである。

その印象は正しいだろうか。十四年の「俳句研究」を最後に作品はどこにも発表されていないが、それ以後も久女は句を作っていたのだろうか。

昭和四十四年版の句集の十年以降とされる二百二十二句の制作年を調べてみると意外な事実がわかる。このうち、もっとも数が多い英彦山雑吟百十二句には、大正期の句、昭和五年、六年、八年の句など、古い句も含まれているが、いずれにせよすべて十四年の草稿に清記されているので、十四年以前の作であることは間違いない。

残る百十句のうち、「俳句研究」に昭和十一年、十二年、十四年に発表された句、日記、文章に記されている句を消し、そして草稿に清記された句を削っていくと、残りはなくなってしまう。補遺にも昭和十四年までの句しか収められていない。要するに草稿清記以降の作であるといえる句は、『杉田久女句集』には見あたらない。長年句を作ってきた久女であるから、時に句が口をついて出てくるということはあったかもしれないが、意識的な作句活動はこの時点で終わっていると考えられる。

久女は昭和十四年の段階で俳句作家として生きることに自ら終止符を打った、というのが草稿と句集を照らし合わせて得た私の結論である。

父の死や信州での納骨の折に名吟を詠んだ久女が、昭和十九年の最愛の母の死に対して追悼の一句も手向けていないという事実もそれで説明がつく。

句稿の整理

では、十四年に俳句の筆を折った理由はなにか。その点について草稿に久女が書き込んだ文を参照しながら考えてみよう。

一束の緋薔薇貧者の誠より

上京　丸ビルにて

「俳句研究」の昭和十四年七月号「プラタナスと苺」のなかの句である。丸ビルはもちろん「ホトトギス」の発行所である。虚子は箱根丸での渡仏の折が久女に会った最後と記しているから、薔薇の花束を抱えて発行所を訪れた久女は虚子に会うことができなかった。この上京で久女は同人復帰の可能性も、虚子の序文も絶望的であるということをはっきりと悟ったと思われる。

帰宅後すぐに久女は、「プラタナスと苺」四十二句をまとめた。宇佐神宮、大島星の宮、野鶴の句などと比べるまでもなく、これらの句にもはや全盛期の久女の力がなかったことはすでに見たとおりである。そのことを誰よりもよくわかっていたのは、久女自身であったはずだ。

追い打ちをかけるように、長谷川かな女主宰の「水明」八月号（八月一日発行）に「水明十周年記念行事」の社告が載った。行事のひとつとして「先生の今日までに至る作品の内から代表的の佳品を選つて凡そ八百句を句集に致します。用紙も先年購入してありますので、純日本紙で相当立派なものを出すつもりであります。九月中に出版の予定です」とある。「水明」は長いつきあいの久女のもとにも送られていたはずだ。かつて「東のかな女、西の久女」と並び称されたかな女の豪華句集刊行の予告は、句集出版を熱望して叶わなかった久女にはつらいものであったに違いない。

上京して虚子との関係修復が望めないことを確認し、自身の作句力が衰えて句が輝きを失ってしまったことを実感し、さらにかな女の句集出版予定の知らせが届いたことは、久女に筆を折らせるに充分な打撃であったと思う。

久女が過去の句帳を取り出して、集中的に句稿の整理を始めたのはその後すぐである。ところどころに清記の日付が記されている。昭和十四年八月二十八日、二十九日、三十日、九月五日、十一日、十六日、十七日とあり、昭和十四年の八月から九月にかけて集中的に清記を進めていることがわかる。

久女は清記しながら心に浮かんだことも書き込んでいる。〈葉がくれの武士とはならず返り花〉の句のあとには、自身の人生と俳句を振り返って、

近代的な優秀な母は決して葉がくれの如く葬られず。子を成長させ又自らを成長させ女として人間としてどこ迄も大きくなる。昔の女性は妻と母との道にて家と夫の犠牲にもなつた。しかし近代女性、かしこき母性は親たる責任を充分果して後人間たる自己の天性の文芸なり天授の仕事を完成させる。そこに大いなる母―女性―たる価値ありと信ずるもの。自分の芸術を完成させる為めの努力と二人の子を成長させる為めの苦心と、三十年来、環境との相対に堪へここ迄成就せしめたる久女の芸術は決して引退滅亡の芸術にアラズ。大正六年以来の千何百句をしるし集めおく。（六二一頁）

久女は苦しかった人生を振り返り、家庭と俳句の板挟みのなかで得た自身の句は「引退滅亡の芸術」ではないと高らかに宣言している。

あるいは、母親としての句について、

俳句は花鳥諷詠、新興俳句といろ〳〵あるが、女性が子を愛して成長させつゝある時の吟詠こそ誠に母たる無上の愛の発ろ〔露〕である。母たる句境、女の一生をこめた女らしい句に於て自分の句は価値あると自らみとめ又ここ迄子を愛してそだてゝ来た母性の俳句は何人にもゆづらぬもの。

（二六頁）

久女は離婚を考えたが子どものために思いとどまり、夫の反対にもかかわらず娘を京都と東京の学校で学ばせた。久女は母親としての務めを果たし、その間、母親の立場から詠んだ女性ならではの句を得たことを誇りにしている。たしかに俳句を始めたばかりの大正時代以来、久女には娘を詠んだたくさんの句があり、同人除名後、久々に載った句も長女の結婚を詠んだものであった。

そして全句を抜き書きする作業を終えた日に、久女は最後にその心境をつぎのようにつづっている。

かくの如く入院二回一年有余の苦病も回復。昌子の病き〔気〕も神のみ援けにより全快。その後精神的にいろいろと大いになやみ或時は子と別居。子らもさんざんくろうし、自分は教会へ入りし事もあり。じつに過去は悲運の我乍らも天佑といはんか。

今日かく根本的なる健康なる肉体と精神に全くつくりかへられ、最愛の二女さへ健かに成長し立派に善良なよい子となつて高等教いく〔育〕を授けた。

之全く神の御護りと感謝してここに百十六枚の俳句を全ぶ〔部〕清書し、つゝしみて父母の大恩に。まづはここ迄われ自らをすてえざりし二女の為めに心から喜びきよらかなゆたかな平和な心でこの稿を終る。

これらの句の他にもなほ集めもれた句もあるらしいがそれらは全ぶ葬りすてゝをしくないもの斗り。夫の身分位三十年来の無為にかかはらずこれ丈多数の句をえしことは全く天稟のしからしめ又境遇の為めと思ひ天授の作品を悉く大事に保存するゆえんである。もろもろの障害周囲のたえざる圧迫にも決して妨げられずここまで子らと共に成長した己が生命と作句。

昭和十四年九月十七日午後　久女記　（七四頁）

病気を乗り切り、健康を与えられ、子どもが立派に成長したことを神に謝し、天から授かった作品をまとめておくために、百十六枚の句稿を清書したことが記されている。もはや句集出版のことに触れていないのは痛々しいが、ここには悲運を恨む言葉はひとこともなく、感謝と満ち足りた思いがつづられているだけだ。書きあげた句稿を眺めた久女は、自身の作品がもつ永遠の価値を確信したのである。自らの俳句を総括し、記録を残しておくという決意表明は、後世に託した久女の俳人としての遺言状以外のなにものでもない。久女、四十九歳のことである。

虚子は昭和九年から六年間に二百三十通の手紙を久女から送りつけられたが、「昭和十五年からふつつりと来なくなつた」としている。その事実もまた、久女が昭和十四年の九月に過去の句稿を整理して、はっきりと「ホトトギス」と、また俳句界と訣別したことを裏付けている。

二 周辺の女性俳人たち

かな女の句集『雨月』

昭和十四年は、長谷川かな女の句集『雨月』が虚子の序文とともに上梓された年である。夫唱婦随のかな女は、夫、零余子が「ホトトギス」から離脱し、立体俳句論を提唱して「枯野」を創刊するに伴い、虚子のもとを去った。昭和三年に零余子が四十二歳の若さで病没後、かな女は「ぬかご」の選者となり、昭和四年に第一句集『龍膽』を出版。翌五年に「水明」を創刊主宰した。

かな女と久女の句風、また性格の違いは、

もの縫へば長閑にホ句も忘れけり　かな女

ホ句のわれ慈母たるわれや夏痩せぬ　久女

蝶のやうに畳に居れば夕顔咲く　かな女

夕顔を蛾のとびめぐる薄暮かな　久女

と並べればよく見えてくる。

かな女は改造社の明治・大正・昭和の俳句を集大成する『俳句三代集』の編集の評議員に「水明」主宰として名を連ねた。久女は、句集も持ち、主宰誌もあり、俳壇的な地位にも恵まれたかな女がうらやましかったであろう。

虚子は序文でかな女について、「いかにも人ざはりのよい、人と交るにも万事行届き」と記している。かな女が虚子の序文を求めたことも、昔の師恩を大切にする行き届いた行為であるとして序文を閉じている。昭和十四年九月十五日に書かれたものだ。慈愛に充ちた序文である。久女があれほど懇願しても与えられなかった序文を、虚子はすでに「ホトトギス」を離れたかな女には快く書き与えている。虚子は「行届」くという語を序文のなかでくり返しているが、原石鼎が〈あるじよりかな女が見たし濃山吹〉と詠んだとおり、細やかな心配りをする、感じのよい女性だったという。大正期の十句集時代の幹事を務め、「水明」を創刊し、以後四十年にわたり専業俳人としての人生をまっとうできたのは、聡明さと人触りのよい人柄の賜物であろう。かな女は女流俳人の優等生であった。

このあと、矢継ぎ早に女性の句集が刊行される。大正時代から虚子が女性の俳人の育成に尽力してきた成果の現れといえよう。

よきライバル汀女と立子

翌十五年には、汀女・立子姉妹句集『春雪・鎌倉』が上梓された。

虚子は序文で立子と汀女の句風は異なっているが、「清新なる香気、明朗なる色彩あることは共通の風貌である」、また、女性の俳句は「昭和時代に於て成熟し男子を凌ぐものが出で来った。其代表と見るべきものは此姉妹句集である」と最上級の評価を与えている。虚子の折り紙付きのこの句集出版によって、立子と汀女の俳壇での地位はゆるぎないものになった。

かつて久女が句妹と呼んだ汀女が、虚子の娘立子とともに句集を出したこと、虚子の関心はこれら若い世代の「清新なる香気」「明朗なる色彩」、また「柔かい素直な心」の俳句にあることを認識して久女は愕然としたに違いない。

汀女は昭和七年に港町横浜の風物を詠んだ新鮮な句で「ホトトギス」に再登場する。久女は汀女の作句再開を喜び、励ました。汀女の俳人としての人生で、この年の七月に丸ビルに虚子を訪ねたことは、大きな意味があったと思われる。石昌子氏によれば、久女は汀女が直接虚子の指導を受けられるようにと虚子宛の紹介状を書き、汀女はその紹介状を持参したのだという。汀女は虚子に会い、「玉藻」の句会に誘われ、立子と親しくなり、「玉藻」にも投句を始めるようになる。

都会的な立子と熊本育ちの汀女。汀女が三歳年長であるが、立子の一人娘と汀女の次男は一歳違いである。話も合うだろう。虚子の見守るなかで、これ以後、ふたりは楽しみながら一緒に句を作り、互いに創作の刺激を受けながら個性を磨いて、すぐれた作品を残していく。たとえば鎌倉山のロッジでの吟、

肉皿に秋の蜂来るロッヂかな　　汀女

娘等のうかうかあそびソーダ水　　立子

それぞれの俳人の個性がくっきりと見える作品である。まことによきライバルであったふたりの姿が浮かんでくる。

立子の『鎌倉』は『立子句集』から再録された句に、それ以後の作を加えて編まれている。

コスモスの花ゆれて来て唇に　　立子

何といふ淋しきところ宇治の冬

久女は、「立子さんのように苦労なしにどんどん俳句が出来るのと違って、私は一句一句に大変な苦労、努力をしている」と語ったと立子は記している（「尊敬する女流」）。立子の句には口からそのまま一句が出てきたような、のびやかな自然さ、邪気のない明るさがあって快い。

『春雪』刊行のとき汀女は四十歳であった。

雪投げをして教会にあつまり来　汀女
おいて来し子ほどに遠き蟬のあり

次男の病気が治り、はじめて子どもをおいて外出した折の吟。汀女には子どもを詠んだ名句が多いが、なかでもこの句に込められた母親として思いの切なさには心を打たれる。汀女が出かけた先は赤星水竹居邸で開かれたホトトギス同人会。汀女はすぐれた俳人たちが集う句会に出席する幸運に恵まれていた。

汀女は主婦、母親としての日常のなかに句材を見つけ、清新な切り口で詠んでいる。汀女の句には、久女とは別のすぐれた定型の感覚がある。久女の場合は、寸分の狂いなく切り取られたことばが、五七五の枠のなかにきっちりとゆるぎなく配置されているのに対して、汀女は思いを定型のなかに流し込むように詠むといえばよいだろうか。このやわらかさは天賦の才である。

しづの女の句集『颱』

十五年十月には福岡の竹下しづの女の句集『颱』も虚子の序句〈女手のをゝしき名なり矢筈草〉とともに発行された。序句のとおり、漢文調の力強い、知的で豪快な句風である。

ことごとく夫の遺筆や種子袋　しづの女

緑蔭や矢を獲ては鳴る白き的

しづの女は明治二十年生まれで久女より三歳年長であるが、俳句を始めたのは久女のほうが早い。福岡女子師範学校を卒業して教員をしていた彼女は、農学校の教師と結婚して五人の子どもを得たが、昭和八年に夫が急逝。その後は図書館の出納手として家計を支えた。長男吉仏《よしのぶ》（俳号竜骨）は高校時代に俳句連盟を結成し、機関誌「成層圏」を発行。明朗闊達なしづの女はその指導者として活躍し、若き日の香西照雄、金子兜太がここに投句して育っていった。

多佳子の句集『海燕』

翌十六年には久女から俳句の手ほどきを受けた橋本多佳子の第一句集『海燕《うみつばめ》』が、誓子の序文で刊行された。『橋本多佳子全句集』の年譜によれば、昭和四年に大阪に転居した多佳子は、ホトトギス四百号記念俳句大会で久女の紹介で誓子に会った。汀女の場合といい、多佳子の場合といい、その才能からして久女の紹介がなくてもいずれはその生涯の師に出会ったことと思われるが、久女が句妹に対して親切心があったことは記憶しておくべきであろう。

昭和十年に誓子の勧めで多佳子は「ホトトギス」を離脱して「馬酔木」の同人となる。昭和十二年に夫と死別後は俳句に打ち込み、誓子が提唱する写生構成を自身の句作に取り入れた。『海燕』序文で誓子は、女流作家には緩やかな女の道と、嶮しい男の道があり、多佳子は「男の道を歩くその稀な女流作家の一人」と評している。

月光にいのち死にゆくひとと寝る　　多佳子
羅針盤平らに銀河弧をなせり

誓子は角川文庫の『橋本多佳子句集』の解説で、多佳子は久女から「俳句の格調の高さ、俳句の怖るべきこと」を教えられ、「女ごころ」を受け継いだ、久女から手ほどきを受けた「多佳子の俳句の出発はまことにしはわせだつた」としている。多佳子はしなやかにその時々の環境に順応し、そこでもっともよいものを選び取ったのだった。

「選は創作なり」

昭和十九年に刊行された『汀女句集』の巻頭に虚子が汀女に宛てた手紙が掲載されている。虚子は多くの人びとの句を毎日、選句するという一見退屈な作業を何十年もつづけて来られたことについて、偶に其等の句の中に、私を驚喜せしめ昂奮せしめる句が見出せる、といふ事の為めであらうと思ひます。さうして其驚喜せしめ昂奮させる句の中にあなたの句もあつたことを思ひ出すのであります。さうするとあなたが私に感謝なさるよりも、私があなたに感謝しなければならぬことになるのかもしれません。

併し斯んなことをいふたが為めに、あなたの力量を過信なさつては困ります。あなたにそんなことの無いことは十分承知してゐますが、あなたを仮《ママ》りて一般に注意を与へて置き度いと思ひます。「選は創作なり」といふのはこゝのことで、今日の汀女といふものを作り上げたのは、あなたの作句の力と私の選の力が相待《ママ》つて出来たものと思ひます。あなたには限りません。今日の其人を作り上げたのは、其人の力と選の力が相倚つてゐるのであります。

とある。長年にわたってすぐれた俳人を数多く育て上げた実績に裏打ちされた虚子の自信が示されている。俳句という極小の詩は、省略の詩である。余分なものを削いで、削いで作られるのである。その省略ゆえに、思いが言い尽くせているかどうか、第三者の目が必要になり、芭蕉であっても、弟子に意見を求めたのである。

ある俳句作家を育てようと、選句者が長年にわたってその人の才能のどこを伸ばすべきかをよく見て、その進むべき方向を指し示す選をつづければ、その方向に沿った個性を持つ俳人が生まれる。ミケランジェロが石塊を見て、石のなかにすでに内在している彫るべき形を知り、取り出したように、すぐれた選者は、作者のなかにあるまだ見えない像をつかんでその像を仕上げるべく鑿《のみ》をふるう。信頼する選者の選を頼りに俳人は句を磨くのである。それが「選は創作なり」の意味であろう。

立子と汀女は互いに作句に励み、虚子というよき選者によって、天性の資質をみごとに開花させることができた。多佳子は誓子というすぐれた先達を得て、西東三鬼、平畑静塔などと激しい俳句の修行を積むなかで、独自の激しく華麗な句境を深めていった。かな女は「水明」、しづの女は「成層圏」という場を拠点に作句活動を展開した。

「俳諧はなくても有るべし。たゞ世情に和《わ》せず、人情に通ぜざれば人調《ととの》はず。まして宜友《よきとも》なくては成《な》りがたし」と『三冊子』にあるように、世情に和し、よき句友をもつことによって句を磨いていくことができる。除名された久女には句会で切磋琢磨したり、句友と俳句論を戦わせたりする機会もなく、なによりも、頼りにしていた虚子の選句を仰ぐことができなかった。句を発表する場もなかった。連衆の文芸としての俳句の世界では、よき師を得て、充分な活動の場を与えられたときに、才能は生き生きとして活気づき、大きな花を咲かせる。その支えを失うとせっかくの才もしぼんでしまう。久女の生涯をたどると、そんな思いがする。

久女の最晩年

このように、かつて久女と轡《くつわ》を並べて「ホトトギス」で活躍した女流俳人の句集が、つぎつぎと出版され、それぞれの俳句世界を獲得してゆくなかで、久女には句を発表する場が閉ざされ、句集出版の望みもなかった。まるで魂が抜けてしまったように、ひとりで野の草花を摘んで絵を描いたりして日を過ごしていたという。

俳句という芸術に命がけで取り組み、立ち上がれないほどの深手を負った久女に対して宇内は、同人を除名されたその理由がわからないままに、「あなたのような人は虚子さんでさえ、愛想をつかしたでしょう」と朝晩大声で言っては久女を苦しめた。宇内にしてみれば久女の口から除名のわけを説明してほしくて、この言葉をくり返したのかもしれないが、当の久女にも理由はわからなかったのである。芸術を捨てて教師の職にひたすら励んで家計を支えた宇内には、家庭と創作の板挟みになりながら、なおも創作をつづけずにはいられなかった久女の孤独と苦悩を理解することはできなかったのだろう。久女はそれまでに得た作品を清記した草稿を抱えたまま、「生きている何の希望も愉しみもない」と嘆いていたと昌子氏は述懐している。

昭和十九年の夏に、久女は夫が出征中の娘を案じて鎌倉の昌子氏宅を訪れた。少しばかり俳句ができたと思ってうぬぼれていたが、俳句より子どものほうが尊いと言い、さらに、「もし私が死んでからでも機会があったら、句集の出版をしてほしい」と懇々と頼んだ、と昌子氏は記している。これが母と子の最後の別れとなった。

同人削除の衝撃ですっかり生きる意欲を失った久女をそばで見ていた宇内は、いたたまれない気持だっただろう。彼は抜け殻のようになってしまった妻を十年間も見守りつづけた。

昭和二十年の秋、久女のようすに不安をおぼえた宇内は太宰府の県立筑紫保養院に入院させた。三か月後の翌二十一年、極寒の一月二十一日にそこで久女は没した。精神科医でもある俳人平畑静塔は、死因を当時の極度に食糧事情の悪い状況での栄養失調、あるいは餓死と推察している（「筑紫の配所」）。精神科医である寺岡葵氏は、久女の死因は、慢性甲状腺炎（橋本病）による虚血性心疾患と推論している。

敗戦後の交通事情の悪いときで、肉親は誰も看取ることができなかったが、おだやかな死であったという。享年五十五。かつて宇内は久女を「あれは天才ですよ、非常に鋭い感覚を持っています」と評した。一度は芸術家への道を進んだ宇内は、久女の本質をそのように捉えていたのである。一緒に生活するにはあまりに問題が多く、もてあましてはいても、長年連れ添った妻であり、精神科病院での孤独な死は、宇内の胸に重く響くものがあっただろう。宇内は「そのまま亡くなるとは思わなかった」と漏らしたという。

昭和二十九年に久女終焉の地を訪れた多佳子は、久女をしのび、〈万緑やわが額にある鉄格子〉〈つぎつぎに菜殻火燃ゆる久女のため〉と詠んだ。このとき多佳子は久女から学んだものの大きさをはじめて実感したのであった。

宇内は久女の没後、四十年近くを過ごした小倉を去って、郷里の小原村松名に戻り、晩年は猟銃を肩に山歩きをひとり楽しんだ。宇内と久女がともに暮らした日々は平穏なものではなかった。宇内がしつこく小言を言いつづけると、久女は目をつり上げて怒って手近なものを投げて壊す、というような修羅場をくぐり、死か離婚か、と思い詰め、ついには二階の家に上と下に別れて他人のように暮らすまでになった。そのような夫婦ではあったが、娘たちを立派に育てあげ、長女はアメリカ文学者石《いし》一郎氏（明治大学名誉教授）、次女はフランス文学者竹村猛氏（中央大学名誉教授）というすぐれた研究者との良い縁を得た。長女昌子氏は俳人として、次女光子氏は宝飾デザイナーとして、それぞれ独創的作品を生み出している。そのことを久女も宇内もよろこび、誇りにしていた。宇内は久女の遺骨を、愛する両親や弟が眠る松本の赤堀家の墓地に分骨するように計らった。そして昭和三十七年に長女昌子氏に看取られて七十八歳で亡くなった。宇内と久女の性格は水と炎のように対照的であったが、不器用ともいえるほどきまじめな生き方という点で、実はよく似たふたりであった、という気がする。

振り返って、久女が俳句を始めたのは、大正五年末に兄赤堀月蟾が小倉の久女宅に寄宿したときで、昭和十一年に同人を除名されたのち、昭和十四年に、波乱に充ちた俳句人生を総括して、それまでの句を全部書き出して自選した。中断期間を含めて二十三年ほどということになるが、この間に約二千句を残した。それ以後詠まれた句には見るべきものがほとんどない。となれば、俳人としての久女の命は昭和十四年で終結していることになる。

第7章 虚子の「国子の手紙」再考

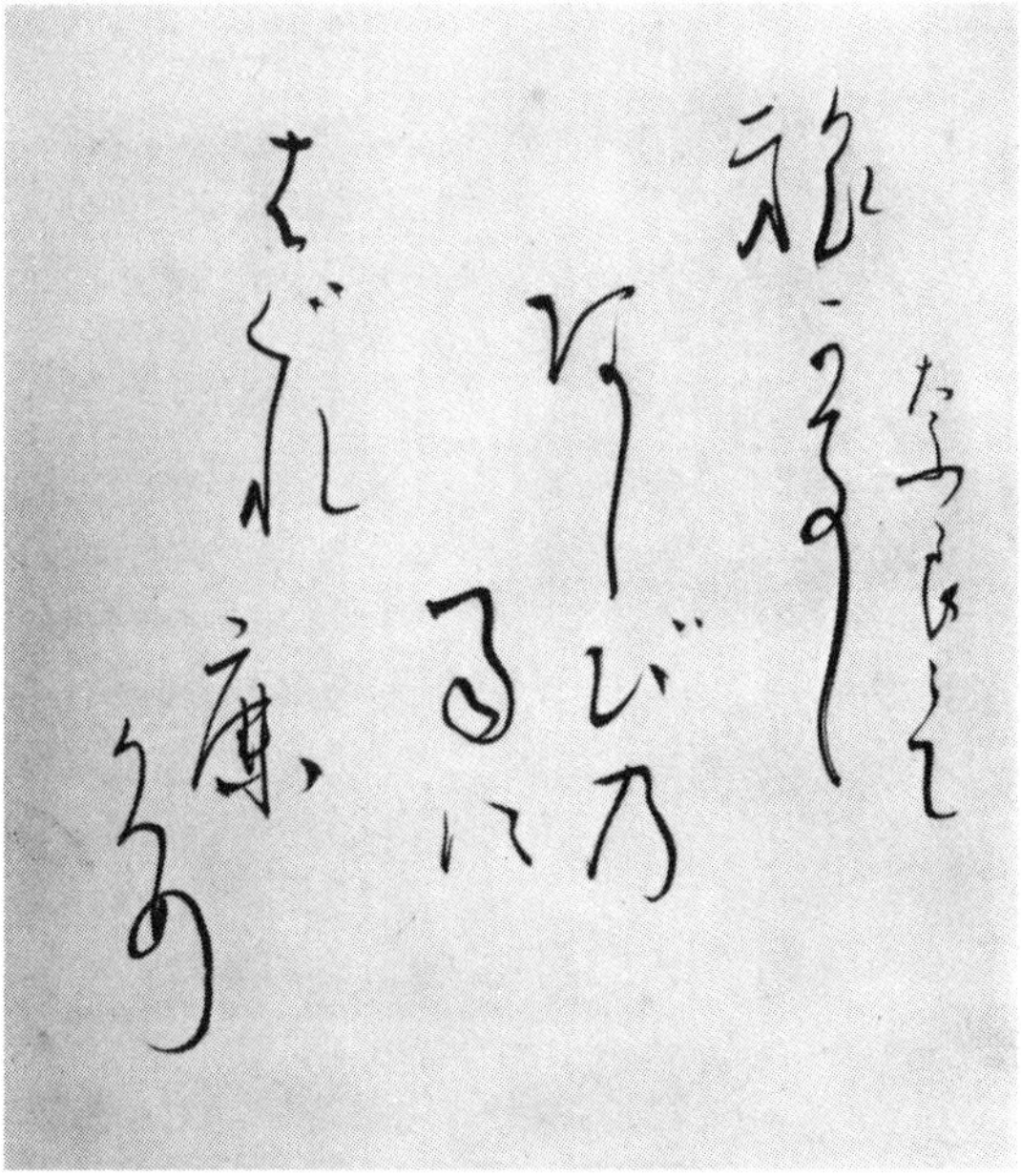

旅かなし馬酔木の雨にはぐれ鹿

創作「国子の手紙」

虚子は昭和二十三年十二月号の雑誌「文体」に、「国子の手紙」を発表した。創作と銘打ってはいるが昌子氏も認めているように、国子の手紙すなわち久女の手紙である。一読すると、そのとき久女が相手の迷惑も顧みないで、つぎつぎと支離滅裂な手紙を虚子に送りつけた「をかしい」状態にあった、という印象をもつ。しかし、久女の句集出版の経緯、久女と周辺の人の動向を知ったうえでじっくり読んでいくと、わずか二十数頁のこの作品は、読めば読むほど興味深いものになる。最初は支離滅裂と思われた手紙には、それなりに意味がとおっていることが読みとれ、それを選んで「国子の手紙」に収めた虚子の意図もほの見えてくる。

「をかしい」女弟子が師に全身でもたれかかってゆくような姿の背後に、鬱勃たる権力をもつ結社主宰者に対して生殺与奪を委ねきりながらもなお作家としての主体性を主張する一門弟、「ホトトギス」と他の結社との相剋という構図が浮かび上がり、虚子のいうところの「狂人の手紙」では片づけられなくなってくる。すでに部分的に引用した箇所も含めて、ここで全体を見ることにする。「国子の手紙」はつぎのように始まる。

こゝに国子といふ女があつた。その女は沢山の手紙をのこして死んだ。その手紙は昭和九年から十四年まで六年間に二百三十通に達してゐる。私は人の手紙を見てしまふと屑籠に投ずるのが普通であるが、ふとこの人はをかしいなと思ひはじめてから、その手紙を机の抽出しに投げこんで置いた。それが六年の間に其の抽出し一杯になつてそれだけの数に達したのである。そのをかしいなと思ひはじめるまでの手紙は、屑籠に投じてしまつたのであるから、それを加へたらもつと沢山の数になるのである。（中略）

国子はその頃の女子としては、教育を受けてゐた方であつて、よこす手紙などは、所謂水茎の跡が麗はしくて達筆であつた。それに女流俳人のうちで優れた作家であるばかりでなく、男女を通じても立派な作家の一人であつた。が、不幸にして遂にこゝに掲げる手紙のやうな精神状態になつて、その手紙も後には全く意味をなさない文字が乱雑に書き散らしてあるやうになつた。

又た私の外、他の多くの人にも手紙を出してゐるらしかつた。それは俳人仲間ばかりでなく、その頃文壇で有名であつた人にも出してゐるらしかつた。其等の手紙はどうなつたか、恐らく皆狂人の手紙として打棄てられたものと思ふ。

俳句界五十年の生活の中に、狂人と思はれる手紙を受取つたことは他にもあるが、しかし国子の如く二百三十通に達したといふのは珍らしい。

虚子はまず導入部で「この人はをかしいな」「不幸にして遂にこゝに掲げる手紙のやうな精

神状態になつて」などと、読者が先入観を抱くような書き方をしている。そして二百三十通とくり返し、手紙の数の多さを強調する。

それだけの数の手紙を一方的に送りつけられたとすれば、さぞ扱いに窮したことだろう。しかも久女は手紙だけではなく、電報も打っている。電報まで打ったとなれば、当然速達、当時の飛行便も使ったであろう。昼となく夜となく、そんなもので生活を乱されれば誰でも迷惑に思うはずだ。それが当人にとっては重大事でも、受け取る側からすると緊急の用件と思えなければなおさらである。

久女の句集出版を支援した池上浩山人も、「手紙も随分沢山貰つたが、時々前便取消しの速達や電報が来たので、真面目に返事を出さねばならない手紙は殆んどなかつた」(「久女とその俳句」)としている。久女には、思い立つとすぐにそのときの感情にまかせて手紙を書き送り、考え直しては取り消すという、はなはだ傍迷惑な癖があったのは事実だろう。久女が自己演劇化の回路にはまりこみ、感情をぶつけるような独特の文章の書き方をすることがあったのは、すでに「夜あけ前に書きし手紙」で見たとおりである。しかし、これは良くも悪くも久女の癖で、虚子が「をかしい」と思い始めた昭和九年に急に始まったものではあるまい。

虚子はまず、石昌子氏が、久女が亡くなったことを伝える手紙を紹介する。ここでは町子という名前になっているが、町子こと昌子氏は、晩年の十年ほど久女がひどい憂鬱症とヒステリー状態で、肉親である彼女も、「心から怒り、憎み、悲しみ、母が死なねば自分は浮かばれないと心の底から思つた程」であったと苦しい胸中を打ち明け、迷惑をかけたことを母親に代わって心から詫びている。そして、「こんな母でも人の子として葬つてやりたいのです。霊を慰めると申しましても今更何と申上げることが出来ませうか、私はかなしく又恥入りつゝ申上げるのですが、母の最後に先生のお情けを仰ぐのです。本当に厚かましいお願ひでございますが、後日さゝやかな句集を作り、それに何か御手向けがいたゞけたら、母のみならず私も救はれる思ひでございます」と句集出版の希望を遠慮がちに述べている。

この手紙は昭和二十一年一月二十八日、疎開先の奥三河の松名に留まっていた昌子氏が、小倉で荼毘に付された久女の遺骨を迎える日の前日に書いたものだ。久女が亡くなってわずか一週間後の、深い悲しみと混乱のなかでしたためられたのである。

母の訃報に大きな衝撃を受けた昌子氏がまず第一にしなければと思ったことは、虚子に母の死を知らせ、生前の無礼を詫びると同時に、遺句集出版のために虚子の手向けを懇願することであった。母の悲願を叶えてやりたいと願う娘のせっぱ詰まった思いに胸打たれる文面である。

この手紙を受け取った虚子が、「悔みを言つてやり、悼句でも出来たら差出し度い」と返信を出したことは、虚子自身が「墓に詣り度い…」で述べている。そして半年後に虚子は悼句を送り、久女の書簡の差し支えない部分だけ発表してもよいかと昌子氏に問い合わせた。

それに対する昌子氏の返信がつぎに紹介される。日付は二十一年の九月七日夜。彼女はその日に届いた追悼句のお礼を丁重に述べ、書簡発表の問い合わせについて、「どうか如何様にも先生のお宜しき様に願上げます。定めてはげしい字句もありませうし、私も母子であつて見れば、汗の流るゝ思もあらうかと思はれますが、それにつきましてはもう俎上の魚たる覚悟がきまつてをる積りでございますし、却て故人に対する先生の御情けがともお《ママ》こがましくも有りがたくお受けする次第でございます」と応えている。そして、この手紙でも句集の出版について虚子の意見を仰いでいる。

昌子氏はこのときは俳句についても、俳壇というものについても充分に知らなかった。虚子は昌子氏の手紙二通の全文を載せることで、まず、娘のことばを借りて久女の精神状態を読者に納得させ、手紙公開について遺族の了解を得ていることを明らかにしている。

そこで、虚子はところどころに解説を加えながら、久女の手紙のうちの十九通と電報一通を取り出して読者のまえに並べる。

反復した箇所、あまりに「奔放な放埓な」と思われる点を省き、さらに必要に応じて平明に書き換えてある、と虚子は断っている。修正といっても、大量に新たな文章を付け加えるということはなかったのではないか、と私は思う。久女のような独自の文体をもった人の文章に他人が加筆をすると、どうしてもその部分がきしんでくるからだ。けれども、逆に省略することは可能で、「奔放な放埒な」箇所を省いたために、文意が通りにくくなってしまったことは充分に考えられる。また、人名はイニシャルに変えているが、それに付随して必要な部分を書き換えることはあったはずだ。いずれにせよ現在、久女の原文がないので、加筆・修正について確認することは不可能である。

虚子はどのような手紙を選んだのであろうか。

【手紙一】(五月五日)

「つい先生の御恩に馴れてお甘へ申上げるやうな私の我儘な心持ちを空恐ろしくも存じ上げつゝ、又私はもつと〳〵弟子として、師から愛されたいといふ願ひがつのつて来るのでありす。(中略)

句集〝月光〟が万一出版の運びになりますなら、私は序文をいたゞくか、序文は頂けずとも、せめて題目〝月光〟といふ字だけは御染筆願ひたいと思ひます。私の月光を浴びつゝ育つてゆく心持を、自序の中に認めて、御師たる先生へ捧げる小さい句集を作りたく存じ上げます。月光の身に沁む如き静かな思ひ、観世音菩薩の如き女性の美しさを私の句集一巻に籠めたいといふ私の願ひを、どうぞ我儘ながら許して頂きたうございます。春蘭の香りと清節、梅花の気品、龍膽の瑠璃を愛し、月光を愛づる私は、装幀にその心を現はしたいと思ひます。(中略)

私の文章を余りお削り下さることは私の性格として非常に不愉快に思ひます。私は先生と反対の立場の人々とも親しみ、全国的に多くの知己もありますから、色々な話を絶えず耳に致しますので、僭越を忘れて言上します」

冒頭のべったりと虚子にすがるようなことばが、まず読者の印象に刻まれる。久女は句集出版の序文、句集名の染筆を求めていて、ここで集名は「月光」となっている。しかし久女の主要な作品から判断してこの題はしっくりしない。やはり池上浩山人の「磯菜」のほうが正しいだろう。すると「月光の身に沁む如き静かな思ひ」というあたりは虚子が変えたものではないか。久女が自己陶酔するような調子で句集の夢を語っているのは、いつか近いうちに出版できるとまだこの時点では思っていたからだろう。

最後に調子を変えて、「先生とは反対の立場の人々」との交友を楯にとり、自分の文章を削るなと、注文をつけている点は、虚子には不遜と映ったはずだ。久女は「ホトトギス」と対立する立場の秋桜子と親しかったし、昭和八年の日記には、虚子の宿敵、河東碧梧桐の短冊頒布(時期からして碧梧桐還暦記念の揮毫短冊であろう)の手伝いをしたことも記されている。もちろん「天の川」とも親しい関係にある。そのことは虚子にとって不快であったと思われる。

虚子は【手紙一】のあとに、数多い大正・昭和の女流俳人のなかでも国子は出色の一人であったが、この手紙のように、「その精神状態も多少疑はしくなつて来、果ては手がつけられないやうになつて来た」とコメントをつけている。つまり疑わしい精神状態を示す例として掲載したわけである。

【手紙二】（五月十七日）は虚子の返信に対する礼状。しかし、翌日には電報で、「ケフカギリセンセイノシツカヲシリゾ　ク」と寄こし、追いかけるように【手紙三】で電報の内容に許しを乞うている。この箇所から、彼女の気分が猫の目のように変わりやすいことが伝わってくる。

S氏の鴛鴦の句

【手紙四】（五月二十二日）

「S氏の鴛鴦の句の短冊を下ろして朝夕唯一人静かに籠り暮らさうと思ひます。私は孤独ですからE女さんのやうに金力で働くことも出来ません。S氏にもB氏にも暫く文通しません。月光の句集も暫く出版は見合せます。私は淋しい孤独に立ち帰ります。これも致し方がございません。師に対し不遜なやり方をしたからです。S氏へ暫くでも心を向けた私の罪です」

この手紙では「皆に謀にかけられる」と被害妄想気味である。E女、S氏、B氏がわからないので全体の意味が不明であるが、S氏に妙にこだわりをみせている。

〈手紙四〉を読み解く鍵となるのは、〈手紙五〉である。

【手紙五】（五月二十三日）

「先生、私は昔からS様の句が大好きでございました。今も好きです又S様も好きです。私はこの間上京した時S様を訪問しましたが、其の時、鴛鴦《おしどり》の句を書いて下さいました。私が三熊野の如意輪観音さまを日夜礼拝してをるのは事実でございます。しかし芸術の上で互に敬愛することは私の自由だと存じます。しかし又芸の上の迎合で私は一個の女性としてS氏の純情と、S氏の俳句は、筒井筒振分髪の幼ない恋のやう一生これは忘れることは出来ませぬ。師を敬し又たS氏の純情を愛する心持は、十一面観音も国宝であり、三熊野の如意輪観音もみな観世音菩薩のおん姿であるが如くであります」

好きとか、純情とか、昔の女学生の交換日記さながらである。そこに如意輪観音や十一面観音が唐突に加わり、読者は困惑する。なるほど「をかしい」人の手紙かと思い始める。

久女がこだわっているS様とは誰であろうか。当時活躍中のSのつく俳人は何人もいるのだが、「国子の手紙」に登場するS様は秋桜子ではないかと思われる。さきに引用した草稿の「花の旅」には「四月二十六日、秋桜子面会」と記されていて、「国子の手紙」の「上京した時S様を訪問しました」とぴったり符合する。秋桜子と交流があったことは、「花衣」に秋桜子からの創刊を祝う手紙を掲載していることでも明らかである。そして抒情の濃い万葉調の秋桜子の句を、浪漫趣味で自身も万葉調を試みている久女が好きであることはよくわかる。S氏の鴛鴦の句とは、当然虚子もよく知っている句でなければここに書く意味がないわけで、S氏が秋桜子とすれば、「啄木鳥《きつつき》」の句が思い浮かぶ。すなわち、久女とともに帝国風景院賞に選ばれた〈啄木鳥や落葉をいそぐ牧の木々〉ではないか、と推察がつく。

この手紙のS氏を秋桜子と置き換えてみると、わけのわからない女学生じみた手紙というのではなく、虚子一筋と言いながら、文芸という面では秋桜子が好きであり、交流するのは自由であると宣言する、挑むような文面が浮かび上がってくる。

するとこのまえの〈手紙四〉の意味もわかってくる。「S氏へ暫くでも心を向けた私の罪です」とは、秋桜子から「馬酔木」に勧誘された久女が、すこし気が動いた、ということである。虚子は久女が「ホトトギス」と「馬酔木」を天秤にかけたと感じて不快であったに違いない。厭な手紙として、虚子はこの二通を選んだのである。

「名はとうといふ」

奇異な感じを与えるという意味で、私にとってとりわけ印象的なのは〈手紙六〉である。久女はY夫人と自身を比較して、身分や地位もなく無力な自分は邪魔者であると感じていることを縷々訴える。久女を苦しめた人びとは死んでゆき、不思議と自分は生き残っている。そして最後にこう書く。

「天地の霊感がひた〳〵と自分に関係があるように存ぜられ、不思議を多く感ずるのでございます。

田舎者は先生、父のことをトウと申します。ホヽヽヽ。をかしなことばかり。女中さんは年中出代り多し、かしこ。

どの点から申してもY夫人には到底及ばぬ私でございます」

【手紙六】（六月三日）

段落を変えていきなり「田舎者は先生、父のことをトウと申します。ホヽヽヽ」という箇所には、面食らう。父親を「おとうさん」「おとう」「とう」と呼ぶことぐらい誰でも知っている。なぜわざわざここに書くのか、と私はいぶかしく思っていた。あるとき六月三日という日付から、つぎの虚子の句を思い出した。

上高地温泉ホテルにあり。少婢の名を聞けばとうといふ

飛驒の生れ名はとうといふほとゝぎす　虚子

この句が「ホトトギス」に発表されたのは、昭和七年の六月号である。久女は当然「ホトトギス」を熟読し、心底崇敬している虚子の句を記憶しているだろうから、六月になって二年前の同じ月に発表された師の句に触れて、このくだりを書いたのではないか、と思い至った。す

ると奇異な印象が消えた。この部分の前には、なにか別の文があったのではないだろうか。

Y夫人とは、医学博士夫人、久保より江と考えてよいだろう。女中さん云々は、当時お手伝いを何人も抱えていた久保家の状態を、「女中もなし」で家事をひとりで切り盛りしていることを嘆いている久女が、羨望まじりに虚子に報告したのではないか。そう推測すれば、意味がとおる。

【手紙七】は虚子を頼りに頑張る決意と、自分の句を入選させてほしいという願い。【手紙八】は虚子の手紙に対する返礼。【手紙九】は雑草として埋もれ暮らすという自己憐憫じみた決意表明。【手紙十】は虚子に対するわがままを反省し、淋しさを訴える文面。この日付は一つだけ離れて二月二十二日となっていて、順不同に掲載されている。【手紙十一】は幼年時代を詠んだ「海ほほづき」の句の選句依頼。【手紙十二】は娘の学資のために絵や字を売る決意。久女はつらい家庭の事情を虚子に打ち明けているつもりでも、虚子からすれば弟子が自分の絵や字を売ろうとは、思い上がりと映ったかもしれない。【手紙十三】は虚子の選句に対する礼状。観世音寺の吟行（〈菊の香のくらき仏に灯を献ず〉を得たときであろう）のようす、A誌からの勧誘があるが芸一筋に精進することを述べている。これはとくに流麗な文だが、A誌、すなわち「馬酔木」のことを匂わせている点が虚子の神経を逆なでしたために、この手紙を載せたと思われる。

E女への嫉妬

【手紙十四】（十一月七日）

「E女さんの近詠と先生の御近詠とを拝見して一句づゝ符牒を合はしたやうに呼吸が合ひ、これ程までに作者と選者との意気がぴつたりと合ふものかとほと〳〵感じ入りました。並々ならぬ御鍾愛とその人の聡明さにはじめて気付きました。選者と作者の心持が合致するところに作句の妙諦がありませう」

とE女に対する羨望と嫉妬が露わである。

【手紙十五】（十二月一日）

「先生のお子様に対する御慈愛深い御文章に接すると、あの冷たい先生にも、かゝる暖い一面がおありかとしみ〴〵感じます。老獪と評される先生にこの温かい血がおあり遊ばすことを誠にうれしく存じ上げました。

E女氏に対しては勿論競争する心持も妬みもありません。多くの鍾愛にひたる方々、今時めいてゐる方々には、私は及びもつかないことを知つてゐます。私はもうすつかり平気です。こんな憎まれ口を王様に言上したら、王様は忽ち私を亡者扱ひにされるでせう。私は唯芸術に奉仕し久遠の俳句に向ふばかりであります。先生御自由にお突落し下さいまし。先生は老獪な王様ではありませうが、芸術の神ではありませぬ。私は久遠の芸術の神へ額づきます。(中略)唯せめて句集一巻だけを得たいと存じます。どんなに一心に句を励んでも、一生俳人として存在するさへ許されぬ私です。

句集出版のことはもう後へ引くことは出来ません。先生の御序文を頂戴いたしたく存じます。私は本屋へ句集出版の交渉をしたく存じます。K女、E女等のためいつまでも頭を圧へられる運命のさびしい私は、せめて自分の小さい句集でもこしらへてひとりで泣きたうございます。自分の句集だけこしらへて死にたうございます。誠に恐入りますが御返事頂戴いたしたく、万一黙殺にあへば泣く〳〵序文なしの句集を作りたく思ひ立ちました」

拗ねた女の嫌味な調子で始まる。K女はかな女であろう。しばしば出てくるE女は、イニシャルが変えてあるのではないか。久女は一貫してE女に対してもっともあからさまな嫉妬心を示しているのだが、E女すなわち「え」で始まる女性の俳人で、久女が上京したときに会い、「頭を圧へられる」と久女に感じさせるほど当時活躍していた者は探しても見あたらない。

昭和八、九年に「ホトトギス」でもっとも活躍した女性俳人は、なんといっても立子と汀女である。虚子が子煩悩で、「肉親ほど可愛いものはない」と言っていたことはよく知られているが、冒頭の「お子様に対する御慈愛深い御文章」は、愛娘立子が主宰する「玉藻」に連載された虚子の「立子へ」を指すものであろう。それなら、すぐあとにつづくE女は汀女ではないかと思う。久女は上京の折に昌子氏が世話になっている汀女に二度会っているのだ。

この時期の汀女は瑞々しい句をつぎつぎ発表し、その活躍は目を瞠るばかりである。汀女は結婚後十年ほどは俳句をやめていたが、昭和七年の「花衣」の創刊をきっかけに俳句に戻った。その後の汀女俳句は水を吸い上げて一気に大輪の明るい色の花が開くようであった。

虚子選の雑詠欄での成績は圧倒的に汀女が上である。〈手紙十四〉のころ、汀女は九月は巻頭、十月と十一月に準巻頭を占めている。

「ホトトギス」での汀女と久女の活躍を知るために、雑詠句評会で昭和八年と九年に取り上げられたふたりの句を比べよう。すでに見てきたように当時、句評会は前月の雑詠欄から注目すべき作品を虚子が選んで、主要同人たちが論じ、虚子が最後に総括をするという形をとっていた。

[昭和八年]　汀女の句は、〈とゞまればあたりにふゆる蜻蛉かな〉〈麦の芽に櫓の音おこり遠ざかる〉〈街の音とぎれる間あり草萌ゆる〉〈地階の灯春の雪ふる樹のもとに〉〈ときをりの人声の田を植ゑ去れり〉〈花石榴また黒揚羽放ち居し〉〈ガソリンと街に描く灯や夜半の夏〉〈工場のいつもこの音秋の雨〉と一年間に実に八句が評されている。

久女は、〈雉子鳴くや宇佐の盤境禰宜ひとり〉〈椅子涼し衣通る月に身じろがず〉の二句。

[昭和九年]　汀女の句は、〈霧見えて暮るゝはやさよ菊畑〉〈起重機に夜毎の霧や寒くなる〉

〈慈善鍋昼が夜となる人通り〉〈福寿草紙風船とあることも〉〈噴水や東風の強さにたちなほり〉〈病院の廊下鏡の夜半の夏〉〈末の子が黴と言葉を使ふほど〉〈稲妻のゆたかなる夜も寝べきころ〉の八句。

久女は、〈盆に盛る春菜淡し鶴料理る〉〈雪颪す帆柱山冥し官舎訪ふ〉の二句。

虚子は汀女をひいきにしている、と久女が感じたとしても不思議はないほどの躍進である。虚子は汀女のなかに豊かな才能を見出すと同時に、家庭円満で人格穏やかな高級官僚夫人の彼女が、増加しつつある女流俳人のスターとして育てるのにふさわしい人物と考えたのであろう。久女は汀女が俳句を中断している間も文通していたし、昌子氏が横浜税関に就職する世話をしたのは汀女夫妻であった。親元を離れて暮らしていた昌子氏は、汀女に何くれとなく心にかけてもらった、と述べている。久女が名指しで嫉妬しているE女が個人的に親しかった汀女とすれば意外な気もするのだが、かつて久女は汀女を「句妹」と呼び、「花衣」では主宰として作句をつづけるように励ましていたものが、いきなり立場が逆転したことで、激しく嫉妬したのかもしれない。

池上浩山人は、かつてホトトギス社にいたK君から聞いた話として、久女が虚子に抗議めいた手紙を送ったことを伝えている。「今月のホトトギスでは、私よりも汀女の成績がよい。然し汀女は私が教へた者で、何れの点から見ても、私より劣つてゐる。私の句より汀女の句の方が良いとは、どうしても思へない」という内容であったという(「久女拾遺」)。
久女がこれほどまでにこだわるE女が汀女であったと断定する決め手はないが、当時の「ホトトギス」を見渡すと、汀女の名前が浮かんでくるのである。

日本一の国子

「先生は老獪な王様ではありませうが、芸術の神ではありませぬ」の箇所には、久女の激情がほとばしっている。このような手厳しい批判をホトトギス王国に君臨する虚子にぶつけるという大胆不敵な行為自体、乱心の確たる証拠と見るべきなのかもしれない。だが、私には、その行為が逆効果を生むと知りつつも、自制できず、師をなんとかこちらに向かせたいと願う久女のぎりぎりの叫びであり、また絶望の深さを示すものとも思われる。虚子には想像もつかないほど、久女の句集にかける意気込みが激しかったのである。

虚子は実作者であると同時に、ホトトギスという大結社の主宰者であった。結社という組織の運営のためには、結社内でのバランスにも配慮しなくてはならなかったであろう。しかし、虚子の姿勢は久女の性格から見れば、求める芸術の神の姿ではなかった。久女のことばは純粋に芸術だけを目指す者からの、偏狭であるかもしれないが、ある意味で的を射た結社主宰者としての虚子の批判であったのではないだろうか。そして虚子としてはますます序文を書く気にならなかったのだろう。

【手紙十六】（十二月二十三日）は『源氏物語』を素材に俳句界の人物評。明石の上は久女のような女性ではなかったか、とするあたりに奇妙なうぬぼれが感じられる。

ここで虚子は、注文された原稿枚数に近づいた、久女の句集には、序文よりもこの手紙をつけたほうがよいのではないか、と述べている。冒頭で「狂人の書」としている久女の手紙を、句集の序文代わりにせよ、と虚子は突き放したように言うのである。

【手紙十七】（十二月六日）は「唯百年の友を死後に求めるだけです。（中略）俳壇全体に如何様の情実があらうとも、独創で自分の好きなところを自由に歩みます」という短い宣言。

【手紙十八】（十二月八日）は、またE女への反発である。久女はE女の実力は認めるものの、この春に上京したときその態度に「稍《やや》誠意のない、あまり利口過ぎるところが見えましたので、頗る意に充たぬところがありました。所謂お芝居は私は嫌ひです。日本のお芝居もまづ中村雁《マ》次《マ》郎か。万一E女が女王であるなら私は喜んで引退します」とある。唐突に鴈治郎が出てくるが、もしE女が汀女なら、苗字が同じ中村であることからの連想かもしれない。

【手紙十九】（十二月三日）

「国子は先生の三世の門下として名を留めたいと存じます。（中略）しかし沢山の女流の中にはさまれ、女の嫉妬に包まれ、男の嫉妬に包まれ、E女あり、M女あり、K女あり、S女ありその他沢山あつて、皆先生の寵を得たいと心に願はぬ人はありますまい。（中略）師も八面玲瓏、八方へ御目を注ぎ給ふやうでございますが、私も芸術の方針としては、S氏も、T氏も、H氏も、B氏も、I氏も、O氏も、N氏も皆切離すのはいやでございます。四方の人と親しみたうございます。俳句の上では私は何処までも日本一。日本一の国子であります。国子は古今第一の旗じるしが欲しいのでございます」

手紙の最後に「子供らにせめて書籍の印税でも残して母としての義務を果したく思ひます」とまた出版に触れている。日付順なら老獪な王様と書いた〈手紙十五〉のつぎに来るものであるが、虚子がこの手紙を最後に置いたのは、「日本一の国子」という衝撃的なフレーズのためであろう。

「三世の門下」といいながら、久女は「日本一」の女流の誇りをもって師虚子に対等の気迫で迫っている。久女が虚子とは対立する俳人たちとの親交や、他の俳誌からの勧誘をしばしば書くのは、好きな男の気を惹くために、私には別の求愛者もいる、とほのめかす恋する女の常套手段を思わせる。しかし虚子に対しては逆効果でしかなかった。

富士正晴は、「国子の手紙」に「厭な顔」と一脈通じる虚子の鋭く不気味な作家精神を感じとり、虚子は「インテリ女より、色町の女の方が本質的に好きであったようだ。もっともな気もする」と看破している。

「国子の手紙」を虚子はつぎの文で閉じている。

一先づこれで打切ることにする。

以上は昭和九年に来た手紙を集めたのであるが、尚ほ十年以後十四年迄に二百ばかり来てをる。其の中には唯墨を塗つたものや、くしや〳〵にしたものなどが交つてゐることは記憶してゐるが、まだ整理もせず、読み返しもしないである。

なほ私は町子の編む国子の句集の今は一日も早く世に出んことを望むものである。

虚子の結びのことばから読者が読みとるのは、これ以後の二百通は、いっそう「をかしい」状態が募っているらしいということだろう。そして私は、最後の行の、「今は」という一語に考えこんでしまう。「いろいろなことはあったが、久女が故人となった今は」と素直に解釈すればよいのだろう。しかし、「国子の手紙」を最初からここまで読んでくると、「今は」という語から、「かつては」どうであったか、を考えずにはいられない。虚子が久女の句集が出ることを望んでいなかった気持がこの一語から透けて見えるように思われる。

句集出版問題から見た「国子の手紙」

虚子はこれらの手紙が昭和九年に来たとしている。観世音寺の吟行、「海ほほづき」の句などが九年に発表されたことからも、大部分は九年の手紙と考えてよいだろう。この年の五月に久女は三度目の雑詠巻頭に選ばれ、「鶴料理る」「万葉の手古奈とうなひ処女」などの文章を発表し、「境涯から生れる俳句」と題して九州放送から講演もした。俳句に文章に脂がのった時期である。原稿や講演の依頼が来ていることから判断して、当時世間が久女を「をかしい」状態と見ていたとは思えない。

手紙は本来、特定の相手に宛てて書かれるものだから、背景を知らない第三者にはわけがわからないとしても、手紙の相手にはそれなりの意味が伝わるのではないだろうか。同じ九年五月に福田蓼汀宛の上等な便箋に書かれた手紙が残っているが、文章も流れるような墨筆の文字も教養を感じさせる。徳富蘇峰宛の同年十一月の封書は、蘇峰の九州での講演を聴いたことのお礼と小倉の銘菓を送るというこれまた立派な挨拶文で、手紙の書き方の手本にできそうなものである。

虚子が創作として発表した「国子の手紙」に収められた手紙に意味不明の箇所があるから、このときの久女の精神が「をかしい」と断ずることは妥当ではあるまい。

「国子の手紙」のなかの久女の手紙を貫くものは、句集を出版させてほしい、という一念にほかならない。すでに述べたように、昭和九年には久女の句集出版の計画はかなり具体化していた。しかし序文が得られないために出版できなかった時期である。虚子の不興を買い序文を得られないのだ、と納得できれば久女もあきらめただろうが、いくら考えても序文、序句をもらえない理由が思い浮かばなかった。この間に少なくとも二度は虚子から返信ももらい、一度は選句をしてもらっているのである。虚子が内心では久女の状態を「をかしい」と思っているなどとはつゆ知らなかっただろう。

久女は句集を出したい、しかし、虚子の許しが得られない、そこで久女は苛立ち、絶望し、さらに懇願せずにはいられなかった。昭和九年の「かりたご」に発表された〈芹摘むや淋しけれどもたゞ一人〉〈いぢけゐる我魂あはれ芹つまん〉などの句は当時の久女のもの悲しい気分を伝えている。久女は俳句に全人生を懸けていたし、また静かに待つということができる性格ではなかった。

手紙に見られる久女の態度は、五月五日の手紙の甘えた調子から、五月二十三日の挑むような文面へ、そして十二月には、ついに虚子を「老獪な王様」と評し、さらに俳句の上では「日本一の国子」と宣言する体当たりの開き直りへとエスカレートしていった。

これらの手紙に見られる、ひとりよがりな思いこみ、あからさまな嫉妬心、甘え、恨みは、多くの門弟を抱えた虚子が好むところの、俳句を媒介としたほどよい淡交の域をはるかに超えたものといえる。師弟間の書簡としては、個人的な感情をぶつけすぎているし、病跡学者たちが注目しているように、感情の不安定な揺れが散見するのはたしかである。この調子であと二百通の手紙が送られたとすると、虚子が久女の手紙攻勢にうんざりしたのもよくわかる。それならなおのこと、虚子はいったいなんのために、わざわざ死者にむち打つようにこのような手紙を選んで公表したのであろうか。

「国子の手紙」が発表されたのは昭和二十三年、久女の句集が出版されたのは四年後の二十七年である。そのような順ではあるが、原因と結果という点からいえば、「国子の手紙」はすでに見てきたように、久女の死の直後に昌子氏が遺句集を出したいと書いてきたことに対する虚子のリアクションなのである。

昌子氏の手紙を受け取った時点で、虚子は、久女が一時期「ホトトギス」で活躍してすぐれた句を残しているのは事実で、その久女がすでに故人となっており、しかも遺族は遺句集出版を強く願っている、遺族は俳人ではないから俳壇の論理は通用しない、となればいずれ句集は出るであろう、と予見した。そこで、なぜ久女の生前に句集の序文を与えなかったのか、なぜ除名したのかという事情を、あらかじめ世の中に弁明しておこうとして公表したものと思われる。つまり彼女がいかに「をかしい」状態であったかを明らかにして、師として対応することの困難を推測させようとしたのである。虚子は久女について「をかしい」という言い方しかしていないのだが、昌子氏が久女の非礼を病気のせいと詫びる手紙を引用したり、虚子以外に彼女の手紙を受け取った人は「狂人の手紙」として捨てたであろうと述べるなど、順に読み進めば、久女と「をかしい」精神状態、「狂人」という語が重なってくるように構成されている。

「国子の手紙」の発表は、遺族に大きな打撃を与えた。藁にもすがる思いで虚子に頼り、句集出版の助力を求めた昌子氏は、「如何様にも」と久女の手紙発表を認めた。「故人に対する先生の御情けがともおこ《ママ》がましくも有りがたく」と、虚子が久女の追悼文を書いてくれるのではないかと逆の期待までしているのである。まさかこのような形で公表されて、母の狂気の証拠に使われるとは思ってもみなかったであろう。しかし、俳壇の巨匠虚子の手によって一度活字とされれば、もうどうすることもできなかった。当の久女は土の下で、抗弁のしようもないのである。

虚子のこの文章から、読者は異常に嫉妬深く、不遜な女弟子というイメージを受けとった。しかしながら半世紀後の日本社会に生きる者として、当時の俳壇の状況を離れて「国子の手紙」を読むとき、私は久女の感情の起伏の激しさに違和感を覚えるよりも、彼女の俳句への一途さに胸がつまる。なんとか自分の句集を持ちたいと手紙を送る弟子を、虚子が冷やかに眺め、エスカレートしてゆく手紙を机のなかに保管しながら、序文の懇願を黙殺しつづけたことのほうが不自然に思える。

「国子の手紙」として虚子が選んだ十九通は、虚子にとって久女のどの点が不快であったかを示している、と考えればよいだろう。すなわち、虚子に離反した者（秋桜子）と交流する、他誌（「馬酔木」）からの勧誘をちらつかせる、執拗に句集を出したがる、他の俳人（汀女）の躍進に嫉妬して虚子の選句、ホトトギスの運営に文句をつける、と虚子は思い、その証拠となる手紙を選んで掲載したのだ。

イニシャルの人や背景についての私の推量がすべて的はずれであっても、あるいは「国子の手紙」は虚子の創作であると主張しても、町子の手紙として石昌子氏の手紙を載せ、彼女に久女の手紙公表の許可を得ている以上、国子が久女であることは否定のしようがない。師が弟子の死後に私信をこのような酷い形で発表したという事実は残るのである。

創作「国子の手紙」を読みながら、私の頭に浮かんだのは虚子の「漱石氏と私」という回想である。これは夏目漱石が没した直後、大正六年に「ホトトギス」に連載されたもので、虚子は漱石から送られた多数の手紙を紹介し、漱石が『吾輩は猫である』を「ホトトギス」に発表して、文学者として大成してゆくようすをたどっている。その最後の回に別項として虚子は「京都で会つた漱石氏」（大六・十）という題で、京都で漱石と過ごしたある日のことを描いている。不思議な文章である。

当時、漱石は『虞美人草』の案を考えながら京都に滞在中で、漱石が寺ばかり訪れていることを知った虚子は、都踊りにでも行こうと誘う。京都でのふたりの行動そのものは取り立てて変わったところはない。しかし、その書き方である。虚子は漱石の動作に独得のコメントをつけることで、神経症的な漱石像を浮かび上がらせる。「漱石氏の神経はこの宿の閾をまたぐと同時に異常に昂奮した」から始まって、女中さんが挨拶をしても「冷眼に一瞥をくれたまゝで」、「憎悪するような顔付き」で彼女の目の形の悪さを指摘し、女中頭の前に汚れた足袋を突き出して「睨めつけ」て脱がさせた、などとあり、最後に一力で夜を更かした漱石が、まだぐっすり眠っている年若い舞子の眉を撫でながら「もう四五年たつと別嬪になるのだな」と言った、と奇妙な場面を描く。漱石に注ぐ虚子の視線は、冷酷といってもよいほどの不気味な冷静さを保っている。ここには世に知られた文豪漱石とは別人のような一面、虚子のいう「奇矯な漱石氏」が描き出されている。

「国子の手紙」はこの「京都で会つた漱石氏」とよく似た手法で書かれていると思う。小説家虚子の基本には冷徹な人間観察があり、虚子は久女をあるときから自身の創作の素材として眺めていた。それだから久女の手紙を保存しておいたのである。虚子は久女の手紙を素材にして、「厄介な」女弟子を描こうとして、おびただしい手紙のなかからもっとも効果的なものを選び、虚子の思う方向へと読者を誘導する解説をつけながら並べた。その点で「国子の手紙」は客観的な資料ではなく、創作なのである。読者は「国子の手紙」が創作であることに充分留意しながら読まなくてはならないが、そこに収められた手紙は、虚子の手によって修正が加えられているにせよ、もととなっているのは久女が書いた手紙であるから、久女という人物、また久女と虚子との関係を知る格好の資料を提供してくれるのである。

第8章　久女の没後

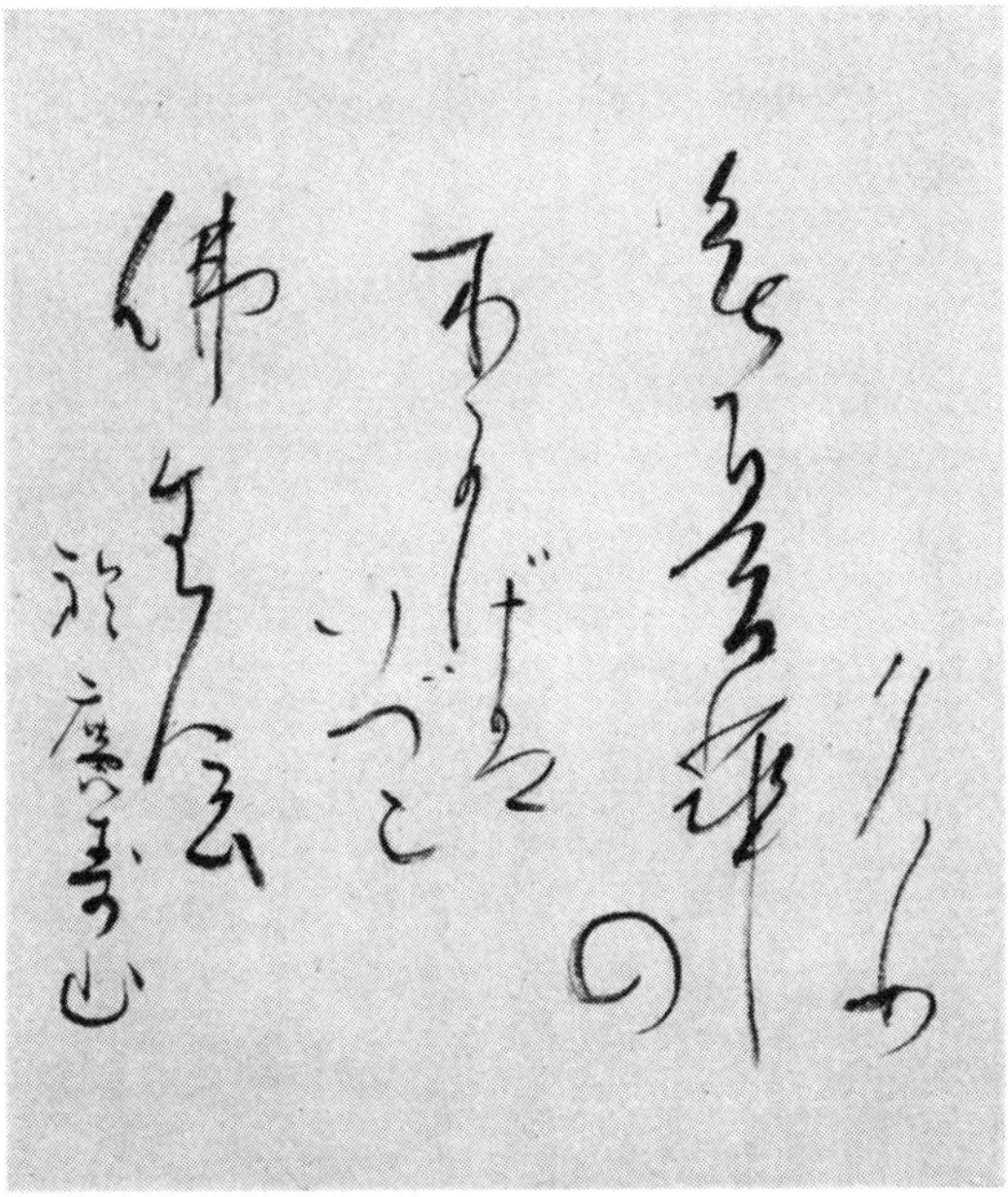

無憂華の木蔭はいづこ仏生会

一　遺句集の出版

遺句集刊行まで

昭和二十七年に角川書店から虚子の序文とともに『杉田久女句集』が出版された。久女・昌子親子の二代にわたる宿願が果たされたのである。虚子の序句は、

悼久女

思ひ出し悼む心や露滋し

収録句は千四百一句。石昌子氏の「母久女の思ひ出」と年譜が添えられている。一頁に十句収めた文庫本サイズの小さな本で、ハードカバーの表紙は草色の雲竜紙、背は白のクロス。角川源義が遺族に贈った特装版の十冊は白のクロス装。装幀は池上浩山人であった。

久女の遺稿出版までの経緯をたどると、昌子氏は久女の没後すぐに句集出版を思い立ち、まず、虚子に手紙を書き、小倉から運ばれた荷物のなかに墨書の遺稿を見つけて清記を始めた。虚子から返事が来て、七か月後に悼句を送られた。

出版社を探すことがむずかしかった。昌子氏はある出版社で、「この方のものを戴くと、虚子先生の出版物がいただけなくなる、戦前に虚子先生の方から差止めもあったというような理

由で、断られたこともあった」と述べている。半世紀以上もまえの話で真偽のほどは確かめようもなく、実際に差し止められたかどうかは不明だが、そう告げた出版社があったことは事実と考えてよいだろう。

このようなこともあって昌子氏は、清記した句稿を持って川端康成に相談に行った。川端は「俳句のことは分らないけど」と言いながら、句稿を預かってくれたという。川端は『伊豆の踊子』『禽獣』『雪国』をはじめとする昭和文学史上に残る作品で、小説家として一家をなしていた。彼はハンセン病患者の『いのちの初夜』の作者、北条民雄の文学的才能を高く評価して作家への道を拓いたし、若き日の三島由紀夫の才能をいちはやく認めて推薦の文を書いている。久女の句稿を預かった川端に、私は文芸に対する深い洞察と人間としてのやさしさを見るのである。

久女句集の出版の話が「俳句研究」を発行している目黒書店の石川桂郎からあったが、目黒書店が倒産するなどの紆余曲折の末に、角川源義が引き受けた。昌子氏は「出版社としては久女句集ということは余程の決断が要ることだっただろう」と述べている。久女の句集を出版することは、それほど大変なことだったのだ。

出版社が決まると、川端は「頼んであげましょう」と言って昌子氏の夫の石一郎氏と共に句稿を持って虚子の家に出向いた。虚子は受け取った句稿に目をとおし、選句をして序文を与えた。

虚子の序文

これまでの久女に関する評論の多くは、同人除名などの不幸なできごとはあったが、結局、虚子は序文を与え、さらには昭和三十二年の信州松本への分骨の際に、わざわざ「久女之墓」という墓碑の揮毫をした。これは虚子の久女への温情を示すものであると締めくくっている。「終わりよければすべてよし」で、虚子と女弟子の確執はハッピーエンドで閉じられることになる。私もそのように結末をつけたいと思うのだが、しかし、ほんとうにそうだろうか、と思わざるを得ない。墓石のために筆を執るのは特別のことであろうが、虚子の序文は弟子の句集出版を心からよろこび、多くの人びとに受け入れられることを願って書いたものと読めるのだろうか。全文を引用する。

序

杉田久女さんは大正昭和にかけて女流俳人として輝やかしい存在であつた。ホトトギス雑詠の投句家のうちでも群を抜いて居た。生前一時其の句集を刊行し度いと言つて私に序文を書けといふ要請があつた。喜んでその需めに応ずべきであつたが、其の時分の久女さんの行動にやゝ不可解なものがあり、私はたやすくそれに応じなかつた。此の事は久女さんの心を焦立たせてその精神分裂の度を早めたかと思はれる節も無いではなかつたが、併しながら、私は其の需めに応ずることをしなかつた。

久女さんの没後、その長女の石昌子さんから、母の遺稿を出版したいのだが一応目を通して呉れないか、といふ依頼を受けた。私は喜んで御引受けするといふ返事を出した。送つて来たその遺稿といふのを見ると、全く句集の体を為さない、只乱雑に書き散らしたものであつた。それを整正し且つ清書する事を昌子さんに話した。昌子さんは丹念にそれを清書して再びその草稿を送つて来た。私は句になつてゐると思はれるものに○を付して、それを返した。その面白いと思はれる句は、曾てホトトギスの雑詠欄其の他で一通り私の目に触れたものである様に思へた。他に遺珠と思はれるものはさう沢山は無かつた。試みにその句数句を挙げてみようならば、

無憂華の樹かげはいづこ仏生会
灌浴《ママ》の浄法身を拝しける
花衣ぬぐやまつはる紐いろ〳〵
むれ落ちて楊貴妃桜尚あせず
咲き移る外山の花をめで住めり

桜咲く宇佐の呉橋うちわたり
風に落つ楊貴妃桜房のまゝ
むれ落ちて楊貴妃桜房のまゝ
菊干すや東籬の菊もつみそえ《ママ》て
摘み競ひ《ママ》企玖の嫁菜は籠にみてり

これらの句は清艶高華であつて、久女独特のものである。尚、この種の句は他に多い。生前の序文を書けといふその委嘱に応ずる事が出来なかつた私は、昌子さんの求める儘に丹念にその句を克験してこれを返した。

昭和二十六年八月十六日

鎌倉草庵　高浜虚子

虚子は久女を「輝やかしい存在」「群を抜いて居た」として認めており、その作品に「清艶《せいえん》高華《こうか》」という賛辞を贈っている。久女俳句をつらぬく美質を見抜いた虚子であってこそのことばである。

しかし、「行動にやゝ不可解なものがあり」「精神分裂の度を早め」という語句をはじめとして、序文全体は遺句集を世に送り出すに際してのはなむけとは私には読めない。久女以外の弟子に与えた序文とは明らかに調子が違っているのである。

すでに述べたように虚子はすぐれた序文の書き手であった。名うての序文の名手虚子なら、その気があればもっと読者の心に届くような書き方ができたはずではないか。たとえば、「試みにその句数句を挙げてみようならば」は、前文が否定文なのでつながりが悪い。また、「尚、この種の句は他に多い」というあたりは、ことばを惜しんでいるように思えてならない。「この種」とは何を指すのかを、もう一度くり返して読者に印象づけることはできなかったのだろうか。

虚子が選んだ十句のなかに楊貴妃桜を詠んだ三句があげられている。それぞれ独立の作品として完成してはいても、作者の句の世界をできるだけ広く読者に紹介するという観点からは、中七が同一で、上五、下五が二句ずつ共通のこれら三句すべてをあげる必要があったかは疑問である。虚子が三国にいる病身の若い女弟子の愛子を思って詠んだ、

浅間かけて虹のたちたる君知るや　　虚子
虹立ちて忽ち君の在る如し
虹消えて忽ち君の無き如し

なら、そろって並べてこそ価値が増すのだが、それとても正しい順序に配列しなければ三句が織りなすドラマティックな世界はしぼんでしまう。同時に詠まれた楊貴妃桜の三句を選ぶなら、

それらがまとまって発揮する効果を考えてのことで、〈風に落つ楊貴妃桜房のまゝ〉〈むれ落ちて楊貴妃桜房のまゝ〉〈むれ落ちて楊貴妃桜尚あせず〉という並べ方にすべきであることはいうまでもない。序文のように途中に別の句をはさんで、最後に来るべき句を最初に置くという配列では、順に句を読み進んでくると、あとの二句が付け足しのような感じを抱かせる。千四百句のなかには、ほかにも選ぶべき句がたくさんあり、すぐれた選句眼を誇る虚子なのである。別の句をここに加えることはできなかったのか、という思いがする。

数多い句のなかから、わずか十句を選ぶとなると個人の好みや俳句観で、その結果は千差万別になるのは当然であろう。そのことを承知しながらも私には序文の十句が、選句、配列の点から虚子が「丹念にその句を克験し」た結果、心をこめて選んだ久女の代表句とは思えないのである。

久女の句集草稿

さらに重要なのは、事実誤認の問題である。

久女の句集の草稿について虚子は「全く句集の体を為さない、只乱雑に書き散らしたもの」と序文に記している。しかし、昌子氏はこれは事実と違っていると述べている。

「私は母の句稿の原本がもし紛失することでもあったら、という不安と、また、その原本が墨書であり、句を巻紙に抽出したものであった、ということから、母の亡くなった直後に、原稿紙に清記しておいたものであった。したがって虚子先生は母の句稿に目を触れられてはいないのだった。

だが、事実と違うとはいっても、お願いして書いて戴いた序文を事実通りに書き直して欲しいと私には言えなかった」（『杉田久女』）。

昌子氏は虚子に見せたのは、久女の草稿そのものではないと断言している。今日のように容易にコピーができる時代ならいざ知らず、万一紛失すればとりかえしがつかないのである。貴重な遺稿そのものを郵便で送るということをするとは考えにくい。

紛失の危険とは別に、昌子氏はこの草稿を虚子に見せなかったと考えられる理由がある。それは草稿のところどころに見られる久女の書き込みである。一例をあげよう。昭和二十七年版の句集に、「由比ヶ浜」という前書で、

　身の上の相似でうれし桜貝

という句がある。少し前の頁に、

　身の上の相似て親し桜貝

がある。たいへんによく似た句であるが、「で」と「て」はたった一字の違いで、意味は逆になる。どうしてこのような二句が同じ句集に収めてあるのか、私はかねて不思議に思っていた。

そして立子の文章から、久女が鎌倉の虚子宅を訪れたが、留守のために立子の家に寄り、いっしょに由比ヶ浜を散歩した折に詠んだものとわかった（「尊敬する女流」）。それは昭和九年に句集の序文を乞うために上京したときのことである。

久女の草稿を改めて調べた私は、最初は「似て」とあったものを、上から「似で」と濃く朱で直してあることに気がついた。そして草稿の余白には、朱筆で窮屈に小さな字で書き込みがある。それは「立子などと似てたらたまらないよ」と読める（六四頁）。父虚子の慈愛に包まれ、その力に支えられて「玉藻」を主宰し、句集を上梓するという順風満帆の立子と、孤立無援で俳句の道をつき進み、句集出版の夢も叶わない自身の姿を引き比べたときのやるかたない思いから、このような書き込みをして、「似で」と直したものであろうか、と想像した。

〈虚子ぎらひかな女嫌ひのひとへ帯〉という句を発表した久女の心境である。同じ頁の行間には、「自分の作品を認めざりし者に今さら何の愛着アリヤ。馬鹿〳〵しい。再び丸ビルなど絶対訪問セヌ事」と書き込まれている。青邨によれば、虚子は久女の手紙を封も切らずに捨てていたというから、はるばる上京した久女はけんもほろろの扱いを受けたであろう。清記しながら久女はホトトギス発行所でのみじめな思い出が蘇ってきてこの書き込みをしたと思われる。

このほかにも同様の鬱屈した思いを書き込んだ箇所がいくつかある。このことからしても、昌子氏は久女の草稿をそのまま虚子に見せたとは考えられない。

百歩譲って、虚子が見たのが久女の草稿そのものであったとしても、それは「只乱雑に書き散らしたもの」ではないことは『杉田久女遺墨〈続〉』に収められた草稿の写真版を見れば明らかである。昭和九年、あるいは昭和十一年に句集出版が具体化した折には、完全な句稿であったはずだが、おそらくこの句稿がなんらかの事情で紛失したのであろう。この草稿では同工異曲の作品が選択されないまま残されていること、句集にするには不必要な作句の状況の説明や句会での評価、芸術や人生についての久女の思いなどを書き込んだ箇所があること、毛筆であるため読みにくいことから、このまま印刷所に渡すことができる完全原稿ではない。けれども不要な箇所を除き、適切な順に並べれば完成する、完全原稿に非常に近い草稿の状態である。くり返すが、けっして虚子のいうような、乱雑に書き散らしたものではない。

この点は虚子の曲筆である。

石昌子氏は、虚子の序文は事実と違っていて、母を誤解させることになると知りつつ、無理に序文を頼んだ以上ありがたく収めなくてはならなかった。彼女は遺句集出版をとおして、それまで傍観してきた久女の生前の句集出版の苦悩を自分のものとして実感しただろう。遺族の立場からは書き換えてほしいと言えないことを承知で、虚子が曲筆したとすれば、それはそのときの虚子の俳句界での信じられないような絶大なる支配力を背景とした妄挙といわねばならない。久女に対して虚子が個人的にどんな感情を抱いていたとしても、久女を育てた結社の主宰者としては不適切な対応である。

昌子氏は句集の後記ともいうべき「母久女の思ひ出」の最後に、虚子の助力に深い感謝を述べている。そのことばが示すとおり、虚子は慣れない彼女のために出版の実務的な面で大きな力となったのは事実と思われる。

しかし、序文の行間からは、虚子の心の奥底に依然としてくすぶっている久女句集出版へのこだわり、かならずしも久女の句集を言祝《ことほ》いではいない虚子の本心がにじみ出ているように私には読める。これは黒地の上に輝く賛辞を置いたか、賛辞のまわりに黒い背景を塗ったかという捉え方の問題かもしれない。私には句稿草稿についての曲筆をはじめとして序文全体のトーンは黒地であると思われてならない。

この序文から思い出すのは、シェイクスピアの『ジュリアス・シーザー』のアントニーの名演説である。暗殺されたシーザーを弔うために演壇に立ったアントニーは、ブルータスの悪口をひとことも言わず、人格高潔の士とくり返し讃えながら、最後には市民がブルータスを反逆者だと糾弾し、シーザーの復讐のために立ち上がるように巧みに導いていくのだ。虚子の序文も久女の句を「清艶高華」と褒めていながら、結局は彼女が狂気であったことを強く印象づけるように書かれていると思うのである。その意味で絶妙な筆の運びの驚嘆すべき序文といえる。

昭和四十四年版の久女の句集で虚子の序文が省かれているのは、序文が久女に対する偏見を助長すると昌子氏が判断したためであろう。

俳句は、一句、一句、独立した価値を持つ作品である。それらを取捨選択して一冊とした句集は、その俳人の世界をより完成した形で読者に示してくれる。すぐれた女流俳句の評論を書き、また毎号「花衣」の表紙を自身の絵で飾った久女である。全集に収録されたこれらの句のなかから久女自身が句集を編んだなら、どの句を選び、どのように配列したか、どんな装幀になったであろうか、と読者は立ち消えになったまぼろしの久女句集『磯菜』を思い描く。しかしながら、とにもかくにも久女の句集が出版されて、今日まとまった形で久女の句を読むことができるのはありがたいことである。

二　不滅なるもの、創作者の魂

久女伝説

五七五の世界に全人生を投入しようとした久女は、強烈な自我をもった俳句作家であった。「俳諧スボタ経」で虚子は、俳諧仏の説法という形を借りて、こう連衆に語りかける。「汝等疑ふあること勿れ。俳句の功徳は無量無数劫ぞよ」「御仏の救ひの手にすがりて、『やかな』の門戸をくゞれよ〳〵」「而して悟れずとも進まずとも唯この一道に安着せよ。この一路に繋がれよ。天才ある一人も来れ、天才無き九百九十九人も来れ」（「ホトトギス」明三十八・九）。この掛け声に誘われて虚子という「御仏の救ひの手に」すがって「安着」しようとする人びとが構成する集団のなかで、俳句を芸術と捉え、主体的な作家として生きようとする久女の姿勢は異質であり、浮き上がった存在となってしまった。

そのようすは、「ホトトギス」の昭和三年一月号の岩田紫雲郎、三宅清三朗、曽田公孫樹、日原方舟、久保より江、楠目橙黄子、久女などが集まった座談会の「筑紫俳壇漫議」からもうかがえる。座談会を明るく仕切ったのはより江で、久女は疲れているということで、水を向けられてもほとんど発言しない。久女が中座した隙に、紫雲郎はうわさ話を始める。いわく、虚子歓迎句会でつつましやかに句作に没頭している女性に目を止めて禅寺洞に訊ねると、「あれが有名な小倉の杉田久女さんでなか〳〵物凄い代物《しろもの》だよ」との返事で、帰りの汽車では、「禅寺洞君を把へて久女氏はふところから句帳を出して一々作句に就いて質問をしてゐた。流石の禅公も泡吹いた蟹のやうな顔をしてたぢ〳〵でゐた」。紫雲郎は久女に質問責めにされないように逃げ出したと語っている。

女性たちが生意気と思われないようにお詣りと称して吟行に行ったのは、これよりわずか十年ほど前のことである。久女のように納得するまで理詰めで議論しなくては気がすまない女は、当時の俳壇では「物凄い代物」として煙たがられていたのである。この「漫議」を読んだ久女はどんな気持がしただろう。久女の俳句に対する一直線の熱情は、周囲を困惑させ、感情的な溝が次第に深まっていったのは当然のことである。

池上浩山人は久女の雄弁を、「とう〳〵懸河の弁は人を魅するに十分であった。その多弁は爽やかで、少しの騒がしさがなかつた」（「久女とその俳句」）と述べている。あれほどの評論を書く久女なら、さぞかし快刀乱麻の鮮やかな話しぶりであっただろうと思う。しかし、うち解けて心を開いて話せれば浩山人のいうような雄弁を発揮できたのだろうが、さきの「筑紫俳壇漫議」の借りてきた猫のような姿、また「虚子先生と芍薬」で見た松山での女学生のような世慣れない姿、「葉鶏頭」に描かれた賓客を迎えた主婦のぎこちない姿も久女の一面なのである。

久女は「結論を先に言うひとであった」、「久女の偏屈は誠実に支えられていた」と昌子氏はいう。嫌味なまでにへりくだる丁寧な物腰から卑下慢《ひげまん》と評された反面、久女自身が認めているように「思ひのまゝを面とむかつて怒りつけ」る癖もあった。久女は対人関係をなめらかに運ぶことが不得手であった。よき理解者を欲しながら、理解されようと努めるよりむしろ自分のなかに引きこもってしまう孤独癖、また植民地の特権階級として育ち、お茶の水高女に学んだ世間知らずの才媛の気位が高い行動様式などが、戦前の旧弊な地方都市小倉の町にあっては、周辺の人びととの間に摩擦を生んだ。傷つきやすい久女は周囲に受け入れられないことで苛立ちと孤立感を募らせて、過剰な自己防衛の姿勢をとることになる。人びとは彼女の言動にますます好奇の目を注ぐようになり、うわさの種にした。

ホトトギス同人除名という出来事によって、それらが一気に噴き出した。さらに精神科病院での死が久女に狂気のレッテルを貼ることになった。亡くなった病院からカルテ、病床日誌が流出し、回覧されるという事態が起きた。久女叩きの材料があちこちから寄せられて久女伝説が生まれた。たとえば、俳句にかまけて家庭を顧みない悪妻、異性関係が奔放だ、すぐに感情的になって絶交を言い渡す、自分より地位、権力、学歴、才能にすぐれた者を憎む、などなど。私は久女伝説をここで蒸し返そうとは思わない。それらの多くは不確かな伝聞であったり、また今日から見るとあまりに些末なことを問題にしていると思う。芸術家を日常レベルの社会規範に照らして裁くことに無理があるし、伝説を論じることが久女の俳句の理解に意味があるとは思えないのである。

久女のために、ひとつだけ述べれば、神崎縷々の縁戚、神崎義夫氏は、縷々の晶子未亡人から聞いた話として、久女が縷々の病床をよく見舞いに来て、「縷々が何かひと言『欲しい』ともらすと、久女は一日中歩き廻って探して、もってきてくれた。ある春の日『土筆が見たい』といったら、翌日には郊外を探して、小さな鉢に土筆があたかも自然に生えているかのように、雑草もあしらってもってきた」(「縷々と久女と」)と記している。縷々は昭和十一年に亡くなっている。久女は句集出版のことで頭を痛めていたころのことであろうが、病む人の枕辺に届けようと土筆を探す久女のこの行為を「邪恋」の一言で片づけられるのだろうか。

久女が没したあとに虚子が発表した「墓に詣り度い…」「国子の手紙」『杉田久女句集』の序文から、手がつけられない「をかしい」女弟子という久女像が定着していった。

大きなドラマをはらんだ久女の生涯は、たちまち作家たちを惹きつけた。社会的背景も富もないひとりの女性が、情熱を傾けて俳句に突き進んだものの俳壇の壁に阻まれて、ついには精神科病院で没したという人生の軌跡が、創作意欲を掻き立てたのである。

松本清張は昭和二十八年に橋本多佳子、横山白虹などに取材して、芥川賞受賞後の第一作として久女をモデルにした「菊枕」を「文藝春秋」に発表した。山本健吉が「あまりに、これまで知られている挿話から久女像を組み立てていて、常識的で、彫りが浅く」(「近代俳句の盲点と久女」)と述べているとおり、虚子が前年に発表した「国子の手紙」、また「墓に詣り度い…」と浩山人の「久女とその俳句」をなぞり、肉付けしたものである。清張は、すぐれた才能を持ちながら不遇だった俳人の悲劇を描く意図であったと述べてはいるが、伝説に基づくかなりいびつな久女像が描かれているだけである。清張は俳人久女をモデルとしてはいるが、もっぱら悲劇を描くことに集中していて、その悲劇を生む源となった久女の創作への意欲、またその作品の価値は視野に入っていないことが、「菊枕」の問題点である。清張はのちに橋本多佳子と西東三鬼と思われる人物を中心とした「花衣」を著し、そこにも多佳子の師として久女とおぼしき人物が登場するが、「菊枕」と同様の描き方をしている。

吉屋信子が昭和三十八年に「小説新潮」に発表した「私の見なかった人〈杉田久女〉」は、久女の俳句を高く評価しながらも、その句を生み出した久女を自己顕示欲の異常に強い女として描いた。吉屋信子という当代の人気作家の達意の文章は、おもしろく読ませながら、一面的な像を定着させるところが罪作りである。

戯曲『山ほととぎすほしいまま』の著者秋元松代は、秋元不死男の妹であり、橋本多佳子と昵懇の間であった。秋元松代は自註で、「この女主人公は俳人としても優れた才能を持っていたが、一途な激しく燃える反骨的な性格を持っていた。そうした自我の強い女性が、俳壇というピラミッド型の結社性の濃厚な社会で、終りを完うすることは至難の道であろう。それは日本のどの地域にも集団の中にもみられる共通の運命と言えるかもしれない」と述べている。戯曲の場合は演出という要素も加わるのだが、作者の見解はどうあろうとも、主人公が九州を訪れた師の膝に激情的に倒れ込む場面、最後に彼女を閉じ込めておくために夫が入り口に板を打ち付ける場面などは、この芝居が傑作であるだけに上演されたときの迫力は圧倒的で、主人公の常軌を逸した師への恋慕、狂気を観客の視覚に焼き付けることになった。舞台は久女伝説の増幅と定着に一役買ったのである。

小説、戯曲はもとより虚構である。松本清張も秋元松代も久女の生涯からインスピレーションを得て自由に創作したのであり、登場人物に別の名前を与えることで、これが虚構だということを明確にしている。しかしながら、これらのフィクションを扱う作家たちは、その場に立ち会って見たままを読者に報告しているかのように、人物にせりふを与え、生々しく情景を描き出した。読者や観客は、そこに描かれている世界を実在のもののように錯覚してしまったのである。そこから狂気の俳人像は血と肉をそなえた異様なリアリティをもって立ち上がり、モデルとされた久女は歪められた形のまま人びとの心に残った。それ以後、久女の作品には影のように久女伝説がついてまわることになったのである。

このような伝説が生まれた原因が、久女の世渡りが下手で誤解を招きやすい個性にあったのはもちろんだが、同時に女性が主体的に生きてゆくことが困難であった当時の社会、また財力、社会的地位や権力が幅を利かせる拝金主義の北九州の雰囲気、前近代的な俳壇という彼女が生きた時代の不運も見逃すことはできない。

さまざまな逆風のなかで石昌子氏が久女句集出版に漕ぎ着け、著作『杉田久女』以降、久女に関する本をたゆまず出し続けた努力は貴重といわなければならない。さらに、増田連氏の丹念に事実を掘り起こした検証『杉田久女ノート』、田辺聖子の文学者としての深い洞察に充ちた行き届いた評伝『花衣ぬぐやまつわる…』をはじめとする多くの評論によって久女像は大幅に修正された。

周辺の関係者が世を去って自由にものを語れるようになり、時代とともに女性のあり方に対する考えも大きく変化してくると、久女を悪妻、手がつけられない女弟子と決めつけることに人びとは疑問を抱きはじめる。久女程度の悪妻は珍しくない世の中になったのである。すると久女伝説は背後に霞み、逆にその作品の魅力が前面に現われてきて、久女ルネッサンスともいうべき時代が到来した。

「何人の言にも決して服従せず」

最後に残る疑問は、虚子が久女を忌避した根本的な理由はなんであったか、ということである。虚子が久女を排除し、序文も題字染筆さえも拒んで事実上句集出版を差し止め、追い打ちをかけるようにホトトギス同人削除という打撃を与えて結果的に作句活動を停止させ、没後もなお執拗に「墓に詣り度い…」「国子の手紙」などを発表するという一連の行動の根源はどこにあるのだろう。

虚子が同人除名のころの久女が「をかしい」状態だったと読者に印象づけようとしたことはすでに見てきた。ふたたび秋桜子の『高浜虚子』によれば、虚子は関東大震災のときに受けた精神的な痛手で、「強度の神経衰弱」となっていた原石鼎について、医師である素十と秋桜子とに、病院に連れて行ってよく診察してもらうように頼んだことが記されている。

では、虚子はなぜ久女に対しては「心を焦立たせ」るような行動をとったのだろうか。久女排除の動機が「をかしい」というだけとは思えない。別のもっと根源的な理由があったはずである。

田辺聖子は、その理由を思いめぐらしたあげく、「虚子は久女がキライだったのである」としている。あえて「キライ」と片仮名で表記したのは、理性や意志ではどうにもならない生理的な肌合いの悪さを表そうとしているのであろう。父であり俳句の師である虚子のすぐそばにいた星野立子は、虚子にとって久女が「うるさかった」と語ったという。まとわりつくような過度の崇拝、自分の句を認めてほしい、という思いから、周囲の誰彼に嫉妬する久女が「うるさかった」のだと。

虚子が久女という存在を「キライ」になり、「うるさかった」わけを、もうすこし具体的に考えてみたい。ここでもっとも参考になるのは、『杉田久女遺墨〈続〉』の余白に晩年の久女が書き残した率直なつぶやきである。久女の書き込みを手がかりにして考えてみよう。

振り返れば、久女が俳句を始めたのは、小説を書くことに行き詰まり俳句に復帰した虚子が、婦人十句集の回覧と台所雑詠欄によって女性の俳人の養成に乗り出し、俳壇の裾野を広げようとしたころのことである。虚子の狙いは文芸とは縁の薄かった女性が日常生活のなかに俳句を見つけ、句をとおして心豊かに、和気藹々と互いに研鑽する場を提供することによって男性中心の当時の俳句界に、作家として、また購読者として、女性が参加することを促すところにあった。

久女は俳句という自己表現の手段を見つけて活気づき、従来の俳句には詠まれていない女性らしい俳句の道を求めて工夫を重ね、髪や衣装を詠んで耽美的な作品を試み、同時にたくさんの文章を書いた。久女は「ホトトギス」の成績に一喜一憂しながら、虚子の選を頼りに俳句を学んだ。虚子という指導者のもとで、「ホトトギス」という活動の舞台を与えられたことによって、俳人久女は育っていったのである。

俳句に熱中することから生じた家庭内の問題で久女は一時期作句をやめたが、結局俳句に戻り、俳句に生きる決意を固めた。このときから俳句は文字通り久女にとって生きることのすべてとなった。俳人として生きる決意を示すマニフェスト、「夜あけ前に書きし手紙」で、久女は、「今はじめて、私は御選句にもれることを意にかいせず——それはとつていただけば嬉しいことは此上なしですが——自分の生活にふれ、目に見、耳にきいた事。心の叫びを作句すること。とにかく拙くとも、自分の性格なり、生活にふれたことをつくり度いと思ひます」と虚子の選句だけを頼りに作句するのではなく、独自に自身の生きることに根ざした俳句作りを志す、という姿勢を打ち出している。

久女は独力で「花衣」を創刊し、魂傀傾けて古典・現代の女性の俳句についてみごとな評論を書きはじめる。また作句においては筑紫の風景を万葉調で詠むことを試み、雄渾の作品を生み出してゆく。久女の俳句に対する気迫は怖ろしいまでであり、そこから生まれた句の格の高さは、同時代の女性の俳人のなかで群を抜いていた。久女は俳句、文章、書という俳人に期待される三技を熱心に磨きあげ、いずれにおいてもすぐれた才を示した。

石昌子氏は、ホトトギスの大先輩が、久女の同人除名の原因は、「汀女さんが出現し、久女さんに代わって立子さんのご学友に選ばれたからです。久女さんの文学者として俳句の道を歩もうとするその姿勢に、先生が不安を抱かれたのです。立子さんの大きな影となって、立子さんがその影にかくれてしまうことを怖れられたのです」と語ったとしている（『杉田久女』）。たしかにその時の虚子にとって愛娘の立子が俳人として確固たる地位を築き、俳句による生活手段を確保することは、重要な関心事であったと思われる。その意味では久女は目障りな存在であったかもしれない。

そのことにも増して、虚子にとって久女のように体当たりで句に心血を注ぐという作句姿勢そのものが女流俳人として好ましいものではなく、また虚子を崇敬し、生涯門下であると言いながらも、なお文芸を志す者としては、自我を主張してやまないという態度が不快だったのだと思う。虚子は久女という女のその点がキライであり、「うるさかった」のではないだろうか。生涯非読書主義を通した虚子は、富士正晴の説のとおり、久女のような勉強好きのインテリ女は好まなかったのである。

『立子句集』の序文で立子の句を賞賛して、「女流の俳句はかくの如くなくてはならぬ」と述べているように、虚子は女性の俳句という枠を設けて、その枠のなかで男性とは異なる女性の俳句を捉えようとしていた。久女は虚子が想定した女流俳人の枠をはみ出ていたのである。客観写生の素十と主情の秋桜子で素十の句風を良しとしたように、虚子は、久女の渾身の力をこめた「心の叫び」を詠む句よりも、立子・汀女の「柔かい素直な心」の句を女流俳句の手本として採ったのである。

昭和九年の「国子の手紙」のころには久女は、「俳壇全体に如何様の情実があらうとも、独創で自分の好きなところを自由に歩みます」、「先生は老獪な王様ではありませうが、芸術の神ではありませぬ。私は久遠の芸術の神へ額づきます」と俳壇のあり方をあからさまに批判し、あくまでも自身の魂が求める俳句を自由に作ることをはっきりと主張するようになっていた。

そして、実際にその姿勢を貫いたことは、久女草稿の八月二十八日の箇所にも明記されている。〈水ぬるみ網打ち見入る郵便夫〉の句について、零余子は〈あみうちを見居る郵便夫水ぬるむ〉と添削したが、やはり原句のままに戻すとして、その理由を述べたあとに、つぎのような文がつづく。

芸術は成立迄は誇張と一句の中心点を目ざとく大きくつかみ出す必要あれど、自分のよむ時の印象と感じ方をしいて他人の頭でつくりかへる必ようなしと信ず。

この郵便夫の句は一例なれど、零よし氏の生前も度々句の事にて意見を異にし従はざりし事あり。自説をがんきように主張せし事もあり。先輩なれば従ふべきなれど、今にして従はざりし事を誠に自分の芸術上光栄とす。

虚子先生に対しても是の如し、自分の芸術上独自の立場よりすれば、充分感じのでてつてい的に自然を感じのまゝ表現しえたる時は、何人の言にも決して服従せず。自己の作品を尊重する事が大事の様なり。（三一二頁）

久女は先輩の添削も受けつけず、ときには頑強に我を通し、虚子のことばにも従わなかったことを誇らかに記しているのである。「虚子先生に対しても是の如し」という毅然たる一文は、創作者として久女の生き方を明確に表している。

「選は創作なり」と自身の選句に絶対の自信と意欲を示す虚子にとっては、弟子の「何人の言にも決して服従せず。自己の作品を尊重する」という態度は虚子の選を否定することにほかならず、許し難いものであったに違いない。「国子の手紙」でも、「私の文章を余りお削り下さることは私の性格として非常に不愉快に思ひます」と自己を主張している。久女は俳句に関しては、妥協を知らず、師虚子と対等に渡り合い、あくまでも創作者としての魂に従った。虚子が久女に対して示した拒絶の根底に、このような久女の態度があったのではないだろうか。

久女忌避の思いは、熱心な評論活動、「花衣」の創刊、さまざまな新領域への挑戦を見ているうちに虚子のなかで次第に募ってゆき、久女が句集出版によって作品を世に問うことを志したことで、隠しようもなくなった。久女に句集出版を許せば、秋桜子が『葛飾』を上梓したときのように、虚子の選を経ない句も入れ、「自己の作品を尊重する」姿勢を貫いた句集を編むであろう、と虚子は見抜いていた。「花衣」創刊の辞のような気迫で句集のあとがきを書いたらどうなるであろう。それを認めることは、虎を野に放つようなものである。だから虚子は久女の序文懇請を無視し、「その需めに応ずることをしなかつた」のである。そんな虚子の気持を知らない久女は、手紙を送りつけては序文を求め、虚子はますます彼女の野心を憎むことになった。蘇峰を介しての出版計画を知ったときに虚子の怒りは爆発し、同人削除という行動となった、と私は推測する。

結社と天才

久女のなかの矛盾は、「何人の言にも決して服従せず」という作家としての強い矜持とは裏腹に、師弟という人間関係では師、虚子を信仰に近いまで崇拝していたところにある。芸術を捨てた夫との家庭生活で充たされない渇望を、俳句で癒そうとした彼女は、遠く離れた虚子のなかに全存在を抱きとめてくれる理想の理解者を求めた。実際に虚子に会う機会が少ないなかで久女の憧憬が創り上げる虚子像は、思慕がつのるほどに実像と乖離していったことに久女自身は気がつかなかった。おそらくその体を駆けめぐる「多感の血の流れ」のままに突き進む久女を受け止めることは、誰にもできないことであっただろう。

良妻賢母の思想をきまじめに信奉した久女には、もとより古い社会的な序列や秩序、封建的なものの見方の支配から抜けられないところがあった。久女の身にしみ込んだ古風なしつけが近代的な自我意識を押さえ込んで、家庭にあっては妻と母であり、そして俳人という自分の姿を外から眺めて、現実と理想のギャップを嘆き、その矛盾に苦悩しながらも抜本的な解決をすることができなかった。俳句の作家としては、俳句結社、地方俳壇という集団のなかで自身の芸術を追求することの困難に直面して煩悶し、句集出版が行き詰まったときも、虚子王国から離れて、自身の才能を信じてひとりの作家として主体的に歩むことができなかった。除名という打撃を受けた後も「良くても悪くても私の先生は虚子一人」とひたすら虚子の勘気の解けるのを待った。

吉岡禅寺洞の「宗教以上の宗教としていた久女さんの俳句、結局はたゞ一つ、虚子という本尊によつて生かされねばならない人であつた。本尊から見放されたら、もう久女さんは死あるか、精神が狂ってしまう外はないであろう」（「久女の俳句」）という分析は正鵠を射ている。

家父長制のもとにおかれた家庭と主宰者を頂点とするピラミッド型の俳句結社は、いわば相似形である。久女は現状打破よりも、枠組みのなかに身をおいて「よき闘ひ」をすることに価値を見出した。ノラともならず、ユダともならないことが、久女の身についた人生の美学であった。

創作者としての久女の悲劇は、作品の評価を自身で見極めることがむずかしい俳句という極小の詩型に命を懸けた者の宿命だったのかもしれない。長い伝統をもつこの詩型は、美と真だけを追求する芸術の枠には収まりきらない複雑さを内包している。

俳句は、個の芸術であると同時に連衆、座の文芸でもある。そこで主宰を戴く創作家の集団、結社という世界の文芸にも類例のない組織が存在する。そして、主宰の選による句の序列が決定されるのである。久女は、虚子の選句にもれることを意に介さないと言いつつも、当時は俳誌の数も少なく、「ホトトギス」すなわち俳壇という状況であったため、「ホトトギス」の成績にこだわらざるを得なかった。入選することを励みにして遠く師と仰ぐただひとりの選者の目をたえず意識していたのである。

しかしながら結社誌における句の序列は、その月に投じられた作品のなかから主宰が指向する俳句を尺度にして選んだものにすぎない。入選した句がすぐれた句であるとしても、落選した句がすべて価値のないものだとは限らない。だからこそ〈谺して山ほととぎすほしいまゝ〉の句は「ホトトギス」雑詠では落選し、のちに帝国風景院賞二十句に選ばれるということが起きたのである。久女は清記しながらこのことに思い至った。草稿には、

虚子が雑詠にとりし句のみにかちありとは思はれず。自分の一生の句悉く価値あり生命あり　何ごともなく其時はよみし句さへ今ここに記して見ればいづれも優れたる句なり。玉の如く輝ける句、一字の修正をへずしてその自然に流れ出せる句のみ。これこそ誠に天授の作なり。こしらへもの、政策の為めの句にあらねばこそ不変のかちあり。（四一頁）

久女のいう「政策」とは、俳壇、俳句結社を意識した創作と選句という意味であろう。虚子はすぐれた俳人であると同時に「ホトトギス」という大結社を率いる経営者でもあった。虚子が生計の基盤として結社を運営し、事業を拡大してゆくなかで、時には清濁併せ呑むことも必要とされたであろうし、また当時の俳人たちのなかには俳壇での地位を得ようと画策する者、金品を贈って歓心を買おうとする者さえいただろう。久女は俳句の筆を折るにあたって、それらを離れた自身の句の持つかけがえのない価値に気づいた。私は、久女が投句していた大正六年から昭和十三年までの「ホトトギス」から久女の入選句を全部抽き出し、『杉田久女句集』

の収録句と比べてみた。そして久女の言うとおり、「ホトトギス」に載っていない、つまり未投句か、没になった句のなかにも多数の佳什があることを知った。逆に「ホトトギス」入選句でも、久女が自選して捨てた句も多くある。俳人久女は虚子の選によって育てられ、同じ選によってホトトギスから追放されたが、久女はこのとき自身の目で作品を正しく評価し、その価値を確信したのである。

山本健吉は久女について、「彼女はおそらく、近代女流俳人中、随一の天才的な作家であろう」と述べている（「久女讃」）。虚子もまた「久女さんの俳句は天才的であつて、或時代のホトトギスの雑咏欄では特別に光り輝いてゐた」（「墓に詣り度いと思ってをる」）と認めている。しかし、当時の虚子を頂点とするホトトギスという巨大な組織は、「天才ある一人も来れ、天才無き九百九十九人も来れ」を標榜してはいても、久女という一人の天才を存分に羽ばたかせる場とはなり得なかった。

天才的な創造力は本来的に自由奔放なものであり、すでにできあがった手法を模倣しながら学習する天才無き人びとが作る集団とは相容れないものなのである。天空を目指して飛びたい久女の詩心は、当時の内閉的な結社という籠から出て行こうとせずに、そのなかでもがくうちに翼が折れてしまったのである。

「まことの写生」

久女の遺品のなかに『古今女流俳句集』という明治四十二年刊の古本がある。その扉に久女は、「一見甚だ粗末な之は安本だが研究の為、東京からわざ〳〵掘りだした珍書で絶版もの、取扱注ゐ　昭和二十年七月」と墨書している。久女は半年後に没することになるのだが、戦時下のこのときまだ女流俳句評論に情熱を抱いていたことがわかる。久女が書いた文や句から判断して、私は昭和十四年に筆を折ったときに久女が狂気であったとは思わない。仮りに狂気であったとしても、それは久女が残した作品の価値とは無関係である。

俳人は作品によってその真価が問われるべきである。

久女の作句の基本姿勢は「自分の生活にふれ、目に見、耳にきいた事」、つまり自分自身が身を以て体験したものから得た感動を出発点として句を詠むことである。

久女俳句の中心を占めているのは、ささやかな庭の植物、家事、家族などの身辺の暮らし、地元の北九州の風物を詠んだ句である。そのほかに実家があった東京、長女が学んでいた京都、父の郷里松本、夫の郷里奥三河、まれに俳句大会、出雲や八代盆地への遠出などもあるが、中学校教師の妻として経済的に時間的に行くことが許された範囲の場所で詠まれたものばかりである。久女は今日の俳人のように、珍しい景色を求めて思う存分に旅に出られたわけではない。限られた行動範囲のなかで久女が名吟を得ることができたのは、感覚、感情、知性という三つの面における文学者としての類い希な資質によるものであると思う。

創作上もっとも重要なものは、久女の美しいものを捉える直感力である。久女は身辺の何気ない草花に宿る美しい表情にはっと目をとめ、流れる季節のなかの輝く瞬間を逃さない天性の非凡な感性に恵まれていた。

作品に表れた久女の美的直感のうちでとくに魅力があるのは、抜群の光の感覚である。〈傘にすけて擦りゆく雨の若葉かな〉〈春雷や俄に変る洋の色〉に見られるように、久女は色と光線について繊細な感覚を持っていた。その感覚から、楊貴妃桜の句、〈鶴舞ふや日は金色の雲を得て〉などの豪華な色彩美、〈春雪に四五寸青し木賊の芽〉などの鮮烈な色のコントラストを示す作品が生まれた。〈夕顔やひらきかゝりて襞深く〉、〈日当りてうす紫の菊筵〉では色が微妙に変化するようすを捉え、〈新涼や日当りながら竹の雨〉〈寒林の日すぢ争ふ羽虫かな〉は絵画的な陰影を持っている。女性の俳句には色彩豊かなものが多いが、久女俳句の色と光の描写は他の追随を許さない。

さらに久女は自ら発見した美しさのなかに身を投じ、それに酔い、深く激しく感動する人一倍揺れ騒ぐ感情の持ち主でもあった。久女の随筆や日記に記されているように、怒りっぽく、また涙もろい、純な心の感激屋だったのである。女性としての久女の人生は悩みが多いものであり、その個性は世間との摩擦を生んだが、それは創作のうえでは力になった。不本意な境遇のなかで増幅された孤独感によって美しいものに対する久女の直感力はいよいよ先鋭化して、死を思うほどの日々の淋しさが感動を深く切実なものにしたのだった。孤独は久女のはるかなものへのあこがれを掻き立て、俳句に向かわせるエネルギーとなった。思いを文字に置き換えながら、あるときは自己陶酔し、また絶望しながら激しい心の振幅のなかで独創的な作品を生み出していったのである。

久女はまた、すぐれた知力と旺盛な知的好奇心をそなえていた。学ぶことが本質的に好きな人間であった。『万葉集』『源氏物語』をはじめとする日本の古典に日ごろから親しみ、通暁していたし、キリスト教に救いを求めて以来、西欧文化の根本にある聖書を心の糧として日夜ひもといた。久女が遺したノートからロシア文学や北欧の戯曲も耽読したことがうかがわれる。このように豊かな東西の文学的教養は、関心や興味の範囲を広げ、語彙をふくらませ、久女作品に奥行きを与えた。宇佐神宮や大島星の宮での浪漫的な吟詠はこのような文学的な下地があってこそ生まれたのである。

明治時代までは、理知的な俳句は男性のもの、女性には抒情を詠う和歌がふさわしいとされてきた。久女は美しいものを発見したときの高揚感、日常生活のなかの悲しみや喜びという生き生きした心の動きを、わずか五七五に納める俳句形式によって伝えようとその手法を探った。久女は自身の作句の方法について、「一時やめてましたときは、必ずしも写生でなくても、主観でもゆけると考へた日もありますが、やはり生きた句は、写生から生れるのだと此せつしみぐ〵かんじます。但し写生といつても、見あたり次第、てあたり次第に、何でもひろひあげて写生するのでなく、深い魂の感銘を基礎としたまことの写生をして見たうございます」（「夜あけ前に書きし手紙」）と述べている。久女が目指した「深い魂の感銘を基礎としたまことの写生」とは、ものの表層を写すのではなく、ものを凝視し、観察し、その中に自身を投入し、やがて対象と一体化して核心をつかみ出すことである。

研ぎ澄まされたことばの感性、天性のすぐれた定型感覚、激しく学ぶという姿勢から久女は短期間で、水際立った切字「や」の使い方、盤石の「かな」の据え方、独特の勢いのあるリズムなど、俳句という極小の詩型の骨法を修得した。

久女は感動した瞬間の心を写し取り、自分という存在を俳句に書きとめようとした。あからさまな感情表現を抑えて写生に徹した久女の作品は、苦吟のあとを残さず、一見ものの姿を写しているだけのように見えながら、その背後には久女という女性の存在と彼女の息づかいがたしかに感じられ、読み手の心を打つのである。久女の作風は、あふれるばかりの情感をたたえているという内容において浪漫派であり、韻文固有の格調と美とを追求した端正な句姿という形式において古典派である。

久女が生涯に残した句の数は多くはない。久女といえどもなかには習作、ただごとの句もある。しかし久女が生み出したいくつかの名吟は、驚くほど高い完成度を示していて、時を超えた輝きを放つ。切り取った景の大きさ、そして、定型の器に凝縮して微動だにしない句の姿は、彼女が対象に迫るときの圧倒的な集中力を物語っている。俳句を真珠にたとえれば、久女の名句はひときわ粒の大きな、照りのよい、美しい真珠である。真珠は、通常の大きさを超えると、直径がほんのわずかに増すだけで幾何級数的に得難くなる。千の凡手よりも、一人の命がけの天才によって新しい世界が開けてくるものだ。

飯島晴子は久女の〈紫陽花に秋冷いたる信濃かな〉〈朝顔や濁り初めたる市の空〉〈谺して山ほとゝぎすほしいまゝ〉の三句をあげて、次のような美しい賛辞を贈っている。

これらの久女の代表作は、実に大きい均衡を立派に現出している。決してかん高い断片ではない。静かな全体である。私が羨望するのは、久女のこの点である。一句が、俳句で可能と考えられる限りの広大な空間と時間とを、正面から鎮めているさまは見事というしかない。

（「杉田久女——渇望の人」）

これら三句に私は、〈花衣ぬぐやまつはる紐いろ〳〵〉〈夕顔やひらきかゝりて襞深く〉〈風に落つ楊貴妃桜房のまゝ〉〈ぬかづけばわれも善女や仏生会〉〈防人の妻恋ふ歌や磯菜摘む〉〈栴檀の花散る那覇に入学す〉〈鶴の影舞ひ下りる時大いなる〉を加えて私が愛唱する久女の十句としたい。

久女が残した全作品を俯瞰すると、実は久女は虚子が提唱する客観写生という作句の方法、花鳥諷詠という俳句の精神のもっともよき実践者の一人であったことがわかる。英彦山へ、遠賀川へと足を運び、自然の懐にとびこんでゆく。家庭の小さな庭に菊を植え、夕顔を育てて観察する。自然に身をゆだねて凝視し、自然が語りかけてくることばに耳を澄まし、湧き起こってくる感動を五七五の定型に切り取る。そこから久女の鳴り響くような句が生まれた。

大正期に婦人十句集から始まった女性の俳句は、台所雑詠という揺籃期を経て昭和の初めには男性を凌ぐまでの力を示すようになったが、みごとにその牽引役を果たしたのは久女であり、そこから立子、汀女、多佳子などの活躍が始まった。中央俳壇から遠く離れた小倉での孤独な、血のにじむような久女の精進がなければ、女流俳句は厨ごとを詠む楽しい手すさびの域に長くとどまっていたかもしれない。女性の俳句は久女によって日常をつき抜け、文学の域に達したのである。久女から現代の私たちが学ぶのは、俳句という詩型がもつ可能性を信じ、俳句作家としての道を意識的に歩んだひとりの先駆者の真摯な努力とその創作への情熱である。

虚子との確執は作家久女にとって想像を絶する苦しみと打撃を与えた。しかし、

谺して山ほととぎすほしいまゝ

生涯にこのような一句を得た俳人は、たとえどのような人生を送ろうとも「久遠の芸術の神」から愛された幸福な俳人といわなければならない。

おわりに

私は学生時代に山口青邨の指導のもとで俳句を作り始めた。師青邨は「ホトトギス」の主要な同人であった。虚子の家でふるまわれた松山ぶりの土筆飯の話、謡いの名手であった虚子の勧めで、座布団を太鼓の代わりにして稽古をするはめになって情けなかった話などを句会の折々に、なつかしみながら話してくださった。虚子の忌には〈鎌倉の虚子忌かかさず老ゆるかな〉、また虚子忌に参じたあと海辺で虚子をしのんで〈さびしさに桜貝舐め紅濃くす〉と詠んでいるように、青邨は終生「虚子先生」と敬愛してやまなかった。師青邨をとおして、私は会ったこともない虚子という俳人を、なつかしい存在のように感じていた。

句会で拙い句を師青邨のみちのくなまりで評されるのがただうれしくて、青邨の選に入りたいという一心で私は作句に励んだ。句会の終わりに先生にレインコートをお着せする役目を与えられただけで晴れがましい思いがしたものだ。そしていつしか自分は青邨に特別に愛されている弟子であるという妄想さえ抱くようになっていた。非才の身で、千人の門弟を抱えた青邨の、特別の弟子などということはあり得ないとは百も承知しながらである。このことは私ひとりの身勝手な思い上がりではなくて、おそらく青邨を師と仰ぐ多くの俳人たちも、それぞれ自身が特別の弟子であるような感じを抱いていたのではないかという気がするのである。社会で立派な仕事をしていた先輩たちも、師のまえではまさに少年のようであった。俳句結社における師と弟子の関係はそんなものなのではないだろうか。虚子と久女の関係も、その非常に極端な、そして不幸なものであったと考えるのである。

先人の作品を読んでいるうちに、私は〈谺して山ほととぎすほしいまゝ〉という句に出会い、久女の骨格正しい句に魅了され、女性俳句のもっともすぐれた先駆者、久女について知りたいと思うようになった。周辺の資料に当たり、原点である久女の句と文章に立ち返るということをしながら、十年あまりの歳月が過ぎた。久女についての文章を書きはじめてから、さらに三年がたった。

この間「夏草」の先輩方に昭和初期の俳壇の状況について教えていただいた。とくに小倉出身の先輩から、当時の小倉の町のようすや人びととその暮らしぶりについて詳しい話を伺い、貴重な資料を拝借できたのは大きな力となった。

久女の句に詠まれた筑紫をなんとか訪れた私は、その風景が半世紀以上を経て驚くほど変貌をとげていることを実感した。同様に、社会や家庭で女性が占める地位や役割についての見解も大きく変わった。俳壇のあり方もしかりである。久女が亡くなったころに生まれて、戦後の男女平等の教育を受け、英語、英米の演劇を教えることを三十年も職業として西欧の合理主義にどっぷり浸かってきた私には、もとより久女が生きた時代を実感することは困難なことである。そして久女についての本を上梓するとなれば、どうしても虚子との齟齬について触れることを避けられないとわかっていた。そこに踏み込むことには、大きなためらいがあった。

しかし、『杉田久女遺墨〈続〉』に収められた久女の句集草稿の美しい自筆の文字を眺めていると、あたかも久女の肉声が聞こえてくるような感じをうけ、それに励まされながら、新しい資料を手がかりとして、当時の結社の主宰者虚子と結社に所属する天才的な俳人久女という問題について私がたどりついた結論を率直に述べてみようと思い立った。久女の足跡をたどってきて、この稿を終えた今、私は久女の没年とほぼ同じ年齢となった。命がけで俳句に取り組んだ久女という先人が残したすぐれた作品が、ためらう私にそれをさせたのである。

原稿をまとめるまでに、多くの方々のご助力をいただいたことはありがたいことであった。とりわけ、俳誌「天為」に久女についての拙論を掲載する機会を与えてくださり、終始あたたかいお励ましを賜った有馬朗人主宰に、心より感謝申しあげたい。

また、本書を出版するに際して、「俳句研究」編集長の石井隆司氏、富士見書房の鈴木豊一氏に有益なご助言をいただき、ひとかたならぬお世話になった。厚くお礼を申しあげる。

本書が俳人杉田久女を理解するためにいささかでも寄与できるとすればこの上ないよろこびである。

二〇〇三年一月　久女の忌に

坂本宮尾

補章　新資料の発見から

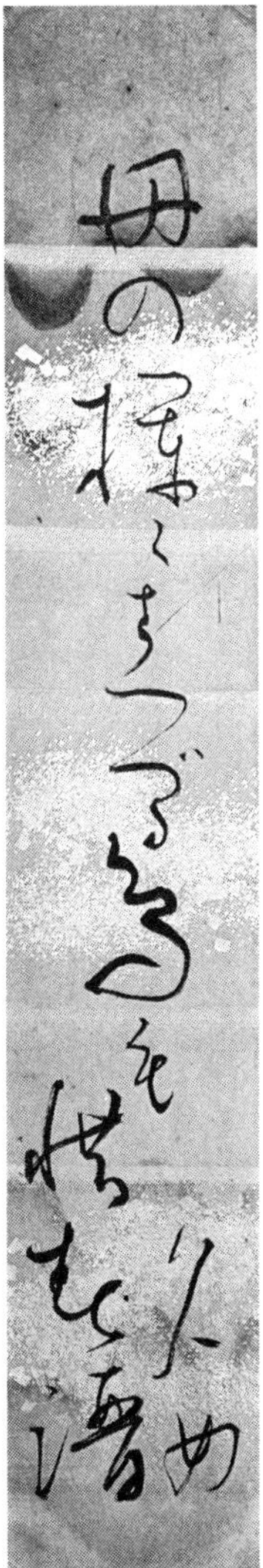

丹の欄にさへづる鳥も惜春譜

一　平成十五年以降に発掘された資料

『杉田久女』の旧版が刊行されたのは平成十五（二〇〇三）年五月であった。その後、久女に関する重要な新資料が発掘され、また書簡、ノートなど秘蔵の資料が閲覧できるようになった。旧版の選書版「あとがき」と、これらの新資料から得られた情報を整理して、新たに「補章」としてまとめた。

久女が遺した六冊のノート

まず、平成十五年十二月に、石昌子編『「最後の久女」杉田久女影印資料集成』が刊行されて、久女が遺した六冊のノートを写真版で見ることができるようになった。これによって久女の晩年の創作活動や生活が明らかになった。

昭和十六年八月のノートには、大正期の句稿に混ざって、昭和十五年と十六年に詠んだ約三百句が記されていた。また、昭和十七年に松名滞在中の二十三句を記す便箋も収録されている。これら晩年の作品には古い句の焼き直しも含まれており、全般的に散漫で、一句に仕上げるまでの集中力が不足している。昭和十四年以降、久女は句を発表する場を完全に失っていて、そのために充分な推敲がなされなかったと思われる。またノートの文章から推測するに、久女は家に引き籠もりがちで、内向的、排他的な気分になっていたことが窺われる。句はそのような状態を反映していて、著しく生彩を欠く。第六章の「筆を折る」「句稿の整理」の項で、十四年に句集草稿を清記した時点で久女は俳句作家として生きることに終止符を打ったと記した。『最後の久女』によって、その後も十七年まで句を詠んでいることはわかったが、作品の質から判断して、久女の俳句作家としての意識的な活動は、昭和十四年までと考えてよいと思う。

「白菊会句報」「かゝり火」所収の未収録句

北九州の久女研究家増田連氏の調査で、久女が白菊会という句会で男女あわせて二十名ほどを指導していたことがわかった。「白菊会句報」というガリ版刷りの小冊子が昭和十年五月から翌年二月まで発行され、そのなかに句集に未収録の久女の句が見つかった。

また、それよりまえの昭和八年一月から昭和九年まで、句会誌「かゝり火」が断続的に刊行されており、ここにも句集未収録の句が見つかった。昭和七年に「花衣」を終刊した後も、久女が北九州の俳句のリーダーとして積極的に活動していたことが明らかになった。

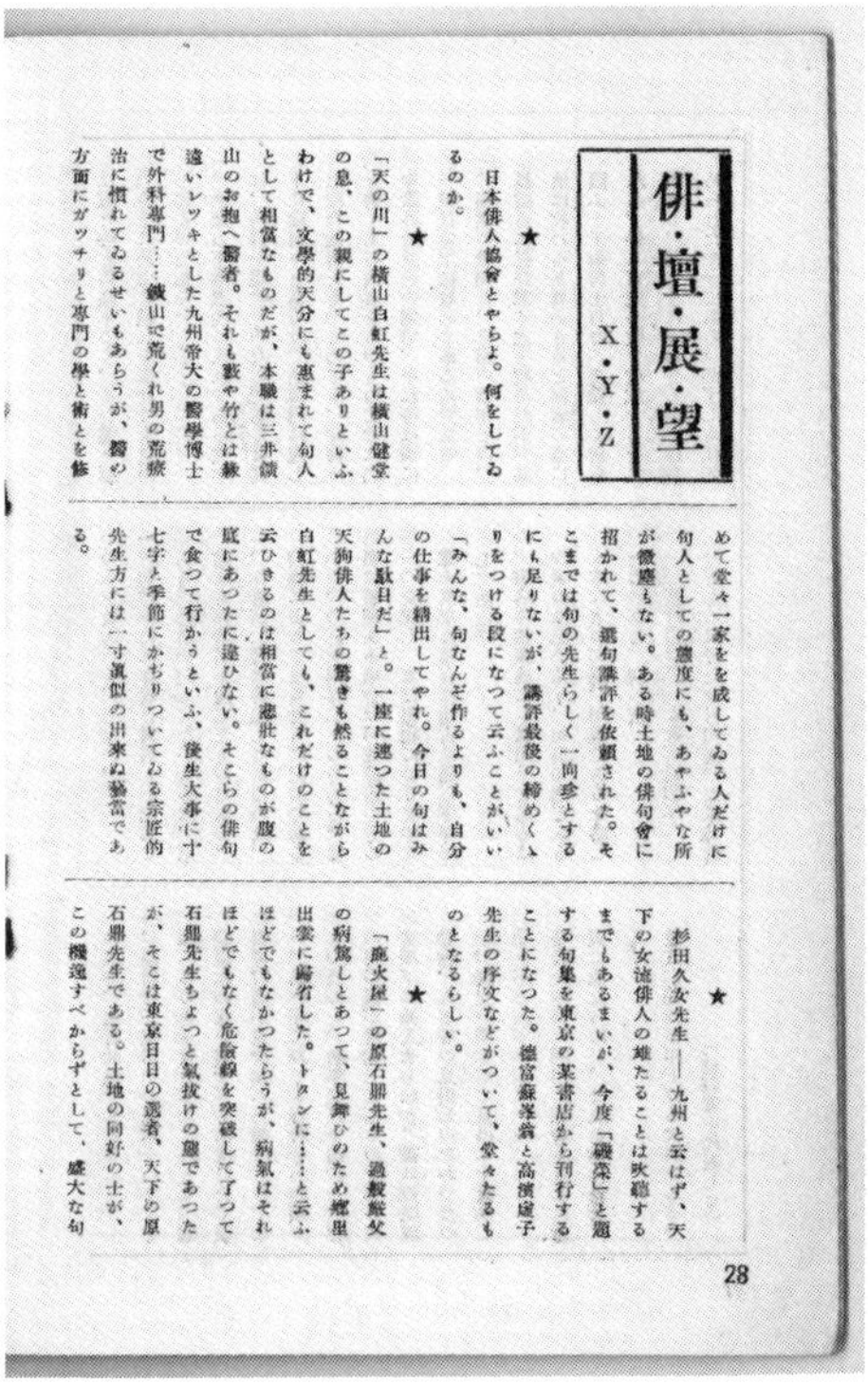

俳・壇・展・望

X・Y・Z

★

日本俳人協會とやらよ。何をしてゐるのか。

★

「天の川」の横山白虹先生は横山健堂の息、この親にしてこの子ありといふわけで、文學的天分にも惠まれて句人として相當なものだが、本職は三井鑛山のお抱へ醫者。それも藪や竹とは縁遠いレツキとした九州帝大の醫學博士で外科專門……鑛山で荒くれ男の荒療治に慣れてゐるせいもあらうが、醫の方面にガッチリと專門の學と術とを修めて堂々一家を成してゐる人だけに句人としての態度にも、あやふやな所が微塵もない。ある時土地の俳句會に招かれて、選句講評を依頼された。そこまでは句の先生らしく一向珍とするにも足りないが、講評最後の締めくゝりをつける段になつて云ふことがいい「みんな、句なんぞ作るよりも、自分の仕事を精出してやれ。今日の句はみんな駄目だ」と。一座に連つた土地の天狗俳人たちの驚きも然ることながら白虹先生としても、これだけのことを云ひきるのは相當に悲壯なものが腹底にあつたに違ひない。そこらの俳句で食つて行かうといふ、後生大事に十七字と季節にかぢりついてゐる宗匠的先生方には一寸眞似の出來ぬ藝當である。

★

杉田久女先生――九州と云はず、天下の女流俳人の雄たることは吹聽するまでもあるまいが、今度「磯菜」と題する句集を東京の某書店から刊行することになつた。德富蘇峯翁と高濱虚子先生の序文などがついて、堂々たるものとなるらしい。

★

「鹿火屋」の原石鼎先生、過般厳父の病篤しとあつて、見舞ひのため郷里出雲に歸省した。トタンに……と云ふほどでもなかつたらうが、病氣はそれほどでもなく危險線を突破して了つて石鼎先生ちよつと氣拔けの態であつたが、そこは東京日日の選者、天下の原石鼎先生である。土地の同好の士が、この機逸すべからずとして、盛大な句

28

『磯菜』出版予定の記事
——昭和十年の小冊子「現代俳句」

つぎに、昭和十年に刊行された「現代俳句」という小冊子に、久女句集の刊行についての貴重な記事が見つかったことがあげられる。

俳人久女の生涯で、ホトトギス同人からの除名ほど決定的な打撃を与えたものはないが、その理由は謎に包まれている。私は久女の句集出版に向けての活動が、同人除名の措置と深く関連していると考え、資料を求めて昭和九年、十年ごろの俳句関係の印刷物の頁を繰ってきたが、なかなか収穫がなかった。出版されたものはそれ自体が動かぬ証拠であり、広告、書評も残るが、途中で立ち消えになった

ものには客観的な資料が残りにくい。

作業をつづけるなかで、「現代俳句」の記事に出会ったのである。この冊子は正岡子規の『分類俳句全集』普及版に月報として付されたものである。多数印刷されたはずであるが、小さなものであるだけに散逸してしまい、現在はほとんど残っていない。確認できるのは、東京の日本近代文学館と岡山県の金光図書館に収蔵されているものだけである。有益な資料なので、最初に説明をしておきたい。

正岡子規が遺した俳句分類の業績は膨大な量であったため『子規全集』には収録されず、昭和三年から四年にかけてアルス社から『分類俳句全集』全十二巻として刊行された。昭和十年から十一年に、同じくアルス社がその普及版を予約出版として発売。月報として一緒に配布された「現代俳句」は、創刊号（昭十・五）から二巻四号（昭十一・四）まで十二冊が発行された。

発行所のアルスは東京神田にあった出版社で、手広く文学、芸術、写真、工学などを扱っていた。編集兼発行人の北原鉄雄は、北原白秋の弟である。

月報「現代俳句」はわずか三十二頁の冊子ではあるが、毎号充実した内容となっている。正岡子規の遺稿を管理した寒川《さむかわ》鼠骨《そこつ》をはじめ頴原退蔵《えばらたいぞう》などの文章、荻原井泉水《せいせんすい》、河東碧梧桐、吉岡禅寺洞、臼田亞浪、渡辺水巴、日野草城、室積狙春、新井声風、池内たけし、飯田蛇笏、長谷川かな女、青木月斗など各派の錚々たる俳人の作品が掲載され、高額賞金付きの読者投句欄もある。これより前に改造社から山本三生《さんせい》編『俳句講座』が刊行されると、その月報が人気を博して、講座の刊行終了後に独立して総合俳句雑誌「俳句研究」となった。おそらくアルス社はこの例を念頭に「現代俳句」を編集したのであろう。

どこの結社にも属さない、やや距離をおいて俳壇全体を見渡した出版物であることが特徴となっている。とくに「俳壇展望」のコラムは、歯に衣着せぬ率直さでつづられていて、この時代の俳句界について生き生きとした情報を提供してくれる。

久女句集の記事は、「現代俳句」創刊号の二十八頁にある「俳壇展望」欄に載っていた。

杉田久女先生　――九州と云はず、天下の女流俳人の雄たることは吹聴するまでもあるまいが、今度「磯菜」と題する句集を東京の某書店から刊行することになつた。徳富蘇峰翁と高浜虚子先生の序文などがついて、堂々たるものとなるらしい。

この欄の筆者名は明記されずにX・Y・Zとあり、俳壇ニュースやゴシップが軽妙な筆致で記されている。たとえば、北九州での横山白虹の手厳しい選句講評、出雲に帰郷した原石鼎の歓迎句会など、詳しく述べられている。各号の内容から判断して、俳壇動向について全国ネットの、かなりしっかりした情報収集力を持っていたと思われる。

久女の記事は、句集にかかわっていた人、あるいは出版社周辺の人経由の情報に基づいて書かれたものであろう。わずか数行の記事であるが、同時代に記された証言であるところに大きな価値がある。私が知る限り、これは久女の句集に言及した唯一の活字による同時代の資料である。久女の没後に当時を回想して書かれたものではない点で、信憑性が高い。

「現代俳句」創刊号は昭和十年五月一日発行となっているが、第一回配本の『分類俳句全集・夏の部上』が四月十日発行なので、それに合わせて出たと考えられ、したがって記事が書かれたのはそれよりすこし前ということになる。この記事と照合しながら、第5章「句集出版の難航」の内容を整理し、句集出版とホトトギス同人除名の問題についてあらためて考えてみたい。

「句集出版の難航」の章で、私は句集出版を志した久女が、序文、それが無理ならせめて題字の染筆を、と師、虚子に再三懇願したが黙殺された経緯を、(一) 虚子の序文を得ようとした昭和八年から九年ごろ、(二) 徳富蘇峰の助力に頼った昭和十年から十一年、と二つに分けて検討した。
(一) について要約すると、久女は句集出版のために昭和八年と、翌九年に上京して奔走する。丸ビルのホトトギス発行所、鎌倉の虚子宅まで訪れたものの、序文は得られなかった。句集の装幀をすることになっていた池上浩山人によれば、すでに句集の計画は具体化していて、出版社は龍星閣、句集名は『磯菜』と決まっていたが、虚子の序文が貰えなかったため、久女の意思で取りやめとなった。

久女の句集名は、浩山人が伝えるところと、「俳壇展望」の記事が合致しているので、「磯菜」で間違いなかったと考えられる。「ホトトギス」巻頭となった〈磯菜つむ行手いそがむいざ子ども〉にちなんで久女が選んだ句集名として、妥当性がある。

『最後の久女』に収録された久女のノートに、「七八年前すでに出版さるべき句集さへ出しえず凡愚な一俳人に迄ばかにされたが!!!」と憤懣をぶちまけた箇所がある。これは昭和十六年に書いたノートなので、七、八年前に遡れば、昭和八、九年となり、このころ句集出版が進行していたが、不首尾に終わったことを裏付けている。

つぎに(二)の句集出版のために久女が徳富蘇峰の序文を仰いだことも、この記事で確認できた。徳富蘇峰記念館には、記事とちょうど同じころ、昭和十年四月二十二日に久女が蘇峰に宛てた手紙が保管されている。蘇峰の九州講演に対する挨拶で、その一節に「駅頭にて先生の仰せ下さいましたまたの拝顔の折を必らず御待ち申上げます。たのしみに」とあり、「御父上の様にも存じ上げられまして」と結んでいる。当時、久女が蘇峰を父のように思慕し、頼っていたことが窺われ、句集出版の力添えを求めたのも納得できる。

「徳富蘇峰の助力」の項で私は、昭和十一年二月七日付けの久女宛ての蘇峰の手紙、「本日早速書物展望社なる出版社に玉稿と共に出版依頼状差出しおき申候間」を紹介した。この手紙だけでは「玉稿」が句稿と断定できなかったが、記事によって句稿であったことがはっきりした。浩山人が伝える龍星閣の話が行き詰まり、蘇峰が新たに書物展望社へ道をひらいたものと考えられる。ここまでは私の記したことは間違っていなかった。

予想外であったのは、「徳富蘇峰翁と高浜虚子先生の序文などがついて」のくだりである。当時、句集に複数の人から序文を貰うことは、珍しいことではない。たとえば、西山泊雲の『泊雲句集』には、蘇峰と虚子の序文が付いている。だが久女の場合は、すでに何年も待っているのに、虚子は理由を明らかにしないまま序文執筆を拒んでいる。私は、昭和八年、九年に虚子の序文付きの出版を試みたが中止せざるを得なくなった久女が、虚子の序文を諦め、その後、徳富蘇峰の助力に頼って出版を企てたものと推量していた。この記事が書かれた昭和十年春の時点でもまだ虚子のお墨付きを待ち望み、蘇峰と虚子の二人の序文で句集を飾るという夢のようなことを願っていたとは考えもしなかったのである。虚子に対する久女の思いの深さに、今更ながら驚くばかりである。

しかし、記事にあるように、虚子の序文を諦めてはいなかった、と訂正してみると、目から鱗の感があり、句集出版から同人除名の流れがじつに理解しやすくなる。このことを念頭に置いて、除名までを再度たどってみよう。

虚子の側近のなかにはこの『磯菜』上梓予告の記事に目を止めた人もいたはずである。当時虚子が久女の手紙は封も切らずに紙屑籠に捨てていたことを知っていれば、久女がなんと大それたことを目論んでいるのか、と呆れたであろう。「俳壇展望」欄には、ホトトギス関西大会開催の情報も載っている。この大会で、久女が関西の重鎮、西山泊雲に呼ばれて、「先生を困らせてはいけない」と夜も眠れなくなるほど強く諫められたことは「須磨寺の俳句大会」の項で述べたが、大人気ないとも思われる泊雲の行為も、なるほどこの記事に端を発したものであったと説明がつく。

『分類俳句全集』の刊行には虚子もかかわっていたので、この月報は間違いなく虚子の手許にも届けられていた。久女の序文を書き渋っている虚子にしてみれば、既成事実のように、勝手に序文執筆者として蘇峰と並べて自身の名前が記事に掲げられていることに、不快を感じたであろう。久女の句が「ホトトギス」雑詠欄にまったく載らなくなったのは、このあとすぐ、昭和十年九月号からなのである。

私がずっと不思議でならなかったのは、蘇峰が久女の句集原稿を、出版依頼状をつけて書物展望社に届けたにもかかわらず、結局、久女が切望する『磯菜』は出版されなかったことである。ここまでお膳立てが整っていてなぜ句集が出なかったのか。久女と蘇峰の関係は良好であり、蘇峰の横やりで出版が中止になったとは考えられない。けれども久女がこの期に至ってなお虚子のお墨付きを貰うことにこだわっていたと考えれば、せっかく蘇峰の尽力で書物展望社から出るはずの『磯菜』が、龍星閣のときと同様に、またも日の目を見なかった謎が氷解する。

このとき虚子は久女のために序文を書く気はなかった。それは久女の遺句集に添えられた虚子の序文を読めば明らかである。その虚子に圧力をかけるかのように大御所、蘇峰の力を頼み、出版社までも斡旋してもらい、欧州旅行の留守中に着々と出版準備を整えていた、という久女の動きが、旅から戻ったばかりの虚子の逆鱗に触れたのであろう。虚子は久女をホトトギス同人から削除したが、前代未聞の措置の背景に、蘇峰と虚子の序文で飾られた『磯菜』上梓の企てを置くと、腑に落ちるのである。

虚子の権勢

創刊号の「俳壇展望」にはもう一つ、当時の虚子の権勢を伝える興味深い記事がある。

三省堂が出した高浜虚子先生の「新歳時記」初版は慥《たし》か昨年の暮だつたが刷つて刷つて売れて売れて、この頃ついに第二十版といふ盛況ださうだ。歳時記の中味については世上とかくの批評あり、殊に例句については何かと難癖をつける先生方もあるやうだが、そこはそれ天下の虚子先生、虚子ならでは俳人ではないやうに世間で考へてゐるだけのことはあつて、三省堂も「矢つ張り虚子先生」といふ風に世俗常識をいよ〳〵固く強く信念化したらしい形勢である。

コラムの筆者は、『新歳時記』の好調な売れ行きを記しながら、世間の虚子崇拝を揶揄している。筆者は茶化してはいるが、「天下の虚子先生」、「虚子ならでは俳人ではない」という表現に、当時の俳壇で虚子の存在がいかに大きかったかを窺い知ることができる。この状況のもとで、全国でも数少ないホトトギス同人であるにもかかわらず、師の序文も題字の染筆もなしに句集を上梓することには、久女にとって大きな躊躇があっただろう。

この号の編輯通信に「今日程俳句全盛のルネッサンスを思はせる時代はかつてなかつた」と記されているように、正岡子規が蒔いた俳句の種は実を結び、当時、俳壇は空前の熱気を孕んでいた。改造社から昭和八年に『俳諧歳時記』、九年には『高浜虚子全集』、俳句総合誌「俳句研究」の刊行が始まった。三省堂の虚子編『新歳時記』は半年で二十版を重ね、十年にはアルス社が大部の『分類俳句全集』を予約販売するほど俳句関係の書籍の購買層は厚かった。龍星閣からはこのころ美しい句集がつぎつぎと出版された。富安風生の『草の花』、山口青邨の『雑草園』はたちまち重版となり、水原秋桜子の『定型俳句陣』、翌年の山口誓子の書下ろし句集『黄旗』が話題となった。

このような熱気のなかで、「天下の女流俳人の雄」と称せられた杉田久女が句集を出すとなれば当然、注目を集めることになる。久女はすでに俳人として充分な実力を具えていた。しかし、当時の俳句界には「一代一家集」という昔からの考え方が残っており、しかも女性の句集はまだ珍しく、女性が句集を出版することは容易なことではなかった。久女にとって『磯菜』上梓はまさに命を懸けた、一世一代の大事であった。久女は崇敬する師、虚子の序文がなんとしても欲しく、懇願したが得られず、「国子の手紙」に、「自分の句集だけこしらへて死にたうございます」とあるほど思い詰め、憔悴していた。彼女は是が非でも「堂々たる」句集を出して、骨身を削るようにして得た珠玉の作品の数々を世に問いたかった。しかし、虚子はそれを許したくなかったのである。

昭和十一年十月号「ホトトギス」に、日野草城、吉岡禅寺洞、杉田久女の同人削除の社告が出た。三名は同時に削除されたが、同じ理由によってではない。草城と禅寺洞は無季俳句、連作を発表し、反ホトトギスの姿勢を示していた。「現代俳句」一巻八号（昭十・十二）の年末特集「現俳壇診断書」からは、山口誓子のホトトギス脱退を含め、新興俳句の台頭が昭和十年の俳壇にもたらした緊迫した雰囲気が伝わってくる。二人の削除は、新興俳句と伝統俳句が厳しく対立するなかでの処断であった。

これら二人と一緒であったために、久女は自身が削除されたほんとうの理由を悟ることがなかった。久女は新興俳句とからめて捉え、新興俳句陣に走るかどうか試されていると思い込んだ。いつの日にか誤解が解けて虚子ひと筋の弟子であることがわかってもらえる、とひたすら同人復帰を待ち、句集出版を夢に見つづけたのである。

「俳句研究」の「久女特輯」

久女の没後、「俳句研究」が「久女特輯《とくしゆう》」（昭二十五・九）を組んだ。吉岡禅寺洞、中村汀女、橋本多佳子、池上浩山人が久女の思い出を寄せている。特輯の要となるのは、代表句を集めた「久女百句」である。その末尾には、「久女の句集は未だ発刊されてゐず、又その遺族も住所未詳のため、ホトトギス、現代日本文学全集、新《ママ》日本名勝俳句、その他諸氏の論文等より渉猟して久女百句を編す」と編集部の註がある。かつては「東のかな女、西の久女」と称された久女であっても、句集がない状態では百句を集めることが困難であったことが知られる。久女の二十年余にわたる作品を、彼女が関係した古い俳誌から拾い出すとなれば、膨大な作業となる。まとめてなければ数々の名吟も時の流れのなかで、忘れ去られてしまうだろう。「唯百年の友を死後に求めるだけです」と虚子に書き送った久女が、最後まで句集出版に執念を燃やした理由の一端がわかる気がするのである。

二　平成十九年以降の新資料

久女の句業の記録と顕彰の功労者である久女の長女石昌子氏は、平成十九（二〇〇七）年一月に九十五歳で亡くなった。昌子氏は理由も告げられずにホトトギス同人から除名され、作句活動を断念せざるを得なかった久女の無念を晴らすべく、句集、遺墨集の出版など、半世紀あまり困難に立ち向かってきた。小倉に開設予定であった北九州市立文学館に久女の資料が展示されるのを楽しみにしておられたが、その完成を見届けると、ほどなく久女の許に旅立たれたのである。

久女が遺した資料は主に久女の生地のかごしま近代文学館に寄託されていた。そして最後まで昌子氏の手許に置かれていた貴重な資料が、昌子氏の遺志で久女の創作の舞台である北九州市立文学館に寄贈されることになった。新資料によってそれまで謎であった部分が少しずつわかるようになり、久女周辺の状況の全体像がはっきりしてきたように思う。

水原秋桜子から久女への手紙

資料のなかで注目すべきは、水原秋桜子から久女に宛てた一通の手紙である。手紙の存在は知られていたが、長男の水原春郎《はるお》氏の許可も得られて詳細を確認できるようになった。「ホトトギス」から離脱した秋桜子の心境、また久女との関係を知るうえで重要な手がかりとなるものである。

これは久女の手紙に対する秋桜子からの返信である。内容は、まず久女が「馬酔木」の後援会に入会したことに感謝の意を表し、久女の美意識に貫かれた「花衣」を高く評価して、廃刊を惜しんでいる。また「ホトトギス」のあり方、気の合う句友たちが自由に交流することもできない窮屈な俳壇の現状を批判して、「早く俳句に朗らかな光明を与えませう」と述べたうえで、「その時もし、あなたが馬酔木の客員にでもなつて下さるなら、我々は双手をあげて迎へます」と記している。「いくら離れていたつて、好《よ》き芸術は誰でも認めます。私はあなたの作品やより江夫人の作品など常に尊敬してゐます」と結んでいる。

便箋三枚に丁寧な文字で記された、友好と敬愛を表す手紙である。久女を強引に「馬酔木」陣営に勧誘するという調子ではなく、ホトトギスに属する久女の立場を尊重する筆致である。率直で、心のこもった文面から読み取れるのは、この時、秋桜子と久女が信頼すべき句友の関係であったことである。

この手紙は、封筒が残っているものの消印は読めず、投函時期がはっきりしない。昭和七（一九三二）年九月の「花衣」廃刊後かなり時間が経ってからであることは間違いない。また、秋桜子は神崎縷々に触れて、今の若い人だから仕方がないと久女を慰めている箇所がある。多分、前便で久女が縷々へのぐちをこぼしていたのであろう。縷々は結核で闘病の末に昭和十一（一九三六）年二月に亡くなったが、手紙はまだ彼が元気で久女に辛口の助言をしていた時期のものである。つまり、この手紙は、久女が句集出版の目的で上京し、秋桜子に面会したその後、おそらく昭和九（一九三四）年中に書かれたと思われる。

第7章「虚子の『国子の手紙』再考」で私は、S氏は秋桜子と推理したが、この手紙の内容から、推理は正しかったと思う。

遡って、「馬酔木」は昭和五（一九三〇）年新年号で「ホトトギス派俳句の向上」を目標に掲げている。このころは富安風生、山口青邨をはじめ多くの「ホトトギス」の俳人が「馬酔木」に参加していた。久女も雑詠欄に入選しており、編集部の依頼で『馬酔木句集』の書評を寄せている。「馬酔木」は「ホトトギス」の有力な小雑誌として良好な関係を保っていた。

しかし、秋桜子が『自然の真』と『文芸上の真』（「馬酔木」昭六・十二）を発表して「ホトトギス」との対立が明確になると、手紙にあるように、相互の交流ははばかられるようになった。そのような俳壇の事情にもかかわらず、あくまでも理想の文芸を追求していた久女は、秋桜子の作品を称賛しつづけ、「馬酔木」後援会に加入し、同時に虚子を敬愛して「ホトトギス」に投句するという厄介な状態に身を置いていたことが手紙からわかる。久女は状況の変化を充分には把握せず、自身の行動が起こす波紋を意識していなかったのであろう。

久女から神崎縷々への手紙

資料のなかに、久女から神崎縷々へ宛てた手紙もある。

ちなみに、投函されたはずの手紙が差出人のところにあるのは不思議に思えるが、じつはこの手紙は、久女の没後に、昌子氏に返還されたものである。かつて私は昌子氏の著書『私の五十年』に写真版で収録された縷々宛ての文を見て、それは手紙の下書きなのか、手紙そのものなのか、手紙とすればどのようにして入手したのか、経緯を訊ねたことがある。昌子氏は、それは投函済みの久女の手紙で、縷々の未亡人が保管していた手紙十数通を、久女評伝の執筆用資料としてまとめて譲り受けたものと説明された。

昌子氏は淋しい境遇で亡くなった母を偲び、俳人としての生涯を顕彰するために、手を尽くして久女が遺したものを探し出して、蒐集した。久女の知人たちの手許にあった書簡、墨書などを譲ってもらっていたのである。

縷々宛ての手紙は、昭和九年五月十日付の上京報告である。久女は、「上京の面白いはなしも沢山ありますがまたまたのせつに。水原秋桜子様にも拝顔　句集は多分交蘭社から出版される様なるかもしれませぬ」と意気軒昂な調子で記している。秋桜子はそのころ交蘭社から、『俳句の本質』などを刊行していたため、久女と会って交蘭社の話が出たのかもしれない。その後、

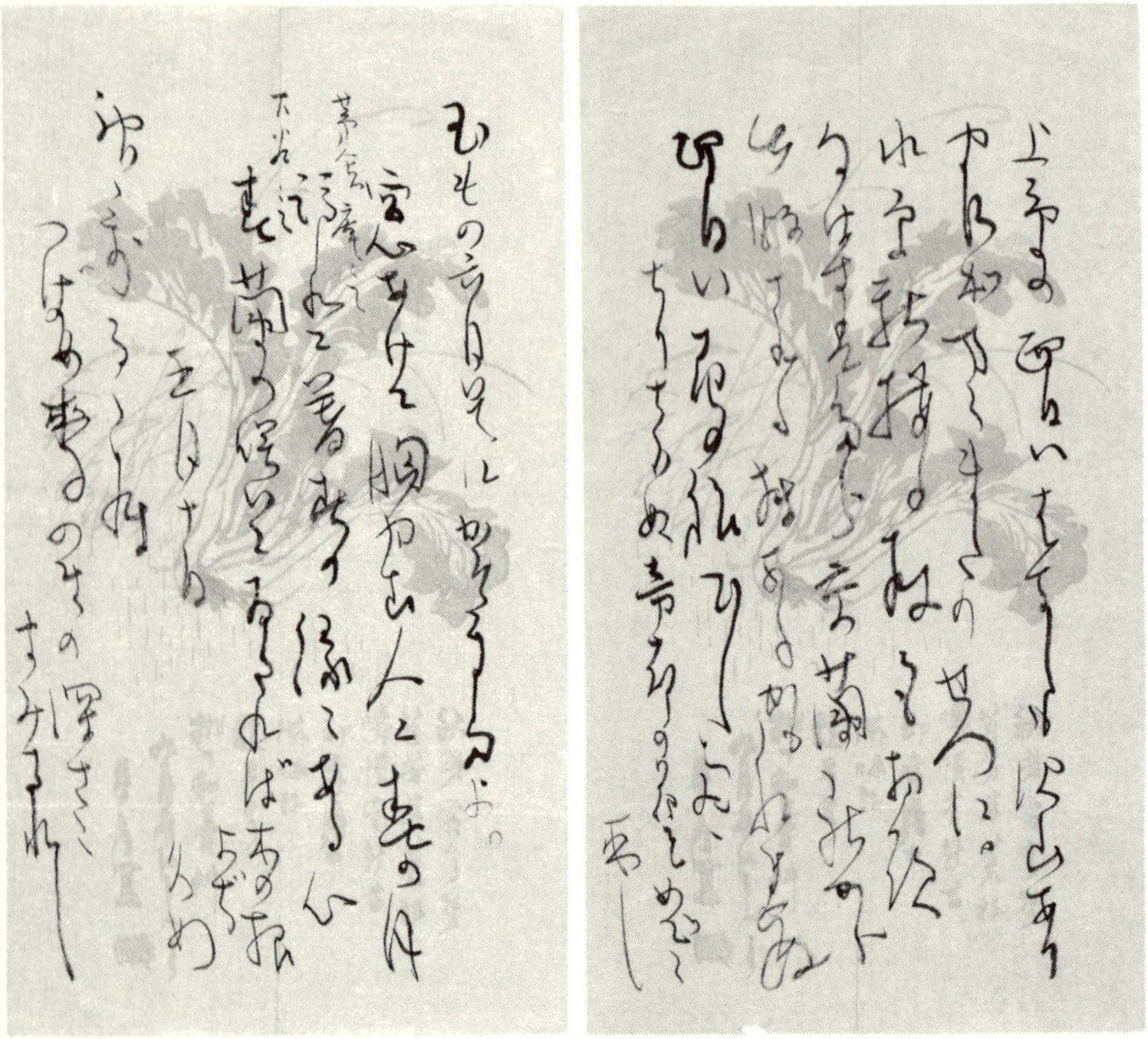

龍星閣から出される手筈になったのであろう。手紙は、このとき句集の件で久女が上京し、秋桜子と会ったことの確たる裏付けとなる。すでに述べたように、そこまで句集の準備が整ったものの、久女が虚子の序文を求めて得られずに取りやめになった。

久女が俳句の手ほどきをした橋本多佳子は、昭和十年には「ホトトギス」を離れて「馬酔木」同人になった。順調な作句活動をつづけて、昭和十六年に第一句集を上梓している。

いっぽう「ホトトギス」一筋を通した久女は、句集を出版しようと奔走するなかで孤立無援となった。作品発表の場が閉ざされ、次第に集中力を失って作句力、自選力が衰えていった。虚子への心酔と、女性俳人の草分けとしてのプライドが久女の行動を自己規制していたのであろう。秋桜子の手紙にあるように「馬酔木」に移れば歓迎され、出版の道は開けたはずであるが、久女は生涯虚子の門下という姿勢を貫き、他の結社に移ろうとはしなかった。結果として、宿願の句集出版は果たせなかった。

久女から高浜虚子への手紙

北九州市立文学館に寄贈された資料に、もう一通の重要な書簡がある。久女から虚子に宛てた五月二十五日付の手紙である。封筒が残っているもののこれも消印は読めず、投函年ははっきりしない。「国子の手紙」と符合する文言が多く見られ、上京について述べており、「十九年の恩師」とあることから、昭和九年のものと推定される。「国子の手紙」の執筆過程を知るうえで重要な資料である。

おそらくこの書簡も昌子氏の要望で、虚子から返却されたものであろう。このほかにも、複数の虚子宛ての久女の葉書や手紙を昌子氏は保管していた。

これは虚子に選句をしてもらった礼状で、原稿用紙四枚につづられている。それまで導いてくれたことへの感謝と、「ホトトギス」で活躍中の女性俳人の邪魔にならないように身を退くという内容が記されている。

再び上京拝顔の折もあるまいと存じ上ますとなみだがわき出ますがこれも、世の人をさはがせ人々にねたみをおこさせない為め、私は尼の様な心になつて只門をとぢ如意輪かんのん様のみ姿の前に跪居してしづかに観音経をよみつゝ御高恩をおうけ申上げた先生の御健康をいのり先生の御健ふく御令嬢様の御幸福をこゝろからいのり上げます。

十九年の恩師虚子先生に対する私の敬慕はすこしもおとろへませぬ。最後の御選句を誠にありがたくも拝受。之を師から仰ぐ最後の御指導とつゝしみありがたく拝受します。しかし投句はいたさぬつもりです。（中略）

私の心には一際《ママ》ねたみはなく只月光の様に、かんぜをんぼさつの様にしづかな淋しさがあふれます。

私はひとりこもつて仕事をいたします。

俳句もひとりで作つてたのしみます。どこへも発表せずこしらへておいて死ぬつもりです。

しかし死ぬ最後の日迄久女は虚子先生の門下杉田久女として死にしたく存じます。（中略）

俳句のはじめから今日まで十九年只これ一つをいのちとし、師を月とも日輪ともうち仰ぎつゝけふ迄きました久女にとつて引退は一番かなしい事ですが、（中略）中村汀女さんのゐちをくづさぬ為め、本田あほひ《ママ》夫人の位地をうばはぬ為め、御令嬢のみ光りをけさぬ為め私はしづかにるり光をけ［瑠璃光を消］します。（中略）

ほととぎす引退の悲しみは私はしづかにしのびやがて百年後に知己を見出しますつもりで引退も今はく［苦］になりませぬ。

ホトトギス引退の悲壮な決意がつづられている。引退すると言いながらも、断ちがたい俳句への執念が伝わってくる文面である。ひどく思い詰めたような筆致であるが、文意は明快で、「国子の手紙」では唐突に感じられた如意輪観音のくだりも、手紙を通読すると不自然さはない。「御令嬢」とは言うまでもなく星野立子のことで、立子と汀女への羨望と自己憐憫の調子が虚子を不快にしたのであろう。

後年、上村占魚《うえむらせんぎょ》は、虚子に頼まれて「国子の手紙」の口述筆記をしたと述べている。その折の様子を、虚子は「あらかじめ選別した、久女の手紙をあれこれと広げ、あるときは長い時間瞑想されては口述された。晦渋と思われる文面をゆがめないようにとおもんぱかっての思索であったに違いない」（「眼力―虚子先生の半面」）と述懐している。

久女のこの手紙の文面から、占魚が述べているとおり、創作と銘打った「国子の手紙」は、虚子が久女の手紙を素材として、そのなかの文言を取捨して手を加えながら書いたことが見て取れる。

「虚子の『国子の手紙』再考」の「E女への嫉妬」の項で私は、久女が嫉妬心を燃やすE女とは汀女であろうと推理した。汀女のイニシャルをとってT女と略せば、音が似ているために、虚子はE女としたのではないだろうか。この手紙は推理を支える有力な証拠となる。

中村汀女との関係

汀女の躍進に対する久女の煩悶は、久女自筆の句集草稿に挿入されたメモのような書き込みにもうかがわれる。久女が生涯の句を清記した草稿は、現在は石昌子氏の手で小倉の円通寺に奉納されている。草稿の不明な箇所を確認するために私は昌子氏と円通寺住職の許しを得て、見せていただいた。

ここで改めて、久女が俳句人生を総括したときの心境を、書き込みから探ってみたい。以下、草稿からの引用は、草稿原本に付された頁数を（　）内に記す。

昭和十四年五月に、久女はホトトギス同人復帰と句集出版の望みを抱いて上京し、丸ビルの発行所を訪ねたが不首尾に終わった。小倉に戻った傷心の久女は、〈土濡れて久女の庭に芽ぐむもの〉と詠んだ。注目すべきは草稿のこの句のすぐあとに記された汀女についての書き込みである。

この自分の庭を汀女と混同スルなかれ。汀女の庭は芝をやく官僚の庭。自分の庭は狭いが自然のまゝの庭で、実のなる樹もあれば、美しい千万金の宝石にひとしいトマトもつくる。

（二二六頁）

「汀女の庭は芝をやく官僚の庭」とは、汀女の〈芝を焼く美しき火の燐寸かな〉を当てこすったものであろう。汀女の句は「ホトトギス」（昭十三・五）雑詠欄七席となり、翌月の雑詠句評会で称賛されている。久女の書き込みには、大蔵省官僚の妻として、東京の芝生の庭付きの家に住み、有力俳人たちと交流する汀女への抑えきれない嫉妬が読み取れる。作品を発表する場を失ったこの時期の久女にとって、汀女の躍進を眺めていることは、汀女に悪意がないと承知しながらも、つらいことであったに違いない。

長い間、久女と汀女は俳句を通じて、姉妹のように家族ぐるみの交流をつづけていた。久女は汀女の熊本の生家を次女と訪れて江津湖で遊んだこともあり、汀女もまた幼い娘を連れて小倉の久女の家を訪れて、久女夫妻にもてなされている。汀女の長女小川濤美子《なみこ》氏は、この折に画用紙とたくさん色が揃った新しいクレヨンをもらったと『中村汀女との日々』に記している。

汀女に中断していた作句を再開するように勧めたのは久女であり、汀女夫妻は昌子氏の就職を世話して、しばらくの間横浜の家に住まわせてもいる。ふたりはこのような親密な関係であった。

しかし、いつの間にか汀女は立子とともに「ホトトギス」誌上でスポットライトが当てられるようになり、対照的に先輩である久女は、投句してもまったく入選しなくなった。久女はそのような事態に納得できず、焦りを募らせるばかりであった。汀女が身近な親しい人であっただけに、久女には打撃となり、若い汀女に背後から追い散らされる思いがして、耐え難かったのであろう。この草稿の書き込みからも「国子の手紙」のE女は汀女であると思う。

引用した秋桜子の手紙、神崎縷々、虚子宛ての久女の手紙から、句集出版を切望して叶わなかった昭和九年ごろの久女の状況が立体的に浮かびあがる。遠く離れた小倉にあって東京の俳壇の事情をうかがう術もなく、ひたすら虚子へ手紙を書かずにはいられなかった久女の焦燥と苦悩の深さが伝わってくる。

草稿をまとめながら、久女の脳裡にはさまざまな人生の場面が走馬燈のように浮かんできたのであろう。〈春の灯に心をどりて襟かけぬ〉には、「大正八年五月四日　虚子先生歓迎会　下関公会堂」（二三頁）と前書きがある。遠来の師を迎えての句会に心弾ませている若い日の久女が浮かんでくる。腎臓病で入院した折に虚子から短冊を贈られたことも書き込まれている（八三頁）。ときには「高浜虚子いぢわるく（中略）久女が上京する度毎に冷遇をなす。彼いかに天下の巨匠なりともかくの如きは決して人格的にほめし話にあらず」（八九頁）と批判もしている。久女の虚子への思いは、崇敬、怒り、諦観の入り交じった複雑なものであったが、俳句に導いた唯一の師として敬うことは揺るがなかった。

杉田宇内の貢献

草稿の書き込みには子どもへの思いを吐露したものが多い。子どもを詠んだ句を「親ごころ」、「子等の句」としてまとめて、その時々の母親としての思いを記してある。娘たちが無事に育ったことに感謝し、健康で幸福な人生を送るように願うことばがつづられている。寝食を忘れるほど打ち込んだ俳句を諦めざるを得なくなった久女には、わが子の成長だけが人生でなし遂げたたしかな成果と思えたのであろう。

夫宇内についての書き込みはわずかである。一緒に暮らしてはいたものの、心が離れていたのであろう。〈函を出てより添ふ雛の御契り〉の傍に「これは杉田ではないよ」（一三頁）と記している。宇内は美術が好きで美術学校の研究科まで進んだ。留学の夢を抱いてはいたものの、結局芸術家にはならず、一生を中学校の教師としての職務に励んだ。西洋画家としての活躍を期待していた久女の目には、夫は凡庸な田舎教師と映り、その妻であることに不満を抱いていた。宇内も妻の不満を承知していたが、はからずも天才を妻にすることになった彼には致し方のないことであった。強烈な光を放つ久女という天才の傍らで、彼は家計を支え、世間との間を取りもった。

『杉田久女』を上梓後、私は久女の次女竹村光子氏から手紙をいただいた。そこには父宇内の思い出が記してあった。宇内は晩年、「君、時間が経てばわかるけど、人はやるつもりでも出来ないことが多々あるものだ」と語ったという。自身と同じ美術の道を選んで女子美に進学した次女に、彼は長年の心の内を打ち明けたのであろう。父の生涯をふり返って光子氏は、「絵を描くような純粋な心で沢山の生徒を育てた」とその誠実な生き方に共感を示している。

昌子氏は、宇内について、「お父さんは明治の男で、女なんて、という考え方があったが、まじめで気が長いひと」であったと私にしみじみ語った。

杉田久女が太宰府の筑紫保養院（現福岡県立精神医療センター太宰府病院）で亡くなったのは、昭和二十一（一九四六）年一月二十一日、大寒の日であった。

宇内とともに病院で通夜をしたのは小倉中学で親しかった合屋武城校長であった。合屋校長は、深い哀悼の意がこもった悼句を詠んだ。「昭和二十一年一月二十一日杉田氏夫人久女々史死去通夜」の前書きで、

寝棺守り追憶つきぬ夜寒む哉

トボ〳〵と霜の小径を火葬場へ

などを『乭句集』に収録している。

思いもかけない久女の死に接した宇内と合屋校長は、火の気のない、凍て付く病院の一室で故人をしのびながら二人だけで通夜をした。

宇内は小倉で茶毘に付した久女の遺骨を持って、故郷奥三河の小原村に帰った。窓から出入りするほど混雑した終戦後の列車である。宇内は、当時疎開中であった昌子氏のまえで、背嚢から骨壺を収めた白木の箱を取り出しながら、捧げ持ってくることができず申し訳なかった、と言ったという。

宇内は久女の遺品を律儀に一つ残らず小倉から持ち帰って、整理し保管した。それらの資料が久女の句業をたどり、顕彰するうえで大きく貢献した。

久女は句集草稿に、「天授の作品もて今に久女の全生涯のものを一時に現せば決して久女に及ぶものなく（中略）昭和の文壇俳壇から永久に杉田久女といふ姓名、作品を拭ひ去ることは絶対にできなくなるに相ゐない。決して自惚《うぬぼれ》ではなくこれ丈の作品をもつ俳人はおそらくあるまい又文芸作品もじつに優れたものと信じる」（八九頁）と書いている。

生涯にただ一冊の句集を持ちたいという久女の悲願は生前には叶わなかったが、遺志を継いだ長女石昌子氏の手で上梓された。久女が故人となっていたため、『磯菜』ではなく『杉田久女句集』となった。

久女は女性俳句の先駆者として、俳句の文学性を追求した。彼女は周囲の人びとを巻き込みながら、茨の道を歩むことになったが、そのなかで磨き上げた珠玉の作品は、百年を経てなおその美と格調で読者を魅了しつづける。久女の自恃の言が正しかったことを示している。

あとがき

　平成十七年に石昌子氏のお宅に伺ったときのことを、よく憶えている。九十三歳の昌子氏は、最後の編著となる『最後の久女』を上梓してほっとなさった様子で、「いろいろなことがあったけれど、今は、すべてこれでよかったと思う。立子先生、虚子先生にご恩を感じている」と穏やかな表情で語られたことが印象に残っている。母と娘二代にわたる困難な道程を経て、久女ルネッサンスというべき時期を迎えた。一家の長かった苦闘の日々がようやく終わったことを思い、私まで安堵した。

　久女は「花衣」創刊号の巻頭言に愛唱する「雅歌」（『旧約聖書』）から、

　見よ、冬すでに去り
雨もやみてもろ〳〵の花地にあらはれ
山鳩の声もきこゆ

を引用している。ふり返ってみれば天才俳人、久女の境涯は、生前も没後も冬の嵐のなかのようであった。動乱つづきの久女の周縁に、この後、この一節に歌われているように清新な調和があるようにと祈っている。

最後に、今回の出版をお引き受けくださった藤原書店の藤原良雄社主、また鮮やかな編集技能で本書を新生させてくださった編集担当の山﨑優子様に、厚くお礼を申し上げる。

出版にあたり俳誌「藍生」の黒田杏子主宰には、ご多忙のなか藤原書店への紹介の労をお執りいただき、この度も大きなお力添えを賜った。困ったときにはいつも救いの手を差し伸べてくださり、有難いご助力を賜っていることに、心よりの感謝を捧げる。

支えてくださった皆様のお蔭で、久女没後七十年の年に、この本は新しい出発をすることができた。感謝と喜びでいっぱいである。

二〇一六年朱夏

坂本宮尾

杉田久女略年譜

一八九〇年（明治二十三）

五月三十日、鹿児島市平の馬場で父赤堀廉蔵、母さよの三女として生まれる。本名ひさ。父は長野県松本市出身、鹿児島県庁勤務の官吏。母は兵庫県出石町出身、華道教授。兄二人、姉二人（長姉は夭折）。

一八九五年（明治二十八）　五歳

父の沖縄那覇県庁への転勤に伴い、一家は那覇へ転居。

一八九七年（明治三十）　七歳

四月、那覇の小学校へ入学。五月、台湾に転居。弟信光が病没。

一九〇二年（明治三十五）　十二歳

四月、東京女子高等師範学校附属高等女学校入学。

一九〇六年（明治三十九）　十六歳

父の東京転勤で一家は台湾から引き上げる。宮内省、学習院に勤務。

一九〇七年（明治四十）　十七歳

三月、同高等女学校本科卒業。

一九〇九年（明治四十二）　十九歳

杉田宇内と結婚。宇内は愛知県西加茂郡小原村出身、東京美術学校西洋画科卒、福岡県立小倉中学校教師。小倉市鳥町、その後京町に住む。

一九一一年（明治四十四）　二十一歳

八月、小原村にて長女昌子出生、約一年間滞在。

一九一三年（大正二）　二十三歳

義母杉田しげ没。小原村に滞在。

一九一四年（大正三）　二十四歳
板櫃川河畔の小倉市外日明に転居。
一九一六年（大正五）　二十六歳
八月、次女光子出生。次兄赤堀月蟾より俳句を学ぶ。
一九一七年（大正六）　二十七歳
一月、「ホトトギス」の第二回「台所雑詠」に初めて〈鯛を料るに俎せまき師走かな〉など六句が載る。五月、東京の実家に里帰り中、婦人俳句会で高浜虚子に初めて会い、長谷川かな女、阿部みどり女を知る。八月、随筆「小倉の祇園祭」（「ホトトギス」）。
一九一八年（大正七）　二十八歳
四月、「ホトトギス」雑詠に〈艫の霜に枯枝舞ひ下りし烏かな〉が初入選。八月、市内堺町へ転居。十一月、随筆「梟啼く」（「ホトトギス」）。十二月、実父赤堀廉蔵没。
一九一九年（大正八）　二十九歳
大阪毎日新聞懸賞小説に「河畔に棲みて」を応募、選外佳作となる。五月、下関での高浜虚子歓迎俳句大会に出席。六月、〈花衣ぬぐやまつはる紐いろ〳〵〉など六句が「ホトトギス」雑詠三席となり、八月号で虚子に評価される。
一九二〇年（大正九）　三十歳
一月、「天の川」の「九州婦人十句集」の幹事を務める（八月まで）。八月、松本で父の納骨後、腎臓病となり、東京で入院。離婚問題がおきる。
一九二一年（大正十）　三十一歳
一月、小説「葉鶏頭」（「電気と文芸」）。七月、一年ぶりで小倉にもどる。俳句から一時遠ざかり、教会に通う。九月、中村汀女を熊本県江津湖畔に訪ねる。
一九二二年（大正十一）　三十二歳
一月、随筆「夜あけ前に書きし手紙」（「ホトトギス」）。二月、「ホトトギス」雑詠入選の〈足袋つぐやノラともならず教師妻〉〈冬服や辞令を祀る良教師〉が家庭内の物議をかもす。小倉メソジスト教会で受洗。三月、小倉の橋本邸櫓山荘で虚子歓迎俳句会が開かれる。その後、橋本多佳子に俳句の手ほどきをする。

一九二三年（大正十二）　**三十三歳**

四月、私立勝山高等女学館で図画と国語を教える。

一九二四年（大正十三）　**三十四歳**

県立京都高等女学校で卒業生、父兄にフランス刺繍を教える。

一九二五年（大正十四）　**三十五歳**

一月、随筆「出石まで」（「雲母」）、随筆「このごろ」（「天の川」）。五月、松山での虚子歓迎俳句大会に出席。

一九二六年（大正十五）　**三十六歳**

七月、姉越村静没。十一月、福岡県箱崎で病気静養。教会を離れる。俳句に専念する決意を固め、女流俳句の研究に取り組む。

一九二七年（昭和二）　**三十七歳**

四月、道後での第一回関西俳句大会に出席。七月、評論「大正時代の女流俳句に就て」（「ホトトギス」）、虚子歓迎俳句大会（別府、亀の井ホテル）に出席。九月、随筆「瓢作り」（「天の川」）。

一九二八年（昭和三）　**三十八歳**

一月、座談会「筑紫俳壇漫議」（「ホトトギス」）出席。二月、評論「大正女流俳句の近代的特色」（「ホトトギス」）。四月、評論「近代女流の俳句」（「サンデー毎日」）。四月、長女昌子、同志社女子専門学校入学。十月、福岡での第二回関西俳句大会出席。小倉広寿山福聚禅寺にて虚子歓迎俳句会を開催。

一九二九年（昭和四）　**三十九歳**

三月、「天の川」婦人俳句欄選者を務める（三一年四月まで）。四月、次兄月蟾没。六月「天の川」（「婦人俳句に就て」）。九月、改造社版『現代日本文学全集』三八巻に作品掲載。十月、随筆「阿蘇の噴煙を遠く眺めて」（「阿蘇」）。十一月、大阪での第三回関西俳句大会に橋本多佳子を伴い出席。

一九三〇年（昭和五）　**四十歳**

五月、書評「感じたまま」（「馬酔木」）、随筆「俳句をつくる幸福」（「天の川」）、六月、「玉藻発刊を祝す」（「玉藻」）。八月、「玉藻」課題句選者。九月、「かりたご」（朝鮮釜山から発行）婦人雑詠選者を務める（三五年四月まで）。

一九三一年（昭和六）　**四十一歳**

三月、小倉市富野菊ヶ丘へ転居。四月、虚子選の日本新名勝俳句山岳の部〈英彦山〉で〈谺して山ほととぎすほしいまゝ〉が帝国風景院賞金賞に入選。

一九三二年（昭和七）　**四十二歳**

三月、主宰誌「花衣」創刊。七月、「ホトトギス」雑詠初巻頭、〈無憂華の木蔭はいづこ仏生会〉など五句。九月、「花衣」五号をもって廃刊。十月、「ホトトギス」同人に推挙される。西海道では同人は当時、吉岡禅寺洞と久女の二名。

一九三三年（昭和八）　**四十三歳**

二月、「玉藻」課題選者。

四月、次女光子が東京の女子美術専門学校に入学。句集刊行を志し、虚子に序文を懇請するも得られず。上京して池上浩山人を訪ねる。

七月、「ホトトギス」雑詠巻頭、〈うらゝかや斎き祀れる瓊《たま》の帯〉など五句。十二月、随筆「菊枕」（「九州日報」）。

一九三四年（昭和九）　**四十四歳**

四月、句集序文を請うため上京するも虚子に会えず。五月、「ホトトギス」雑詠巻頭、〈雪颪す帆柱《ほばしら》山冥し官舎訪ふ〉など五句。八月、ラジオ放送「境涯から生れる俳句」（日本放送協会小倉放送局）出演。

一九三五年（昭和十）　**四十五歳**

四月、須磨寺の虚子歓迎俳句大会に出席。五月、「現代俳句」に句集『磯菜』刊行予定の記事が載る。「ホトトギス」九月号からしばらく雑詠欄に入選句なし。

一九三六年（昭和十一）　**四十六歳**

二月、徳富蘇峰が久女の原稿を書物展望社に出版依頼。門司で箱根丸で渡仏の虚子を送る。十月、「ホトトギス」の社告により草城・禅寺洞とともに同人より削除。

一九三七年（昭和十二）　**四十七歳**

十月、〈虚子きらひかな女嫌ひのひとへ帯〉など「青田風」十句（「俳句研究」）。十一月、長女昌子、石一郎と結婚、上京。

一九三八年（昭和十三）　**四十八歳**

七月、〈百合を掘りわらびを干して生活す〉など二句が「ホトトギス」最後の掲載となる。

一九三九年（昭和十四）　**四十九歳**

五月、上京してホトトギス発行所を訪うも虚子に会えず。七月、「プラタナスと苺」四十二句（「俳句研究」）が最後の俳句発表となる。八月、それまでの全句を整理、自選して句集草稿を作る。

一九四〇年（昭和十五）　**五十歳**

長兄赤堀廉行没。

一九四一年（昭和十六）　**五十一歳**

十月、次女光子、竹村猛と結婚、挙式に上京。

一九四二年（昭和十七）　**五十二歳**

八月、義父杉田和夫没。松名に滞在。

一九四四年（昭和十九）　**五十四歳**

七月、母赤堀さよ没。葬儀に上阪。鎌倉の長女昌子を訪ね、句集出版の願いを託す。

一九四五年（昭和二十）　**五十五歳**

十月、太宰府の福岡県立筑紫保養院（現県立精神医療センター）へ入院。

一九四六年（昭和二十一）

一月二十一日、太宰府にて腎臓病悪化のため没、密葬。享年五十五。二月、愛知県小原村松名にて本葬、同所の墓地に納骨。その後、一九五七年、松本市宮淵の赤堀家墓域に分骨。墓碑銘は虚子筆。

十一月、虚子、随筆「墓に詣り度いと思つてをる」（「ホトトギス」）。

一九四八年（昭和二十三）

十二月、虚子、創作「国子の手紙」（「文体」）。

一九五〇年（昭和二十五）

九月、「俳句研究」で「杉田久女特輯」を組む。

一九五二年（昭和二十七）

十月、角川書店より『杉田久女句集』刊行。序文・序句、高浜虚子。

（石昌子編「杉田久女年譜」などを参考に坂本宮尾作成）

書誌

主要文献

杉田久女『杉田久女句集』（石昌子編）角川書店　一九五二（昭和二十七）年十月

――『杉田久女句集』（石昌子編）角川書店　一九六九（昭和四十四）年七月

――『久女文集』（石昌子編）私家版　一九六八（昭和四十三）年二月

――『杉田久女全集』（石昌子編）立風書房　一九八九（平成元）年八月

――『杉田久女随筆集』講談社文芸文庫　二〇〇三（平成十五）年六月

――『杉田久女句集』北九州市立文学館　二〇〇八（平成二十）年一月

石昌子編『杉田久女遺墨』東門書屋　一九八〇（昭和五十五）年四月

――『杉田久女遺墨〈続〉』東門書屋　一九九二（平成四）年九月

――『杉田宇内・杉田久女　追悼アルバム』私家版　一九九九（平成十一）年十一月

――『「最後の久女」杉田久女影印資料集成』私家版　二〇〇三（平成十五）年十二月

石　昌子『杉田久女』東門書屋　一九八三（昭和五十八）年七月

――『久女無憂華』東門書屋　一九九三（平成五）年十二月

――『いのち曼陀羅』私家版　一九九六（平成八）年七月

――『私の五十年――久女の実像を求めて』東京美術　一九九八（平成十）年十月

高浜虚子『定本高浜虚子全集』全一五巻　毎日新聞社　一九七三（昭和四十八）年～一九七五（昭和五十）年

引用・参照文献

第1章

平塚らいてう「三宅やす子さん」『平塚らいてう著作集』第四巻　大月書店　一九八三（昭和五十八）年十二月
北九州市史編さん委員会編「近代・現代（教育文化）」『北九州市史』北九州市　一九八六（昭和六十一）年十二月
米津三郎編『読む絵巻小倉』井筒屋　一九九〇（平成二）年八月
森鷗外「小倉日記」『鷗外全集』第三五巻　岩波書店　一九七五（昭和五十）年一月
長谷川かな女「女流十句集と婦人欄について」、「ホトトギス」一九一八（大正七）年四月
――「女性と俳句」、「俳句研究」一九三四（昭和九）年三月
――「現代女流俳人」、「俳句研究」一九三四（昭和九）年五月
野見山朱鳥「杉田久女」『続 忘れ得ぬ俳句』書林新甲鳥　一九五五（昭和三十）年九月

第2章

中村汀女「久女さんのこと」、「俳句研究」一九五〇（昭和二十五）年九月
橋本多佳子「久女のこと」、「俳句研究」一九五〇（昭和二十五）年九月
――「久女」、「国文学　解釈と鑑賞」一九五五（昭和三十）年一月
――「菅原日記抄」、「七曜」一九四八（昭和二十三）年四月
（柳原）白蓮『踏絵』心の華叢書　一九一五（大正四）年三月
永畑道子『恋の華・白蓮事件』新評論　一九八二（昭

和五十七）年十一月（藤原書店より再版、二〇〇八（平成二十）年十月）
林真理子『白蓮れんれん』中央公論社　一九九四（平成六）年十月（集英社文庫、二〇〇五（平成十七）年九月）
竹下しづの女「女流作家論」、「俳句研究」一九三五（昭和十）年十月
丸橋静子「久女の憶ひ出」、「女性俳句」一九五五（昭和三十）年冬季号
『現代短歌・現代俳句集』〔現代日本文学全集〕第三八巻　改造社　一九二九（昭和四）年九月
高浜虚子選『日本新名勝俳句』大阪毎日・東京日日新聞社　一九三一（昭和六）年四月

第3章

小島憲之ほか校注『萬葉集』全四巻〔新編日本古典文学全集〕小学館　一九九四（平成六）年～一九八六（平成八）年
筑紫　豊『九州万葉散歩』角川書店　一九六二（昭和三十七）年八月
林田正男『万葉集筑紫歌の論』桜楓社　一九八三（昭和五十八）年一月
――『万葉集筑紫編』新典社　一九八五（昭和六十）年五月
中村十生『新豊前人物評伝』私家版　一九七四（昭和四十九）年七月
福田蓼汀「杉田久女」、「俳句研究」一九五一（昭和二十六）年七月
横山白虹「一本の鞭（三）」、「俳句」一九八〇（昭和五十五）年三月
神崎縷々『縷々句集』（横山白虹編）私家版　一九三六（昭和十一）年八月
神崎義夫「縷々と久女と」、「九州人」一九七八（昭和五十三）年九月
――「縷々覚え書」、「天籟通信」一九八五（昭和六十）年二月

第4章

司馬遼太郎『大徳寺散歩　中津・宇佐のみち』［街道をゆく］第三四巻　朝日新聞社　一九九四（平成六）年九月

山本健吉『現代俳句』角川書店　一九六二（昭和三十七）年十二月

山口誓子『凍港』素人社書屋　一九三二（昭和七）年五月

第5章

飯島みさ子『擬宝珠』枯野社　一九二四（大正十三）年十月

久保より江『嫁ぬすみ』政教社　一九二五（大正十四）年八月

――『より江句文集』京鹿子発行所　一九二八（昭和三）年五月

水原秋桜子『葛飾』馬酔木発行所　一九三〇（昭和五）年四月

――『高浜虚子――並に周囲の作家達』文藝春秋新社　一九五二（昭和二十七）年十二月

五十嵐播水『『底のぬけた柄杓』を読む』、「九年母」一九八〇（昭和五十五）年二月

日野草城「俳壇人物評論　二」、「俳句研究」一九三六（昭和十一）年六月

池上不二子「焔の女」『俳句に魅せられた六人のをんな』近藤書店　一九五七（昭和三十二）年二月

池上浩山人「久女とその俳句」、「俳句研究」一九五〇（昭和二十五）年九月

――「杉田久女さん」、「山火」一九五〇（昭和二十五）年九月

――「久女拾遺」、「壺」一九五一（昭和二十六）年四、五月

――「久女」上・下、「七曜」一九五一（昭和二十六）年四、五、六月

山口青邨「杉田久女のこと」『杉田久女読本』「俳句」臨時増刊　一九八二（昭和五十七）年九月

高野静子『続 蘇峰とその時代』徳富蘇峰記念館　一九九八（平成十）年十月

松野一夫編「美」平凡社　一九三六（昭和十一）年十一月
名和長昌「双宜荘の杉田久女」、「民友」一九九〇（平成二）年十一月
――「双宜荘の杉田久女　補遺」、「民友」一九九一（平成三）年一月
星野立子『立子句集』玉藻社　一九三七（昭和十二）年十一月

第6章

長谷川かな女「天使」、「女性俳句」一九五五（昭和三十）年冬季号
――『雨月』東京堂　一九三九（昭和十四）年十月
星野立子『鎌倉』〔俳苑叢刊〕三省堂　一九四〇（昭和十五）年九月
中村汀女『春雪』〔俳苑叢刊〕三省堂　一九四〇（昭和十五）年一月
――『汀女句集』甲鳥書林　一九四四（昭和十九）年一月
竹下しづの女『颯』〔俳苑叢刊〕三省堂　一九四〇（昭和十五）年十月
橋本多佳子『海燕』交蘭社　一九四一（昭和十六）年一月
平畑静塔「筑紫の配所　杉田久女のために」、「天狼」一九七三（昭和四十八）年七月

第7章

富士正晴「厭な顔・国子の手紙」『高浜虚子』角川書店　一九七八（昭和五十三）年十月
大森健一「杉田久女の病跡」、「日本病跡学雑誌」九号　一九七五（昭和五十）年五月
塚田采花「杉田久女のこと」、「雪」一九九〇（平成二）年一月
小西聖子他「女流俳人　杉田久女の病跡」、「日本病跡学雑誌」四一号　一九九一（平成三）年五月
寺岡　葵『俳人杉田久女の病跡　つくられた伝説』熊本出版文化会館　二〇〇五（平成十七）年四月

第8章

星野立子「尊敬する女流」、「女性俳句」一九五五（昭和三十）年冬季号

松本清張「菊枕」『松本清張全集』第三五巻　文藝春秋　一九七二（昭和四十七）年七月

――「花衣」『松本清張全集』第三八巻　文藝春秋　一九七四（昭和四十九）年五月

石　一郎「菊枕と杉田久女」東京新聞　一九五三（昭和二十八）年八月六日

松本清張「『菊枕』と杉田久女」東京新聞　一九五三（昭和二十八）年八月十三日

山本健吉「近代俳句の盲点と久女」東京新聞　一九五三（昭和二十八）年八月十五日

――「久女讃」『杉田久女読本』「俳句」臨時増刊　一九八二（昭和五十七）年九月

中村草田男「現代名句評釈・杉田久女」『俳句講座』第六巻　明治書院　一九五八（昭和三十三）年十月

吉屋信子「私の見なかった人〈杉田久女〉」『底のぬけた柄杓――憂愁の俳人たち』新潮社　一九六四（昭和三十九）年七月

秋元松代「山ほととぎすほしいまま」『秋元松代全集』第二巻　筑摩書房　二〇〇二（平成十四）年五月

原コウ子『石鼎とともに』明治書院　一九七九（昭和五十四）年十二月

高柳重信「結社の矛盾をつく――戯曲化された杉田久女」中国新聞　一九八〇（昭和五十五）年六月十七日

戸板康二「高浜虚子の女弟子」『泣きどころ人物誌』文藝春秋　一九八四（昭和五十九）年九月

澤地久枝「俳人杉田久女」『試された女たち』講談社　一九九二（平成四）年四月

吉岡禅寺洞「久女の俳句」、「俳句研究」一九五〇（昭和二十五）年九月

飯島晴子「杉田久女――渇望の人」『わが愛する俳人第二集』有斐閣　一九七八（昭和五十三）年十月

補章

増田　連『久女〈探索〉』櫻の森通信社　二〇一四（平

成二十六）年十二月
「現代俳句」全二二冊　（正岡子規『分類俳句全集』普及版の月報）アルス　一九三五（昭和十）年五月〜一九三六（昭和十一）年四月
「久女特輯」、「俳句研究」一九五〇（昭和二十五）年九月
上村占魚「眼力——虚子先生の半面」西日本新聞　一九九二（平成四）年四月一六日
小川濤美子『中村汀女との日々』富士見書房　二〇〇三（平成十五）年十二月
合屋武城『㐂句集』小倉高校同窓会　一九五四（昭和二十九）年七月

その他の参考文献　単行本（発行年順）

『明治大正女流名家書簡選集』（一九二六（大正十五）年十月号「婦人倶楽部」付録）
黎明居紫舟「女流俳人小論」『日本女性史』雄山閣　一九三五（昭和十）年六月
『現代名家女流俳句集』改造社　一九三六（昭和十一）年六月
桜井　役『女子教育史』増進堂　一九四三（昭和十八）年二月（復刻版・日本図書センター、一九八一（昭和五十六）年九月）
柴田白葉女『女流の俳句』河出書房　一九五六（昭和三十一）年十一月
森　澄雄「杉田久女・人と作品」『日本詩人全集』第三十巻　新潮社　一九六九（昭和四十四）年五月
野沢節子『杉田久女句集』作品解説」『現代俳句大系』第九巻　角川書店　一九七三（昭和四十八）年一月
大野林火「久女・綾子・知世子・菟絲子」『現代俳句大系』第九巻　角川書店　一九七三（昭和四十八）年一月
上野さち子『近代の女流俳句』桜楓社　一九七八（昭和五十三）年六月
増田　連『杉田久女ノート』裏山書房　一九七八（昭和五十三）年四月
助川徳是『文学と史跡の旅路　九州　沖縄』学燈社

一九七八（昭和五十三）年五月
平井照敏・鷲谷七菜子編『女流俳句の世界』有斐閣　一九七九（昭和五十四）年八月
今村元市編『写真集　明治・大正・昭和　小倉』［ふるさとの想い出］第八三巻　国書刊行会　一九七九（昭和五十四）年十一月
村山古郷『大正俳壇史』角川書店　一九八〇（昭和五十五）年十一月
――『昭和俳壇史』角川書店　一九八五（昭和六十）年五月
橋本眞理「杉田久女」『鑑賞現代俳句全集』第八巻　立風書房　一九八〇（昭和五十五）年十二月
女性史総合研究会編『日本女性史』第四巻、東京大学出版会　一九八二（昭和五十七）年五月
神田秀夫『現代俳句の台座』［神田秀夫論稿集］第五巻　明治書院　一九八四（昭和五十九）年三月
田辺聖子『花衣ぬぐやまつわる――わが愛の杉田久女』集英社　一九八七（昭和六十二）年二月
安東次男・大岡信編『現代俳句』［鑑賞　日本現代文学］第三三巻　角川書店　一九九〇（平成二）年八月
『杉田久女と橋本多佳子――ふたりの美女の物語』、「俳句とエッセイ」別冊　牧羊社　一九八九（平成元）年三月
村松定孝ほか編『現代女性文学事典』東京堂出版　一九九〇（平成二）年十月
小山静子『良妻賢母という規範』勁草書房　一九九一（平成三）年十月
伊藤敬子『杉田久女』［鑑賞秀句一〇〇句選］牧羊社　一九九一（平成三）年十二月
仁平　勝「杉田久女『杉田久女句集』」『俳句が文学になるとき』五柳書院　一九九六（平成八）年七月
ドナルド・キーン『日本文学の歴史』第一六巻　中央公論社　一九九六（平成八）年十一月
松井利彦『大正の俳人たち』富士見書房　一九九六（平成八）年十二月
――『新稿昭和俳句史』東京四季出版　二〇〇一（平成十三）年九月
松尾正光・齋藤愼爾編『現代女性俳句の先覚者』東京

四季出版　一九九七（平成九）年十一月
湯本明子『俳人杉田久女の世界』本阿弥書店　一九九九（平成十一）年九月
川名　大『現代俳句　上』ちくま学芸文庫　筑摩書房　二〇〇一（平成十三）年五月
轟　良子『ふくおか文学散歩』西日本新聞社　二〇〇一（平成十三）年十月
中嶋秀子『黎明期の女流俳人』角川書店　二〇〇一（平成十三）年十一月
米田利昭『大正期の杉田久女』沖積社　二〇〇二（平成十四）年三月
坂本宮尾「美と格調　杉田久女」『鑑賞女性俳句の世界』第一巻　角川学芸出版　二〇〇八（平成二十）年一月
鈴木厚子『杉田久女の世界』駒草書房　二〇一〇（平成二十二）年一月
谷村鯛夢『胸に突き刺さる恋の句——女性俳人百年の愛とその軌跡』論創社　二〇一三（平成二十五）年三月

新聞・雑誌・図録など

高橋すみ女「女流十句集の傾向及各人短評」、「ホトトギス」一九一八（大正七）年四月
水原秋桜子「近代俳句私考（三）」、「ホトトギス」一九二八（昭和三）年二月
北原鉄雄編「現代俳句」アルス　一九三五（昭和十）年五月〜一九三六（昭和十一）年四月
原田浜人「杉田久女追憶」、「俳句研究」一九五一（昭和二十六）年十一月
加倉井秋を「杉田久女句集を読みて」、「俳句」一九五二（昭和二十七）年十月
長谷川かな女「久女さんの事　不二子さん宛の私信」、「ももすもも」一九五五（昭和三十）年九月
横山房子「独語独笑する久女」、「女性俳句」一九五五（昭和三十）年冬季号
熊坂彌生子「杉田久女論」、「俳句研究」一九五六（昭和三十一）年十一月

清水真弓「杉田久女の世界」、「俳句」一九六九（昭和四十四）年一月
星野立子ほか「研究座談会・杉田久女」、「玉藻」一九七〇（昭和四十五）年十一月～一九七一（昭和四十六）年一月
鍵和田秞子「杉田久女」、「国文学　解釈と教材の研究」一九七六（昭和五十一）年二月
阿部みどり女「久女さんの手紙」、「俳句」一九七八（昭和五十三）年十一月
岡田日郎「なぜ杉田久女か」、「俳句研究」一九八三（昭和五十八）年九月
山下知津子ほか「杉田久女研究」、「麟」八～一七号　二〇〇六（平成十八）年三月～二〇〇七（平成十九）年八月
小島健『大正俳句のまなざし』NHKカルチャーラジオ　NHK出版　二〇一〇（平成二十二）年十月
『花衣　俳人杉田久女』北九州市立文学館第十回特別企画展図録　二〇一一（平成二十三）年十一月
中西由紀子　「杉田久女指導句会誌『かゝり火』について」、「全国文学館協議会紀要9」二〇一六（平成二十八）年三月
俳誌「ホトトギス」「天の川」「馬酔木」「俳句研究」「玉藻」「枯野」「水明」「阿蘇」「東京ふうが」など。

＊本書の第3、4章は、「杉田久女　複眼の悲しみ」（俳誌「天為」二〇〇〇（平成十二）年九月号～二〇〇一（平成十三）年二月号連載）、「杉田久女と筑紫——『万葉集』および記紀の伝承を中心に」（「俳句文学館紀要」一一号、二〇〇二（平成十四）年十月　俳人協会刊）をもとに書き改めたものである。

＊本書の引用には適宜ふりがなをふった。

引用句索引

＊杉田久女の俳句を五十音順に配列し、適宜新仮名づかいで読み仮名をふった。複数の読みが考えられる場合は、久女の文体の特徴、遺墨などから坂本が適切と思う読みを採択した。原句に付されたルビについては、本文を参照されたい。

あ 行

か行

さ行

た行

な行

は行

ま行

や行〜わ行

ら　行

わ　行

ま 行

や 行

た　行

な　行

は　行

か　行

さ　行

主要人名索引

あ　行

《本書に使用した写真について》

	頁番号	
〈巻頭口絵〉	1	杉田家提供
	2	「花衣」創刊号　挿絵
	3	『杉田久女遺墨〈続〉』石昌子編、東門書屋、平成4年より
	4	〃
〈本　文〉	19	北九州市立文学館蔵
	57	〃
	97	「花衣」創刊号表紙
	145	小倉・円通寺蔵
	181	『杉田久女遺墨』石昌子編、東門書屋、昭和55年より
	219	杉田家提供
	253	『杉田久女遺墨』より
	283	小倉・円通寺蔵
	325	かごしま近代文学館蔵
	344	北九州市立文学館蔵

著者紹介

坂本宮尾（さかもと・みやお）

1945年大連生。英文学者、東洋大学名誉教授。

1971年、東京都立大学大学院修了（英米演劇専攻）。のちロンドン大学およびケンブリッジ大学に留学。東京女子大学入学後、1966年同大学の白塔会で山口青邨の指導を受けて俳句を始める。1976年青邨主宰の「夏草」の新人賞を受賞、80年に同人に。90年に「夏草」終刊にともない創刊された有馬朗人主宰の「天為」・黒田杏子主宰の「藍生」に参加。2004年には評伝『杉田久女』で第18回俳人協会評論賞を受賞。2015年、第6回桂信子賞を受賞。俳人協会評議員。

句集に『天動説』『木馬の螺子』『別の朝』、句文集『この世は舞台』。英文学関係の著書に『オーガスト・ウィルソン——アメリカの黒人シェイクスピア』、訳書にオーガスト・ウィルソン『ジョー・ターナーが来て行ってしまった』『ピアノ・レッスン』『フェンス』等。

真実《しんじつ》の久女《ひさじょ》——悲劇《ひげき》の天才俳人《てんさいはいじん》 1890–1946

2016年10月10日　初版第1刷発行©

著　者　坂本宮尾
発行者　藤原良雄
発行所　株式会社 藤原書店

〒162-0041　東京都新宿区早稲田鶴巻町523
電　話　03（5272）0301
FAX　03（5272）0450
振　替　00160-4-17013
info@fujiwara-shoten.co.jp

印刷・製本　中央精版印刷

落丁本・乱丁本はお取替えいたします
定価はカバーに表示してあります
Printed in Japan
ISBN978-4-86578-082-6

半世紀にわたる全句を収録！

石牟礼道子全句集 泣きながら原

石牟礼道子

詩人であり、作家である石牟礼道子の才能は、短詩型の短歌や俳句の創作にも発揮される。この半世紀に石牟礼道子が創作した全俳句を一挙収録。幻の句集『天』収録！

祈るべき天とおもえど天の病む
さくらさくらわが不知火はひかり凪
毒死列島身悶えしつつ野辺の花

[解説]「一行の力」黒田杏子

B6変上製　二五六頁　**二五〇〇円**
（二〇一五年五月刊）
◇978-4-86578-026-0

「人生の達人」と「障害の鉄人」、初めて出会う

米寿快談（俳句・短歌・いのち）

金子兜太＋鶴見和子
編集協力＝黒田杏子

反骨を貫いてきた戦後俳句界の巨星、金子兜太。脳出血で斃れてのち、短歌で思想を切り拓いてきた鶴見和子。米寿を前に初めて出会った二人が、定型詩の世界に自由闊達に遊び、語らう中で、いつしか生きることの色艶がにじみだす、円熟の対話。

口絵八頁
四六上製　二九六頁　**二八〇〇円**
（二〇〇六年五月刊）
◇978-4-89434-514-0

最高の俳句／短歌 入門

語る 俳句 短歌

金子兜太＋佐佐木幸綱
黒田杏子編　推薦＝鶴見俊輔

「大政翼賛会の気分は日本に残っている。頭をさげていれば戦後は通りすぎるという共通の理解である。戦中もかわりなく自分のもの言いを守った短詩型の健在を示したのが金子兜太、佐佐木幸綱である。二人の作風が若い世代を揺すぶる力となることを。」

四六上製　二七二頁　**二四〇〇円**
（二〇一〇年六月刊）
◇978-4-89434-746-5

明治・大正・昭和の時代の証言

蘇峰への手紙（中江兆民から松岡洋右まで）

高野静子

近代日本のジャーナリズムの巨頭、徳富蘇峰が約一万二千人と交わした膨大な書簡の中から、中江兆民、釈宗演、鈴木大拙、森次太郎、国木田独歩、柳田國男、正力松太郎、松岡洋右の書簡を精選。書簡に吐露された時代の証言を甦らせる。

四六上製　四一六頁　**四六〇〇円**
（二〇一〇年七月刊）
◇978-4-89434-753-3

近代日本言論界の巨人。生誕150年記念企画

稀代のジャーナリスト 徳富蘇峰 1863-1957

杉原志啓・富岡幸一郎編

明治二十年代、時代の新思潮を謳う新進の思想家として華々しく論壇へ登場、旺盛な言論執筆活動を繰り広げ、また『国民之友』『国民新聞』を発行・経営し、多くの後進ジャーナリストを発掘・育成。『近世日本国民史』全百巻をものした巨人の全体像に迫る。

桶谷秀昭／保阪正康／松本健一／坂本多加雄／伊藤彌彦／西田毅ほか

Ａ５並製 三二八頁 **三六〇〇円**
（二〇一三年一二月刊）
◇978-4-89434-951-3

二人の関係に肉薄する衝撃の書

蘆花の妻、愛子 〈阿修羅のごとき夫《つま》なれど〉

本田節子

偉大なる言論人・徳富蘇峰の弟、徳冨蘆花。公開されるや否や一大センセーションを巻き起こした蘆花の日記に遺された、妻愛子との凄絶な夫婦関係や、愛子の日記などの数少ない資料から、愛子の視点で蘆花を描く初の試み。

四六上製 三八四頁 **二八〇〇円**
（二〇〇七年一〇月刊）
◇978-4-89434-598-0

広報外交の最重要人物、初の評伝

広報外交《パブリック・ディプロマシー》の先駆者 鶴見祐輔 1885-1973

上品和馬 序＝鶴見俊輔

戦前から戦後にかけて、精力的にアメリカ各地を巡って有料で講演活動を行ない、現地の聴衆を大いに沸かせた鶴見祐輔。日本への国際的な「理解」が最も必要となった時期にパブリック・ディプロマシー（広報外交）の先駆者として名を馳せた、鶴見の全業績に初めて迫る。

四六上製 四一六頁 **口絵八頁** **四六〇〇円**
（二〇一一年五月刊）
◇978-4-89434-803-5

日本に西洋音楽を導入した男

音楽の殿様・徳川頼貞 〈一五〇〇億円の〈ノーブレス・オブリージュ〉〉

村上紀史郎

プッチーニ、サン＝サーンス、カザルスら世界的音楽家と親交を結び、日本における西洋音楽の黎明期に、自費で日本発のオルガン付音楽堂を建設、私財を注ぎ込んでその普及に努めた、紀州徳川家第十六代当主の破天荒な生涯。

生誕一二〇周年記念出版

四六上製 三五二頁 **口絵八頁** **三八〇〇円**
（二〇一二年六月刊）
◇978-4-89434-862-2

戦後政治史に新しい光を投げかける

鈴木茂三郎 1893-1970

〈統一日本社会党初代委員長の生涯〉

佐藤 信

左右入り乱れる戦後混乱期に、左派を糾合して日本社会党結成を主導、統一社会党の初代委員長を務めた鈴木茂三郎とは何者だったのか。左派の「二大政党制」論に初めて焦点を当て、戦後政治史を問い直す。

口絵四頁

第5回「河上肇賞」奨励賞受賞

四六上製 二四八頁 三二〇〇円

(二〇一一年二月刊)

◇978-4-89434-775-5

真の「知識人」、初の本格評伝

沈黙と抵抗

〈ある知識人の生涯、評伝・住谷悦治〉

田中秀臣

戦前・戦中の言論弾圧下、アカデミズムから追放されながら『現代新聞批判』『夕刊京都』などのジャーナリズムに身を投じ、戦後は同志社大学の総長を三期にわたって務め、学問と社会参加の両立に生きた真の知識人の生涯。

四六上製 二九六頁 二八〇〇円

(二〇〇一年一一月刊)

◇978-4-89434-257-6

真の国際人、初の評伝

松本重治伝

〈最後のリベラリスト〉

開米 潤

「友人関係が私の情報網です」——一九三六年西安事件の世界的スクープ、日中和平運動の推進など、戦前・戦中の激動の時代、国内外にわたる信頼関係に基づいて活躍、戦後は、国際文化会館の創立・運営者として「日本人」の国際的な信頼回復のために身を捧げた真の国際人の初の評伝。

口絵四頁

四六上製 四四八頁 三八〇〇円

(二〇〇九年九月刊)

◇978-4-89434-704-5

伝説的快男児の真実に迫る

「バロン・サツマ」と呼ばれた男

〈薩摩治郎八とその時代〉

村上紀史郎

富豪の御曹司として六百億円を蕩尽し、二十世紀前半の欧州社交界を風靡した快男児、薩摩治郎八。虚実ない交ぜの「自伝」を徹底検証し、ジョイス、ヘミングウェイ、藤田嗣治ら、めくるめく日欧文化人群像のうちに日仏交流のキーパーソン〈バロン・サツマ〉を活き活きと甦らせた画期的労作。

口絵四頁

四六上製 四〇八頁 三八〇〇円

(二〇〇九年二月刊)

◇978-4-89434-672-7